Die großen Romane
Band 35

»Simenon versteht genau, was rassistischen Unmut auslöst und anschwellen lässt ... Tugend wird in Laster verkehrt: Arbeitet der Einwanderer nicht hart, ist er ein Schmarotzer; arbeitet er hart, ist er geldgierig. Die Welt von *Chez Krull* ist nicht verschwunden. Viele leben auch heute darin.«

Julian Barnes im Nachwort

Georges Simenon, geboren 1903 im belgischen Lüttich, gestorben 1989 in Lausanne, gilt als der »meistgelesene, meistübersetzte, meistverfilmte, mit einem Wort: der erfolgreichste Schriftsteller des 20. Jahrhunderts« *(Die Zeit)*. Seine erstaunliche literarische Produktivität (75 Maigret-Romane, über 117 weitere Romane), viele Ortswechsel, zwei Ehen und unzählige Frauen bestimmten sein Leben. Rastlos bereiste er die Welt, immer auf der Suche nach dem, »was bei allen Menschen gleich ist«. Das macht seine Bücher bis heute so zeitlos.

Georges Simenon

Chez Krull

Roman

Aus dem Französischen
von Thomas Bodmer

Mit einem Nachwort
von Julian Barnes

Atlantik

Die französische Originalausgabe erschien 1939 unter dem Titel
Chez Krull im Verlag Gallimard, Paris.
Die deutsche Erstausgabe erschien 1989 unter dem Titel
Der fremde Vetter im Diogenes Verlag, Zürich.

Atlantik Bücher erscheinen im
Hoffmann und Campe Verlag, Hamburg.

2. Auflage 2019

www.hoca.de *www.atlantik-verlag.de*
Umschlaggestaltung: Rothfos & Gabler, Hamburg
Umschlagabbildung: © akg-images / Peter Cornelius
Satz: Tristan Walkhoefer, Leipzig
Gesetzt aus der Stempel Garamond und der Ano
Druck und Bindung: GGP Media GmbH, Pößneck
Printed in Germany
ISBN 978-3-455-00785-5

HOFFMANN
UND CAMPE

Ein Unternehmen der
GANSKE VERLAGSGRUPPE

1

Vom Haus Krull, von der Familie Krull entdeckte Hans – auch er ein Krull, aber ein reiner, ein Krull aus Deutschland – als Erstes, noch bevor er aus dem Taxi gestiegen war, eine Reklame aus Transparentpapier, die an der Glastür des Ladens klebte.

Seltsam, obschon so viele Details lockten, hatte er nur Augen für diese Reklame, auf der er in Spiegelschrift zwei Wörter entzifferte: *Amidon Remy*.

Der Hintergrund war blau, ein schönes Ultramarin, die Mitte des Bildes nahm ein friedlicher weißer Löwe ein.

Alles andere existierte zu diesem Zeitpunkt nur in Hinblick auf den Löwen, dessen Mähne makellos weiß wie frische Wäsche war: eine weitere Reklame, ebenfalls durchsichtig, mit den Wörtern *Bleu Reckitt*; aber ohne ersichtlichen Grund spielte sie nur eine Nebenrolle; ein gelb aufgemaltes Wort, die eine Hälfte der Buchstaben auf der linken Scheibe der Tür, die andere auf der rechten: *Buvette*; ein Schaufenster vollgestopft mit Tauen, Schiffslaternen, Peitschen und Teilen eines Pferdegeschirrs; schließlich hier draußen in der Sonne ein Kanal, Bäume, Lastkähne, die reglos im Wasser lagen; und eine gelbe Straßenbahn, die bimmelnd den Quai entlangfuhr.

»Amidon Remy«, buchstabierte Hans beim Aussteigen.

Diese Wörter erhielten dadurch erst recht die Bedeutung eines Totems, dass Hans kaum Französisch konnte und nicht verstand, dass es sich um eine Wäschestärkemarke handelte.

Während er den Kopf hob und das Wechselgeld einsteckte, dachte er:

Schauen wir mal, wie die französischen Krulls so sind!

Über dem Geschäft stand ein Fenster offen. Man sah den Oberkörper eines jungen Mannes, der in Hemdsärmeln an einem Tisch voller Hefte saß. Aus einem anderen Teil des Hauses ertönten üppige Klavierakkorde.

Jetzt entdeckte Hans im fern wirkenden Halbdunkel des Ladens, hinter der Auslage mit den Schiffsartikeln, den Kopf einer Frau, graues Haar, die Stirn, ihre Augen. Im selben Moment erhob sich oben im Fensterrahmen der hemdsärmelige junge Mann und blickte neugierig hinab auf das Taxi; ein weiteres Fenster öffnete sich rechts daneben: das spitze Gesicht eines jungen Mädchens.

Er musste nur drei Meter Gehsteig überqueren und dann die Glastür öffnen. In der linken Hand trug Hans einen Koffer aus gelbem Leder oder vielmehr sehr gut gemachtem Kunstleder, wie es in Deutschland hergestellt wurde. Da er groß war, machte er auch große Schritte. Einen Schritt. Zwei Schritte. Er streckte die Hand aus, um den Knauf zu drehen. Da öffnete sich die Tür von selbst, und eine sonderbare Stimme, eine Frauenstimme, aber eine krächzende, in der sich Tiefen und Spitzen kakophonisch mischten, kreischte, alle anderen Geräusche übertönend:

»Genau, pervers sind Sie, dass Sie's nur wissen! Alle in diesem Haus sind pervers! Nicht nur Diebe, miese, kleine Diebe, sondern pervers …«

Hans, den Koffer in der Hand, musste ausharren, während sich auf der Schwelle zwei Frauen schubsten: Die eine schüttelte die andere, versuchte, sie hinauszudrängen, während die Megäre verbissen ihren Monolog zu Ende bringen wollte.

Ein Wort fiel Hans dabei auf, das Wort »pervers«, dessen Bedeutung er zu kennen glaubte, das ihm aber zu einer Familie wie den Krulls schlecht zu passen schien. Dann noch ein Wort, das die grauhaarige Händlerin, zweifellos seine Tante, aussprach:

»Es reicht, Pipi, machen Sie keinen Krach!«

Und »Pipi« setzte sich gleich neben Amidon Remy in seinem Kopf fest.

All das hatte stattgefunden, während er aus dem Auto gestiegen, den Fahrer bezahlt und die paar Schritte zur Tür gemacht hatte. Und schon war der junge Mann vom ersten Stock im Laden, packte die Betrunkene am Arm und versetzte ihr einen so heftigen Stoß, dass sie einige Meter weit torkelte.

»Hans Krull?«, fragte er, als er den Koffer des Reisenden ergriff.

»Der bin ich, ja«, antwortete Hans auf Deutsch.

Trotz allem musste man sich erst an ihn gewöhnen: Die Tante musterte ihn von oben bis unten, von unten bis oben, doch spürte man, dass der Koffer mit den blitzenden Nickelverschlüssen ihr am stärksten ins Auge stach.

»Kommen Sie rein, Cousin«, sagte der junge Mann

und warf der Pipi genannten Frau einen letzten drohenden Blick zu.

Nun der Geruch. Allerdings nicht sofort. Zunächst die Ladenglocke. Wenn die Tür geöffnet und geschlossen wurde, ertönte eine Glocke, wie Hans noch nie eine gehört zu haben glaubte.

Dann im Laden der Geruch, eine Mischung aus Holzteer, der zum Kalfatern von Kähnen verwendet wurde, Tauen und Gewürzen, wobei der Geruch von Schnaps dominierte, der an einer Ecke der mit Zinkblech verkleideten Theke ausgeschenkt wurde.

»Kommen Sie ins Wohnzimmer, Cousin. Wer hätte gedacht, dass Sie einen Wagen nehmen? ... Anna! Elisabeth! Cousin Hans ist da!«

Hinter dem Laden lag die Küche, die Hans wie das Zentrum des Hauses vorkam, man drängte ihn aber nach rechts durch einen kühlen blau gekachelten Flur in ein Zimmer, wo sich ein junges Mädchen hastig vom Klavierhocker erhob.

»Guten Tag, Cousin.«

»Guten Tag, Cousine.«

»Das ist Elisabeth. Vater nennt sie Lisbeth. Das ist Anna. Ich bin Joseph ...«

»Sprechen Sie gar kein Französisch?«, fragte Elisabeth, während ihre Mutter, die Hände vor dem Bauch gefaltet, im Türrahmen verharrte.

»Sehr wenig ... sehr schlecht ... Sie werden es mir beibringen.«

Alle Einführungen sind unangenehm, dennoch behielt Hans seine gute Laune, eine gute Laune besonderer Art, wie man sie in diesem Haus nicht kannte. Es war eine Leichtigkeit, in körperlicher wie moralischer Hinsicht. Sein Auftreten war ungezwungen, seine Bewegungen waren elegant wie die eines Tänzers, während seine kleinen Augen vor Lebenslust und vielleicht auch vor Boshaftigkeit sprühten.

»Soll ich Ihnen Ihr Zimmer zeigen, Cousin?«, leierte Joseph, der etwa fünfundzwanzig war, also in Hans' Alter, neben ihm aber hölzern wirkte.

Die Treppenstufen waren frisch gebohnert und knarrten. Im ganzen Haus roch es wie im Laden, wenn auch weniger stark, und in den oberen Stockwerken außerdem nach Schlafzimmer. Durch das Fenster auf dem Treppenabsatz sah man einen Hof, in dem ein einziger Baum stand.

»Hier entlang, Cousin. Das Zimmer ist ganz oben, dafür geht das Fenster auf den Kanal. Möchten Sie sich vielleicht frisch machen?«

Hans betrachtete seine Hände, die völlig sauber waren. Er lächelte und hätte beinah erklärt, wieso. Sollte er es Joseph sagen?

Nicht gleich!, entschied er. Später würde er ihm vielleicht einmal erzählen, dass er im Zug aus Köln eine schöne Frau kennengelernt, ihr geholfen hatte, ein paar Dinge am Zoll vorbeizuschmuggeln, und sie dann, als sie beide ausgestiegen waren, ins Hôtel du Chemin de Fer mitgenommen hatte.

Abenteuer dieser Art hatte er dauernd, fast ohne sein Zutun. Sie hatte sich nicht einmal ganz ausgezogen.

»Meine Schwägerin erwartet mich um vier, und mein Mann kommt um sechs nach Hause«, hatte sie gesagt.

Deswegen hatte er sich schon frisch gemacht, bevor

er bei den Krulls ankam. Er hatte die Frau nicht nach ihrem Namen gefragt. Sie war in eine gelbe Straßenbahn gestiegen.

»Sie haben schon fast die ganze Familie gesehen«, erklärte Joseph gewissenhaft, während sein Cousin den Koffer öffnete und ein paar kleine Gegenstände herausholte. »Mama kümmert sich um den Laden …«

»Wieso hat sie die andere Frau Pipi genannt? Ist das ein richtiger Name?«

»Ein Spitzname! Diese Frau ist für meine Mutter der reinste Albtraum. Sie lebt mit ihrer Tochter und einem Penner auf einem aufgegebenen Lastkahn, von dem nur ein Teil aus dem Kanal ragt. Sie macht Besorgungen für die Schiffer, vor allem für die durchreisenden, die nur ein paar Minuten in der Schleuse haltmachen. Von morgens bis abends ist sie betrunken, und wenn sie mal muss, hockt sie sich einfach hin, am Ufer, auf dem Gehsteig, ganz gleich, wo sie gerade ist …«

»Verstehe.«

»Meine Schwester Anna, die ältere …«

»Wie alt ist sie?«

»Dreißig. Sie macht den Haushalt. Als Sie gekommen sind, hat sie gerade in der Küche gebügelt … Elisabeth ist siebzehn. Sie nimmt Klavierstunden. Sie möchte Klavierlehrerin werden …«

»Und Sie?«

»Ich mache meinen Doktor in Medizin. In zwei Wochen muss ich meine Arbeit über den bilateralen Pneumothorax verteidigen …«

»Und der Vater?«

»Der sitzt von morgens bis abends in der Werkstatt,

zusammen mit dem Gehilfen. Sollen wir ihn besuchen?«

Die Werkstatt war im Erdgeschoss, am Ende des Flurs, und ging hinaus auf den Hof. Zwei Männer hockten auf so niedrigen Stühlen, dass sie direkt auf dem Boden zu sitzen schienen, und flochten Körbe aus Weidenruten.

Der eine, der mit seinem schönen weißen Bart einer Statue des heiligen Joseph glich, war Vater Krull, Cornélius Krull. Nachdem er als Korbflechter durch Deutschland gezogen war und dann durch Frankreich, hatte er sich in dieser Stadt niedergelassen, ohne besonderen Grund, so wie man sich eben niederlässt, wenn man das Ende seiner Reise erreicht hat.

Statt Hans die Stirn zu küssen, zeichnete er mit dem Daumen ein Kreuzzeichen darauf, offenbar eine für ihn typische Geste, und fragte dann:

»Wie geht es meinem Bruder Wilhelm?«

»Gut ... recht gut ...«, antwortete Hans rasch.

»Wohnt er immer noch bei uns daheim in Emden? In seinem letzten Brief, dreißig Jahre ist das her, hat er geschrieben, er sei Schuster geworden ...«

Cornélius Krull hantierte weiter mit den biegsamen Weidenruten, während ein Priem mal die linke, mal die rechte Backe des Gehilfen blähte, der schon genauso lange hier war wie Vater Krull.

»Möchten Sie jetzt mein Zimmer sehen, Cousin?«

Darin roch es schal. Der unangenehmste Geruch im ganzen Haus. Joseph war ein Langweiler, mit seinem schlaksigen Körper, dem bleichen, immer ernsten Gesicht, dem Bürstenschnitt, dem Haar, das weder blond noch rot war, und den mattblauen Augen.

»Sind Sie auch Student?«

»Das war einmal. Jura. Ich musste das Studium abbrechen, aus politischen Gründen …«

»Und was machen Sie jetzt in Deutschland?«

»Nichts. Ich gehe nicht mehr nach Deutschland zurück.«

Er spürte, wie Josephs Blick kalt und misstrauisch wurde.

»Wenn mein Französisch ein bisschen besser ist, gehe ich nach Paris und schlage mich irgendwie durch … Vielleicht lasse ich mich auch einbürgern … Sind Sie eingebürgert?«

»Vater ist schon vor dem Krieg Franzose geworden. Ich habe meinen Militärdienst hier in Frankreich geleistet.«

Hans mochte sich in Josephs Zimmer nicht länger die Beine in den Bauch stehen und ließ ihn zurück mit seiner Doktorarbeit über den bilateralen Pneumothorax … *Sowie ein bilateraler Pneumothorax eingesetzt hat, lässt sich auf Röntgenaufnahmen der Lungenkollaps erkennen und …*

Dies waren die letzten Wörter im Heft. Klavierakkorde hallten von allen Wänden des Hauses wider. Hans ging ihnen nach und setzte sich hinter seiner Cousine Lisbeth, die eine lange spitze Nase hatte.

»Sagen Sie mal, Ihr Bruder ist aber kein Ausbund an Lebenslust!«

Sie lächelte, sagte aber nichts.

»Ihre Schwester auch nicht!«

Die Tapete war geblümt. Das offene Fenster ließ den Sommer herein und mit ihm Straßenlärm, vor allem das triumphierende Bimmeln der gelben Straßenbahn, die alle drei Minuten vorbeikam. Die Haltestelle war nur fünfzig Meter entfernt, und jedes Mal hörte man das Quietschen der Bremsen, von denen etwas Sand auf die Schienen fiel.

»Gerade eben«, erklärte Hans, während er den Nacken seiner Cousine betrachtete, »bin ich vor Ihrem Vater in eine peinliche Situation geraten …«

»Wieso? Weil Vater fast nichts redet?«

»Nein … Weil er wissen wollte, wie es meinem Vater geht.«

»Und das war peinlich?«

»Allerdings! Mein Vater ist schon vor fünfzehn Jahren gestorben.«

Er sagte es fröhlich, und Lisbeth, die sich rasch nach ihm umdrehte, konnte sich ihrerseits ein Lächeln nicht verkneifen.

»Aber sein Brief? Der Brief, den er meinen Eltern geschrieben hat …«

»Den habe *ich* geschrieben!«

»Wieso?«

Hans kratzte sich scherzhaft am Kopf. Während er, der deutsche Krull, wie man ihn hier nannte, fast braun war, fast wie ein Südländer aussah, hatten die französischen Krulls einen Teint wie dänisches Porzellan.

»Ganz genau weiß ich das auch nicht. Ich hab gedacht, ein Brief meines Vaters wäre wirkungsvoller als ein Brief von mir. Ich kann sehr gut Schriften nachahmen. Ich habe also geschrieben, dass mein Sohn Hans zwei, drei Monate in Frankreich verbringen soll, um sein Französisch zu verbessern.«

Er sah ihr in die Augen, und sie musste den Blick abwenden.

»Sind Sie jetzt wütend?«

»Mich geht das nichts an. Aber wenn mein Vater …«

»Sagen Sie's ihm?«

»Was denken Sie von mir?«

»Verstehen Sie mich: Ich musste unbedingt aus Deutschland weg und hatte nur noch ein paar Mark. Da habe ich an den Bruder meines Vaters gedacht … Ich fragte mich allerdings, ob er nach all den Jahren immer noch in derselben Stadt wohnt. Es kommt mir komisch vor, wenn jemand so lange am selben Ort bleibt …«

»Und Sie?«

»Ich habe schon überall in Deutschland gelebt, in Berlin, München, auch in Österreich, dann in Hamburg. Ich war auch mal auf einem Schiff der America Line …«

»Was haben Sie gemacht?«

»Eigentlich alles. Auf dem Schiff war ich als Musiker … In Berlin hatte ich mit Film zu tun …«

»Davon erzählen Sie hier besser nichts«, sagte sie und wandte sich wieder dem Klavier zu.

»Ich weiß!«

»Warum erzählen Sie dann mir gleich am ersten Tag davon?«

»Darum!«, antwortete er, indem er auf die Tür zuging, dann einen Augenblick innehielt, um seine Cousine von Kopf bis Fuß zu mustern.

Gleich danach erklangen wilde Tongirlanden aus dem Wohnzimmer.

Nach kaum vierundzwanzig Stunden bewegte sich Hans mit einer Ungezwungenheit im Haus, als hätte er hier schon seine Kindheit verbracht. Und egal wo er sich gerade befinden mochte, immer erkannte er die Stimme von Pipi, die zehnmal täglich Einkäufe für die Schiffer erledigte und jedes Mal im Laden ihr Gläschen kippte.

Er hatte sich nicht nur mit dem Haus, sondern auch mit der Umgebung vertraut gemacht. Von der Stadt merkte man nicht viel: Man befand sich ganz am Rand und gehörte kaum noch dazu.

Keine fünfzig Meter vom Haus entfernt wendete die Straßenbahn. Das sagte alles.

Gegenüber lag der Quai, mit drei, vier Baumreihen, Bänken, Bohlen, Bauhölzern und Backsteinen, die von den Lastkähnen abgeladen wurden.

Am anderen Ufer des Kanals war eine Brache, die für Truppenübungen genutzt wurde; der Schießstand war in einem lang gezogenen roten Gebäude untergebracht. Von morgens bis abends hörte man das peitschende Knallen der Lebel-Gewehre. Doch das war auf der anderen Seite des Wassers. Das gehörte nicht zum Quai Saint-Léonard und zählte deshalb nicht.

Am Quai Saint-Léonard kam nach dem Laden der Krulls nur noch ein Haus mit einer Werkstatt: die Tischlerei Guérin.

Weiter vorn am Ufer war die Werft der Gesellschaft Rideau mit dem Trockendock und den halb fertigen Booten.

»Gehen Sie nie am Kanal spazieren?«, fragte Hans Lisbeth.

»Ich darf nicht allein ausgehen.«

»Gehen Sie denn überhaupt spazieren?«

»Sonntags, wenn die ganze Familie in die Kirche geht.«

Auch die französischen Krulls waren dem Protestantismus treu geblieben.

»Langweilen Sie sich nie?«

»Ich langweile mich die ganze Zeit.«

Er langweilte sich nicht. Er durchstöberte das Haus, durchschnüffelte noch die hintersten Winkel und amüsierte sich über alles, sogar über Anna, die ihre Pflichten mit ernster Miene und sehr gewissenhaft erfüllte.

»Möchten Sie etwas Käse nehmen, Cousin?«

»Warum ›nehmen‹? Warum sagen Sie nicht ›essen‹?«

»Weil man das auf Französisch so sagt: ›Je prends du fromage, tu prends du fromage …‹«

Er vergaß keine ihrer Bemerkungen, wies sie ein paar Stunden später auf Widersprüche hin, freundlich und mit einem fröhlichen Funkeln in den Augen. Und hin und wieder blinzelte er Lisbeth zu, ohne besonderen Grund, und Lisbeth wandte den Kopf ab.

Obschon Cornélius Krull vier Fünftel seines Lebens in Frankreich verbracht hatte, hatte er nie richtig Französisch gelernt. Umgekehrt hatte er sein Deutsch praktisch vergessen, sodass er ein sonderbares Kauderwelsch sprach, das nur seine Familie verstand.

»War Pipi schon wieder da, Tante Maria?«

Er neckte seine Tante, die ein wahres Monument war, und fragte in unschuldigem Ton:

»Warum halten Sie immer beide Hände vor den Bauch?«

Zwei Tage? Nicht einmal. Seit anderthalb Tagen war er da, untätig und unbekümmert.

Es war morgens um elf, eine Zeit, die er mochte wegen des Lichts, der Düfte aus der Küche, der Ladenglocke, die nicht aufhörte zu läuten.

Er war eben in sein Zimmer hochgegangen, ohne genau zu wissen, warum, nachdem er unten in der Küche ein Stück Wurst aus dem Schrank genommen hatte. Angezogen, wie er war, hatte er sich auf dem Bett ausgestreckt. Er horchte. Die Geräusche aus dem Nebenzimmer deuteten darauf hin, dass Lisbeth ihre Matratze umdrehte und dann das Bett bezog.

Er sah zur Decke und auf die vielen Pünktchen, die die Fliegen dort hinterlassen hatten.

Rübergehen? Nicht rübergehen? Soll ich's versuchen? Soll ich's nicht versuchen?

Er aß das letzte Fitzelchen Wurst, stand auf, wischte sich die Lippen ab und lächelte sich im Spiegel zu. Dann drehte er vorsichtig den Türknauf, horchte auf dem Treppenabsatz, ergriff den Knauf der nächsten Tür und öffnete sie lautlos.

Lisbeth wandte sich ruckartig um, zuckte bei seinem Anblick zusammen und blickte verängstigt um sich.

Er hatte sich nicht getäuscht.

Wovor fürchtete sie sich, wenn nicht *davor*?

Und das Laken war noch nicht richtig eingeschlagen …

Und sie trug kein Kleid unter ihrer Kittelschürze!

»Was wollen Sie …«

Er lächelte, zwinkerte ihr zu und schloss die Tür.

Als er eine Viertelstunde später auf Zehenspitzen wieder zur Tür ging, hatte er einen langen Kratzer im Gesicht, sein Blick aber war fröhlicher denn je. Er wandte sich nicht um. Er wollte ja nicht gemein sein. Wieder drehte er den Türknauf, vorsichtig, lautlos. Das konnte er gut. Und da sah er …

Joseph. Dieser stand nicht direkt vor der Tür und nicht auf gleicher Höhe mit Hans, er war auf der Treppe, ein paar Stufen unter ihm. Hans sah nur seinen Oberkörper.

Joseph war bleich, noch bleicher als sonst, und sein Gesicht zuckte beunruhigend. Man hätte meinen können, er habe sich davongestohlen, um nicht dabei erwischt zu werden, wie er durchs Schlüsselloch schaute.

Hans überlegte nicht lange, was zu tun sei. Er zog sich mit einem Zwinkern aus der Affäre und ging in sein Zimmer. Durchs Fenster betrachtete er die vorbeifahrende Straßenbahn, die grüne Masse der Bäume, zwischen denen das Wasser des Kanals funkelte, und schnupperte an sich, da er noch ein wenig nach Lisbeth roch.

Beim Mittagessen sagte Joseph nichts. Er war so langweilig wie üblich, durchdrungen von Feierlichkeit und Würde.

Der alte Cornélius, der als Einziger Anrecht auf einen Korbsessel hatte, sagte nie etwas, und Hans hatte sich schon gefragt, ob er einfach zu dumm dafür sei.

Anna dagegen nahm sich ihres Cousins an.

»Wie nennen Sie das?«, fragte sie und zeigte auf eine Schüssel.

»Karotten.«

»Und das?«

»Fleisch.«

»Hammelkotelett. Sagen Sie's mir nach: Hammel…«

Er hätte gern gelacht, der neben ihm sitzenden Lisbeth einen Rippenstoß versetzt und sie – warum nicht? – gefragt:

Wie nennen Sie das, was wir eben getan haben?

Er riss sich zusammen, lächelte nicht eigentlich, verströmte aber dennoch gute Laune.

»Du isst ja gar nichts, Lisbeth«, tadelte Tante Maria.

»Ich hab keinen Hunger.«

Er ließ es sich nicht nehmen, in einem Ton, der zum feierlichen Joseph gepasst hätte, zu verkünden:

»In Ihrem Alter sollte man immer Hunger haben!«

Lisbeth warf ihm einen traurigen Blick zu. Er sah, dass ihre Augen feucht waren, und drückte ihr fröhlich das Knie.

»Nicht wahr, Joseph, Sie als Arzt denken doch auch …«

Die anderen konnten das nicht verstehen. Sie glaubten, es sei ein Tag wie jeder andere, friedvoll und sonnenbeschienen. Sie hatten keine Ahnung, dass wenige Minuten genügt hatten, um …

Plötzlich stand Lisbeth auf, das Gesicht in der Serviette vergraben, und nachdem sie zur Tür hinausgegangen war, hörte man ein heiseres Schluchzen.

»Was hat sie nur?«, fragte ihre Mutter beunruhigt.

Worauf Joseph seinem Cousin in die Augen blickte. Der alte Cornélius war ganz auf sein Essen konzentriert und kaute langsam weiter, während der Gehilfe in der Werkstatt seine Stulle verzehrte, die er jeden Morgen mitbrachte.

»Wollen wir ein bisschen spazieren gehen, Cousin?«

»Nennen Sie ihn doch Joseph, Hans!«, mischte sich Tante Maria ein.

Es war Abend geworden. Man saß auf dem Gehsteig, mit dem Rücken zum Haus, der Onkel in seinem Korbsessel, die anderen auf Stühlen mit Strohgeflecht.

Die Sonne war eben untergegangen. Aus dem Kanal stieg feuchte Frische auf, und zwischen den Bäumen bildeten sich feine Nebelschwaden.

Zwanzig Meter weiter, vor der Tür des Tischlers, mehr Stühle, mehr Menschen, die aber nichts mit den Krulls zu schaffen hatten und auch nie herüberschauten.

Cornélius rauchte eine lange Porzellanpfeife, die Augen halb geschlossen, der Bart so steif wie der einer Heiligenfigur. Tante Maria hatte einen Stapel karierter Geschirrtücher vor sich und markierte die Ecken mit rotem Baumwollgarn. Anna hatte ein Buch mitgebracht, in dem sie nicht las, und Lisbeth hatte ein Unwohlsein vorgeschützt, um sich ins Bett zu legen.

Die Welt war beinah leer. Die Kähne schliefen. Ein dünner Wasserstrahl aus einem undichten Schieber der Schleuse plätscherte wie ein Brunnen, ein Geräusch, das zunächst alle zehn Minuten, im Lauf der Nacht dann weniger häufig vom Lärm der Straßenbahn unterbrochen wurde.

»Ja doch … Geht ein bisschen spazieren … Aber kommt nicht zu spät zurück …«

Hans hatte nie einen Hut auf, was seine Lässigkeit noch betonte. Er trug schmiegsame Hemden mit offenem Kragen, und die besondere Weichheit seiner Kleidung unterstrich Josephs Steifheit.

Warum zeichneten sich auf der glatten Oberfläche des Kanalwassers ständig kleine Kringel ab, als zeugten sie von einem Innenleben?

Die beiden jungen Männer gingen mit großen, langsamen Schritten dahin.

Sie waren nicht nur gleich alt, sondern auch gleich groß und hatten beide lange Beine und große Füße.

»Sie sagen ja gar nichts, Cousin Joseph!«

Wenn sie sich umdrehten, konnten sie die Familie vor dem Haus sitzen sehen und ein Stück weiter die des Tischlers. Über einen Kahn waren Leinen gespannt, an denen Wäsche trocknete.

»Ich frage mich, was Sie mit meiner Schwester vorhaben …«

»Gar nichts habe ich mit ihr vor!«

Der Stadtrand lag hinter ihnen, und vor ihnen erstreckte sich das Land oder vielmehr eine unbestimmte Zone mit Hecken, Brennnesseln, Brachen. Die Weiden mit den Kühen lagen weiter draußen.

»Haben Sie durchs Schlüsselloch geschaut?«, fragte Hans leichthin.

Er wandte sich dabei nicht seinem Cousin zu. Er wusste auch so, dass der errötete.

»Falls ja, werden Sie festgestellt haben, dass sie ebenso Lust darauf hatte wie ich …«

Er sah Josephs Hand, eine lange Hand, die in der Dämmerung noch bleicher wirkte, eine sonderbar geformte Hand, die plötzlich zu zittern begann.

»Warum sind Sie zu uns gekommen?«, fragte Joseph zögernd.

»Weil ich nicht wusste, wohin ich gehen sollte!«

»Warum nicht anderswohin?«

»Das hab ich doch eben gesagt. Mein Vater hatte nur einen Bruder und eine Schwester. Die Schwester ist in Lübeck im Kloster. Ich hätte ja nicht gut zu ihr ins Kloster gehen können ...«

Und dann in leichterem Ton:

»Haben Sie heute gearbeitet?«

»Nein!«

»Deswegen?«

»Wegen allem ...«

»Allem was?«

»Einfach allem!«

Seine Hände zitterten. Er war knapp zwanzig Meter vor einer Gaslaterne stehen geblieben, der letzten vor dem offenen Land. Hans folgte seinem Blick und bemerkte etwas Undeutliches, ein Paar, das sich in der Dunkelheit umarmt hielt, wobei sie auf den Zehenspitzen stand, um ihre Lippen auf seine drücken zu können.

»Wer ist das?«, fragte er mäßig interessiert.

»Sidonie ...«

»Und wer ist Sidonie?«

»Pipis Tochter ... Egal ...«

»Sagen Sie mal, Joseph!«

»Was?«

»Sind bei Ihnen in der Familie nicht alle ein bisschen ... überspannt?«

Das war nicht das richtige Wort. Er hatte gezögert. Hätte er den Ausdruck »einen Stich haben« gekannt, er hätte ihn bestimmt verwendet.

»Warum fragen Sie das?«

»Einfach so... Mir geht da so einiges durch den

Kopf … Die Schwester meines und Ihres Vaters. Nachdem sie irgendein Buch gelesen hatte, wollte sie nicht mehr Lutheranerin sein und ist ins Kloster gegangen, manche sagen sogar, dass sie Visionen hat … Und mein Vater. Zwei Jahre vor seinem Tod ertrug er plötzlich die Farbe Rot nicht mehr … Wissen Sie, wie er gestorben ist?«

»Mein Vater ist normal«, fiel ihm Joseph ins Wort.

»Kann sein … Ich meinte ja nur … Sind immer so viele Schiffe auf dem Kanal?«

»Immer. Das ist der wichtigste Hafen der Stadt …«

»Haben Sie viele Freunde?«

»Keine!«

»Und an der Universität?«

»Da ist man nicht sehr beliebt mit einer Mutter, die den Fuhrknechten Getränke ausschenkt …«

»Warum tut sie das?«

»Weil die Leute im Viertel uns als Ausländer betrachten und nicht zu uns kommen … Ohne die Schiffer und die Fuhrknechte …«

Der Weg war mittlerweile nicht mehr als ein schmaler Treidelpfad am Kanal. Ein flaches Boot glitt langsam dahin, es gehörte einem Mann, der verbotenerweise Netze und Reusen auslegte und beim Wriggen das Ufer im Auge behielt.

»Haben Sie eine Geliebte, Cousin Joseph?«

»Nein …«

Ein gehässiges, böses Nein.

»Wollen wir umkehren?«

Wieder sahen sie das Paar bei der Gaslaterne, die Lippen der beiden schienen zusammengeschweißt. Weiter weg die Schiffe auf dem Trockendock der Werft, dann die Familie des Tischlers vor dem Nachbarhaus, schließlich die Familie Krull: der Korbsessel, der weiße Bart, die lange Porzellanpfeife, Tante Marias klein karierte Kittelschürze.

Die Luft war blau, die Nebelschwaden von einem etwas helleren Blau, alles war blau, der Himmel, die Bäume, nachtblau, und blau war auch die durchsichtige Reklame für Amidon Remy.

Bevor er seine Zimmertür öffnete, blieb Hans auf dem Treppenabsatz stehen. Er hörte etwas, das wie ersticktes Schluchzen klang, und zuckte mit den Schultern.

Dann, als er im Bett lag, vernahm er die Schritte von Joseph, der unter ihm in seinem Zimmer im Kreis ging, da an Schlaf nicht zu denken war.

2

Vor der hässlichen Entdeckung am Kanalufer lagen noch drei Werktage und ein Sonntag.

Hans wusste über alles Bescheid, einerseits weil er selbst vom Bett aus das geringste Scharren hörte und seinen Ursprung erriet, andererseits weil er unermüdlich überall war, in der Küche hinter Anna, im Laden bei seiner Tante, wenn sie einem Fuhrmann zu trinken ausschenkte oder mit Pipi stritt, in Lisbeths Zimmer, das seine Cousine kaum mehr zu betreten wagte, in der Werkstatt und im Zimmer von Joseph. Meist hatte man ihn nicht hereinkommen hören, fuhr bei seinem Anblick zusammen und fragte sich, wie lange er einem schon zugeschaut hatte.

Hans wusste, dass Cornélius morgens als Erster aufstand und dass dem seit seiner Hochzeit so war. Vielleicht war es beim ersten Mal Zufall gewesen, und dann hatte der Onkel es einfach beibehalten. Lautlos ging er in Pantoffeln die Treppe hinunter in den Keller und füllte zwei Eimer mit Kohlen. Dann feuerte er an, was Hans an einem Petrolschwall erkannte.

Danach wurde die Tür zum Laden geöffnet. Der Onkel mahlte Kaffee, und während er darauf wartete, dass das Wasser kochte, stopfte er seine lange Pfeife.

Um sechs tappte er die Treppe wieder hoch und stellte seiner Frau eine Tasse Kaffee auf den Nachttisch.

Hans wusste noch mehr …

Eines wusste er nicht, erfuhr es aber an diesem Sonntag. Dass man zwar die Rollläden vor den Fenstern geschlossen hielt, die Ladentür aber einen Spaltbreit offen ließ und auch sonntags Lebensmittel verkaufte und Getränke ausschenkte. Und dass außerdem – ebenfalls wegen des Ladens – nicht alle zum Gottesdienst gingen. Tante Maria und Anna blieben abwechselnd zu Hause.

Die anderen nahmen an diesem Sonntag die Straßenbahn, und schon das Warten an der Haltestelle hatte etwas Feierliches. Der Onkel, der einen Gehrock trug und dessen Hände in grauen Handschuhen steckten, blickte starr vor sich hin. Joseph behielt seine gelangweilte Miene bei und neigte – ganz wie seine Mutter – wehmütig oder resigniert den Kopf.

Die Wege des Herrn sind unergründlich …

Das war das Thema der Predigt an diesem Sonntag. Als sie aus der Kirche kamen, war die Stadt belebt, und auf dem Jahrmarkt in der Stadtmitte herrschte Hochbetrieb.

»Sind Sie schon mal Karussell gefahren, Cousine?«, wollte Hans von Lisbeth wissen.

Jedes Mal, wenn er sie anschaute, glaubte sie, erröten zu müssen, und Joseph hielt dem Blick seines Cousins ebenso wenig stand.

Hans lachte angesichts der Fremdheit der Familie Krull inmitten der ausgelassenen Menge: Nicht nur kamen sie aus der protestantischen statt der katholischen Kirche, nicht nur sprach Onkel Cornélius kaum Französisch … Alles an ihnen, bis zu Josephs resigniertem Lächeln, wirkte in dieser Umgebung völlig fremd.

Sie nahmen die Straßenbahn nicht dort, wo sie ausgestiegen waren, sondern gingen traditionsgemäß zur nächsten Haltestelle und machten, ebenfalls traditionsgemäß, Station bei einer Konditorei, wo ein Kuchen gekauft wurde, den Lisbeth nach Hause trug.

Die arme Lisbeth! Sie konnte den anderen nicht mehr in die Augen sehen und machte ein Drama aus dem winzigen Ereignis, das ihr Fleisch versehrt hatte. Das Sonderbare dabei war, dass die Art, wie Hans sie sozusagen Stück für Stück begutachtet hatte, sie heftiger aufwühlte als das, was er ihr angetan hatte. Auch jetzt noch nahm sie zuweilen instinktiv die Hände vor die Brust, um sich zu vergewissern, dass ihre kleinen Birnenbrüste nicht nackt waren.

»Die Wege des Herrn sind unergründlich«, verkündete Joseph zu Hause seiner Mutter, die immer wissen wollte, worüber gepredigt worden war.

Um drei kam Monsieur Schoof mit Marguerite. Hans, der die beiden noch nicht kannte, war dennoch im Bilde. Monsieur Schoof war der einzige Freund der Familie, auch er ein eingebürgerter Deutscher, der etwa zur gleichen Zeit wie Vater Krull nach Frankreich gekommen war und in der Rue Saint-Léonard ein Geschäft für Butter und Käse führte.

Er war sehr klein und rund und rosig, mit vergissmeinnichtblauen Augen und Lippen wie ein Säugling; Marguerite war ebenso frisch und pummelig, sodass man versucht war, in sie reinzubeißen.

Joseph und sie waren zwar nicht offiziell verlobt, aber das tat nichts zur Sache, stand ihre Heirat doch seit Ewigkeiten fest.

Anna zeigte ihr ein neues Häkelmuster; Marguerite errötete mehrmals unter Hans' Blicken, die gern auf ihrem prall gefüllten Mieder ruhten.

Was tat sich sonst noch? Nichts. Cornélius redete nicht. Er thronte in seinem Korbsessel wie für ein Familienporträt und nahm nur ab und zu mit weihevoller Gebärde die Pfeife aus dem Mund, um ein paar Silben zu äußern, die seinem Freund Schoof galten.

Schoof war selig. Alle beide waren glücklich, wenn sie hier auf dem Gehsteig saßen, den Kanal betrachteten, die Straßenbahn, die von Zeit zu Zeit vorbeifuhr, eine sonntäglich herausgeputzte Familie, die einen Besuch abstatten ging. Man schnupperte den Duft des Kakaos, der beim Tischler nebenan zubereitet wurde, wo der Sonntag etwa im gleichen Rhythmus verlief.

Hans beobachtete zuweilen Josephs Hände und sah voraus, wann sie sich wieder verkrampften, als würde der Cousin von Schwindel ergriffen.

»Wollen wir ein bisschen nach oben gehen?«, flüsterte Hans Lisbeth ins Ohr, die brav auf ihrem Stuhl saß.

Das wäre lustig gewesen: in dieser Stille bei offenem Fenster, während die Familie unten im Kreis auf dem Gehsteig saß – doch Lisbeth fuhr zusammen, als hätte man ihr etwas Blasphemisches gesagt.

Vielleicht mit Anna? Unglücklicherweise hatte diese bereits die Solidität und Zähigkeit ihrer Mutter angenommen, und Hans hatte bemerkt, dass sie einen Hüftgürtel trug, der sie so starr erscheinen ließ wie eine alte Anrichte.

Auch so verging die Zeit, denn der Tisch, der nach dem Mittagessen abgeräumt, dann für den Nachmittagskaffee gedeckt und wieder abgeräumt worden war, wurde jetzt erneut für das Abendessen gedeckt.

Erst nach dieser letzten Mahlzeit ging Hans aus, streifte über den Jahrmarkt, wie üblich ohne Hut, die Hände in den Taschen, eine Zigarette zwischen den Lippen und mit der Joseph so irritierenden Haltung eines Menschen, der sich überall zu Hause fühlt.

Ein Mädchen fiel ihm auf, und er war sich fast sicher, dass es die Kleine war, die er im Schatten des Quais gesehen hatte, an einen Mann gedrückt: Sidonie, die Tochter der berühmten Pipi.

Er folgte ihr eine Zeit lang durch die Menge. Sie hatte sich bei einem anderen Mädchen untergehakt, das noch jünger war als sie. Obschon Sidonie erst sechzehn war, spielte sie sich als Fräulein auf oder vielmehr als elegante Halbweltdame.

Sie hatte wohl *Die Kameliendame* gesehen und bewegte sich auf dem Jahrmarktgelände, als wäre sie das Zentrum der Aufmerksamkeit, als gälten ihr die Begierde der Männer und die Eifersucht der Frauen.

Es war ihre Art zu gehen, sich umzublicken und sich zu ihrer folgsamen Begleiterin hinabzubeugen und ihr lachend Vertraulichkeiten zuzuraunen.

Sie war nicht hässlich. Ein bisschen mager und blass, aber mit feinen Zügen, einem hübsch geformten Körper, den sie in ein extrem enges Kostüm gesteckt hatte, um ihre Figur zu betonen.

Beinah hätte Hans … Aber nein! Er zuckte mit den Schultern. Er hatte keine Lust, sie mit ihrer Freundin zu sämtlichen Schaubuden zu schleppen, bevor er sie – vielleicht! – in einen dunklen Winkel locken konnte.

Er machte plötzlich kehrt, da er seinen Cousin Joseph entdeckt hatte, der ebenfalls durch die Menge schlenderte, allerdings mit angespannter Miene, starrem Blick, als hätte er etwas sehr Ernstes oder Schwieriges im Sinn.

Eine Zeit lang machte Hans sich einen Spaß daraus, ihn von Weitem zu beobachten, und sah mit Befriedigung, wie unbeholfen der große strenge junge Mann Sidonie hinterherlief.

Bestimmt zittern seine Finger wieder, dachte Hans.

Die Schoofs waren schon lang nach Hause gegangen, und die Krulls schliefen. Hans trank ein Bier in einem Straßencafé, hielt nach seinem Cousin Ausschau und ging dann zurück, um sich schlafen zu legen. Ein leises Geräusch im Nebenzimmer verriet, dass Lisbeth wach war, doch er mochte nicht zu ihr gehen, da sie bestimmt weinen würde und er sie beschwichtigen müsste.

Das Geräusch der Kohle, die im Keller geschippt wurde, dann, etwas später, das der Kaffeemühle. Hans stand auf, ohne besonderen Grund, und ging im Schlafanzug hinunter, vielleicht um seinen Onkel von Nahem zu sehen.

Draußen fiel ein feiner Regen, der das Grün am Quai zur Geltung brachte. Er würde nicht lange anhalten. Millionen bewegter Kreise wurden auf der glatten Oberfläche des Kanalwassers geboren und erstarben wieder. Arbeiter fuhren auf Fahrrädern vorbei.

»Guten Morgen, Onkel!«

Onkel Cornélius betrachtete ihn neugierig, noch nicht an diesen Jungen gewöhnt und noch weniger daran, dass jemand im Schlafanzug auf den Gehsteig trat, um frische Luft zu schnappen. Doch er sagte nichts. Er sagte nie etwas. Vielleicht war er wirklich ein Idiot, vielleicht aber auch ein Philosoph, der unter einem unsichtbaren Schutzschild gemächlich sein eigenes Leben führte.

Vor dem Haus war ein motorisierter Lastkahn bereit zum Ablegen, ein großer brauner mit rundem Bug. Die Frau des Schiffers stand an Deck und stieß den Kahn mit einer Stange vom Ufer ab, während ihr Mann unten den Dieselmotor anzuwerfen versuchte, der ab und zu ein Röcheln von sich gab.

Der Motor sprang nicht an. Die Schleuse stand offen. Weitere Kähne warteten. Die Frau beugte sich über die Luke und sprach auf Flämisch mit ihrem Mann.

Hans ging trotz des Regens in Pantoffeln und Schlafanzug über die Straße, entspannt und locker, die erste Zigarette zwischen den Lippen.

Einen Moment lang interessierten ihn die Soldaten, die am anderen Ufer in den Schießstand traten. Danach versuchte er zu verstehen, was der Mann und die Frau einander auf Flämisch zuriefen.

Als er sich umwandte, sah er das Haus Krull mit dem Laden und auf der Schwelle seinen Onkel mit der typisch deutschen langen Pfeife im Mund.

Plötzlich wurde das Wasser aufgewühlt, und fettiger Rauch drang aus dem Auspuff. Der Schiffer kam an Deck und lief zum Ruder.

»He!«, rief ihm Hans zu.

Der Schiffer drehte sich um und beugte sich vor, um zu sehen, worauf der junge Mann deutete.

Hans wusste auch nicht, was es war: etwas Weißes in den Strudeln, wie ein Laken. Der Bug des Kahns war bereits zwischen den triefenden Wänden der Schleuse.

Der Schiffer konzentrierte sich auf das Manöver, dann beugte er sich noch einmal vor, stieß plötzlich einen Schrei aus und fuchtelte mit den Armen.

Die Leute am Ufer, der Schleusenwart, ein Fischer, andere Schiffer, traten neugierig näher. Mit dem Bootshaken schob der Mann das weiße Ding zum Ufer hin, und nun erkannte man, dass es ein Körper war, ganz nackt, fahl, dessen Kopf noch nicht zu sehen war, weil er schwerer war und dadurch unter Wasser blieb.

Vor allem anderen musste der Kahn ganz in die Schleuse hinein. Vom Ufer aus versuchte der Fischer, den Körper mit dem Griff seiner Angelrute heranzuziehen, aber der Bambus war zu leicht, und so trieb das weiße Ding, statt näher zu kommen, noch weiter weg.

Vier, fünf schauten zu, dann wurden es immer mehr. Leute von den vertäuten Kähnen, ein kleiner Junge, eine stillende Frau, ein Gasmann mit Mütze ...

Ein Schiffer ging zurück an Bord, sprang in sein Beiboot und ruderte zur Leiche.

Und genau in diesem Augenblick wandte sich jemand an Hans:

»Was ist da los?«

Er zuckte bloß mit den Schultern. Niemand hatte bemerkt, dass es nicht mehr regnete und leichter Dunst vom Kanal aufstieg.

Der Mann im Beiboot versuchte zuerst, den Körper mit seinem Bootshaken heranzuziehen, ein ziemlich schlimmer Anblick, da er mit dem Haken ins Fleisch stieß. Aber die Leiche entglitt ihm immer wieder.

Er zögerte, eher gehemmt als angeekelt.

Je nun, da gibt's nur eines …, schien sein Blick zu sagen.

Er bückte sich, umschlang den Körper, zog ihn aus dem Wasser und hielt ihn eine Zeit lang wie eine seltsam verrenkte triefende Schaufensterpuppe im Arm, dann ließ er ihn ins Boot sinken.

Eine Frau, oder eher ein Mädchen. Sie hatten alle Zeit gehabt, das zu sehen. Langsam folgten sie dem Boot, das etwas weiter vorn anlegen würde, wo es einfacher war.

Die Leiche lag im Gras der Böschung, man hatte eine Plane darübergebreitet. Ein Polizist stand daneben und hörte sich die Kommentare der Gaffer an.

Als Hans sich entschied, den Quai zu überqueren, um ins Haus zu gehen, folgte man ihm instinktiv mit den Blicken, vielleicht, weil er die Sache entdeckt hatte, vielleicht auch, weil er im Schlafanzug war und eine fremde Sprache sprach.

Tante Maria, die eben heruntergekommen war, blickte durchs Fenster.

»Eine Leiche, die man herausgefischt hat …«, erklärte Hans.

»Die holen jeden Monat welche aus dem Wasser«, antwortete sie. »Man könnte meinen, die lassen sich absichtlich vor unserem Haus an Land treiben …«

Hans fröstelte ein wenig, da sein Schlafanzug nass war. Er ging hinauf in sein Zimmer, zog sich eine Jacke über, behielt die Pyjamahose aber an.

Wieder auf der Treppe, kam ihm Joseph entgegen, dessen Gesichtsfarbe gleich nach dem Aufstehen einem Löschblatt glich.

»Was gibt es?«, fragte er. »Haben sie schon wieder einen Ertrunkenen rausgefischt?«

»Eine Ertrunkene!«

»Ah!«

»Ich glaube, es ist Sidonie …«

Kein Zweifel: Josephs Finger zitterten. Und gleichzeitig machte der Adamsapfel in seinem mageren Hals einen Sprung.

»Wer sagt das?«

»Niemand … Ich … Übrigens, Cousin …«

»Was?«

»Nichts!«, sagte Hans und ging weiter.

So war es einfacher. Außerdem hatte er schon genug Zeit verloren und wollte wissen, wie es draußen weiterging.

Als er das Ufer erreichte, waren da mindestens fünfzig Leute, und wenn man sich umdrehte, sah man noch mehr Menschen an den Türen und Fenstern. Ein sichtlich verschlafener Mann ohne Kragen und Krawatte kam hinter einem barfüßigen Jungen angekeucht.

Das war der Arzt. Er sah die Gaffer vorwurfsvoll an, scheuchte sie weg und bückte sich, um einen Zipfel der Plane anzuheben.

Der Leiche den Puls zu fühlen, war nicht nötig. Tot ist tot. Er wandte sich dem Polizisten zu und sagte halblaut:

»Es ist Sidonie Pipi …«

Er hatte sie mehrmals behandelt und sogar versucht, sie in ein Sanatorium zu schicken, da sie tuberkulös war. Die Mutter, die von Ärzten so wenig hielt wie von Krankheiten, hatte nicht gewollt, zumal Sidonie als

Schuhverkäuferin arbeitete und etwas Geld nach Hause brachte.

»Kommt der Kommissar?«

Wieder betrachtete er missmutig die Leute, die dastanden, um eine Plane anzuglotzen. Man musste warten.

Der Himmel war nicht mehr blassblau, sondern rosa, nur in der Ferne sah man noch ein wenig Blau. Gegenüber begannen die Schießübungen, jede Salve ließ die Luft erzittern. Ein Schiffshorn rief den Schleusenwart, der sich widerwillig entfernte.

Hans fand als Einziger nichts dabei, dass er in Pyjamahose dastand, mit nacktem Oberkörper unter einer grünlichen Jacke. Er bemerkte nicht, dass die anderen ihn anstarrten und Kommentare über ihn abgaben. Er wartete auf Joseph, der schließlich zusammen mit seiner Schwester Lisbeth über die Straße kam.

»Das da?«, fragte Lisbeth, als sie den kleinen Haufen unter der Plane sah.

Sie fröstelte, zog den Schal um ihre Brust, wandte sich um und stammelte:

»Ich geh lieber …«

Nun schaute man auch Joseph an, obschon nichts an seiner Aufmachung originell oder wunderlich war. Ihn schaute man an, weil er der Krull-Sohn war und die Krulls nicht dazugehörten.

Er redete nicht. Er hatte sich damit begnügt, den Arzt zu begrüßen, und sich dann zu Hans gesellt. Ab und zu fuhr er sich mit dem Daumen über die Oberlippe, auf der Schweiß perlte.

Endlich kam der Kommissar, mit dem Fahrrad. Er hob

die Plane nicht einmal hoch, sondern zog den Arzt gleich beiseite. Die beiden gingen eine Zeit lang auf und ab, wobei sie halblaut diskutierten und heftig gestikulierten.

Danach schickte der Kommissar einen seiner Polizisten mit einem Auftrag weg. Er selbst stopfte seine Pfeife, zündete sie an, ging Richtung Werft und daran vorbei. Er wollte zu Pipi.

Fast alle folgten ihm, mit einigem Abstand, wohlgemerkt. Die ersten Straßenbahnen fuhren vorbei. Sirenen und Pfeifenschrillen zeigten an, dass in den Fabriken und Werkstätten die Arbeit begann.

Hans, der in der Menge mitgegangen war, wunderte sich nicht, dass Joseph immer noch neben ihm war.

»Sie wird besoffen sein!«, sagte er.

Pipis Kahn war kein richtiger Lastkahn von dreißig Metern Länge oder mehr, sondern ein abgewracktes kleines holländisches Schiff, das hinten im Schlick festsaß. Auf das Schiff gelangte man nur über eine schwankende Planke. Der Kommissar zögerte. Als er schließlich an Deck war, bückte er sich, klopfte an die Luke, wartete und bückte sich noch einmal, um zu rufen.

Endlich tauchte Pipis Gesicht auf, das wie jeden Morgen aufgedunsen und verzerrt war, die Augen groß und ausdruckslos. Man hörte nicht, was der Kommissar sagte, sie verschwand ein paar Sekunden, tauchte wieder auf, stürzte zur Planke und knurrte der Menge zu:

»Was für ein Jammer!«

Man konnte nicht wissen, was ein Jammer war: die Leute, die ihre Zeit mit Gaffen vertrödelten, oder die Nachricht vom Tod ihrer Tochter.

Hans bemerkte ein winziges Detail: Als die heftig atmende Pipi in Josephs Nähe kam, schien sie innehalten und ihn ansprechen zu wollen. Doch ihr Schwung trug sie an dem jungen Krull vorbei. Vor sich hin brabbelnd ging sie weiter, während die Menge und der Kommissar mit großem Abstand folgten.

In der Ladentür sah Hans seine Tante und Anna, aber weder sein Onkel noch der Gehilfe ließen sich blicken, noch gar seine Cousine Lisbeth, die bestimmt völlig aufgelöst war.

»Zeigt sie mir, wenn ich's doch sage!«, brüllte Pipi. Sie schien der Menge wie den Amtspersonen trotzen zu wollen.

Als sie das Gesicht ihrer Tochter unter der Plane sah, drückte ihre Miene eher Hass als Trauer aus.

»Was für ein Jammer!«

Sie verzog den Mund, als würde sie weinen, doch sie weinte nicht. Sie wollte etwas tun, spürte, dass es nötig war, wusste aber nicht, was. Unvermittelt wandte sie sich den Zuschauern zu, ballte die Faust und kreischte:

»Und ihr, schämt ihr euch nicht, Maulaffen feilzuhalten? Glaubt ihr eigentlich, ihr seid hier im Theater?«

Der Leichenwagen hielt direkt gegenüber dem Krull'schen Geschäft. Zwei Männer überquerten mit einer Bahre den Grünstreifen, und noch einmal sah man kurz den fahlen Körper, auf dem die Schatten der Platanenblätter tanzten.

Perplex fragte die Mutter den Kommissar:

»Wo wird sie jetzt hingebracht, meine arme Tochter?«

Sie stank nach Schnaps. Sie war schmutzig. Man wich ihr aus und fürchtete ihre Flöhe ebenso wie einen weiteren Schwall von Unflätigkeiten.

»Bring sie dann zu mir!«, sagte der Kommissar einem Polizisten und stieg auf sein Fahrrad.

Der Polizist ging die Mauern entlang mit Pipi, die er zur Polizeiwache zu geleiten schien, und noch immer waren da Leute, die ihnen dorthin folgen wollten.

Der Arzt sprach etwas abseits mit einem der Honoratioren, und Hans hörte das Wort »Autopsie«.

Er ging zurück ins Haus, frühstückte mechanisch, ganz allein in der Küche. Als er hochging, um sich anzuziehen, stand Lisbeths Tür offen. Das war Absicht, natürlich. Seine Cousine tat, als arbeitete sie, sie wirkte aufgelöst, ihr Blick war flehend.

»Das ist furchtbar, Hans!«, stöhnte sie.

Tränen stiegen in ihr hoch, man spürte es, sah es, sie drückten gegen ihre Lider, und ein Schluchzen drückte gegen ihre Lippen.

»Hans!«

Es war nicht nur Sidonie. Es war alles. Auch die Nerven. Begriff er denn nicht, dass sie beruhigt werden, an seine Brust gedrückt, ein Wort, irgendein Wort hören musste?

»Das war nicht sehr schön, stimmt schon!«, stellte er fest.

Seine tränenüberströmte Cousine rührte ihn nicht, und er würde diese lästige Aufgabe keinesfalls übernehmen.

Er ging in sein Zimmer, schloss die Tür, zog die Jacke aus und füllte das Waschbecken mit Wasser.

Er spürte sie nebenan, sie war noch nicht zur Ruhe gekommen. Er erriet ihr Schluchzen, stellte sich vor, wie sie ihr Taschentuch zerknüllte, das Gesicht verzog und trotz allem einen Blick in den Spiegel warf, um ihr tränennasses Gesicht zu betrachten.

Dann das Rascheln eines Kleids im Flur, Stille, Knistern, ein Kratzen an der Tür.

Er hielt den Rasierpinsel in der Hand und seifte sich gerade das Gesicht ein; seine Augen blitzten vor Boshaftigkeit.

»Hans!«

Es war nur ein Seufzer. Unten sollte man ja nichts hören.

»Ich bin so unglücklich, Hans!«

Tja, Pech! Er hatte nicht die geringste Lust, die Tür zu öffnen, und hätte am liebsten den Schlüssel gedreht.

Sidonie war gestorben, und Lisbeth wollte bemitleidet werden!

Das Lokalblatt erschien morgens, man musste also noch einen ganzen Tag auf die offizielle Meldung warten.

Dennoch wurde lange vorher klar, dass Gravierendes im Gange war. So hielt um elf ein Wagen vor dem Laden, so nah, dass Tante Maria hochschreckte, weil sie glaubte, man wolle zu ihr.

Es war die Staatsanwaltschaft, vier düstere Herren, die den Grünstreifen überquerten und zur Böschung gingen, wo der Kommissar auf sie wartete.

Im Hafen herrschte wieder reges Treiben. Man hörte das Hämmern in der Werft Rideau, das Rauschen der Schleuse, wenn sie gefüllt oder geleert wurde, und die Schüsse vom Schießstand gegenüber.

Dennoch bildete sich binnen Kurzem wieder eine

Gruppe, wenn auch zögerlicher als zuletzt wegen des Ansehens der hohen Beamten.

Die Hände in den Taschen, ging Hans über die Straße und sah, als er sich umdrehte, den Cousin in seinem Zimmer, hemdsärmelig über seine Hefte gebeugt.

»Wer hat die Leiche entdeckt?«, fragte der Untersuchungsrichter.

Worauf der Kommissar antwortete:

»Der Schiffer von der Belle Hélène. Ich habe ihm die Weiterfahrt gestattet. Ich habe seine Aussage zu Protokoll genommen …«

»Nein, ich habe die Leiche entdeckt«, sagte Hans mit Nachdruck und trat vor.

Sein Akzent und sein schlechtes Französisch verursachten Stirnrunzeln. Die Herren sahen einander an, als wollten sie sagen:

Wo kommt denn *der* her?

»Ich habe kurz Luft geschnappt. Ich wohne gegenüber, bei meinem Onkel Krull. Ich habe da was bei der Schiffsschraube gesehen …«

»Hören Sie das, Kommissar?«

»Ich werde ihn gleich nachher vorladen.«

Hans blieb. Sie wussten nicht, wie sie ihn loswerden sollten.

»Ich danke Ihnen …«, sagte der Richter.

Hans rührte sich kaum von der Stelle und hörte zu.

»Was sagt ihre Mutter?«

»Im ersten Schock hat sie behauptet, es sei Potut …«

»Wer ist Potut?«

»Der Mann, mit dem sie in eheähnlichen Verhältnissen lebt. Wenn Sie wollen, können wir gleich zum Kahn gehen. Er ist voller Flöhe und Ungeziefer. Kaum hat man das Deck betreten, ist man von oben bis unten …«

»Und dieser Potut?«

»Hat schon mal bessere Tage gesehen. Ich glaube, er war Croupier. Jetzt ist er von morgens bis abends betrunken wie seine Alte. Morgens geht er auf den Gemüsemarkt und hilft da und dort ein bisschen mit. Aber tatsächlich hält sie ihn aus …«

»Wo ist dieser Potut jetzt?«

»Das wissen wir nicht, aber wir werden ihn bestimmt bald finden. Manchmal bleibt er zwei, drei Tage weg, um in irgendeinem Loch seinen Rausch auszuschlafen. Letzte Nacht ist er nicht heimgekommen … Aber im Quartier Sainte-Marguerite ist ja auch Jahrmarkt. Und diesem Mann gelingt es immer, irgendwo was zu schnorren.«

Der Untersuchungsrichter sah Hans streng an, der allzu offensichtlich zuhörte, doch der junge Mann schien das nicht zu bemerken und steckte sich nur eine Zigarette an.

»Und die Kleine?«

»Was soll man dazu sagen … So wie es bei denen zugeht … Potut hat es wohl schon einmal bei ihr versucht … Auf dem Kahn gibt es nur einen einzigen bewohnbaren Raum, wenn man ihn überhaupt so bezeichnen kann …«

»Steht fest, dass sie erwürgt worden ist?«, fragte der Stellvertreter des Staatsanwalts.

»Erwürgt und vergewaltigt … Und zwar zweifellos hier, denn man hat Grasspuren gefunden … Wir müssen noch die Kleider finden, die sind bestimmt im Kanal …«

»Und die Schuhe?«, erkundigte sich noch einmal der Stellvertreter des Staatsanwalts.

»Nein! Schuhe und Strümpfe hat man ihr gelassen.«

Von Zeit zu Zeit schweifte Hans' Blick über die Straße zum Rechteck eines Fensters, zu den hell schimmernden Hemdsärmeln auf dunklem Grund, dem Bürstenhaarschnitt über einem großen Heft.

»Ich lasse den Kanal mit Haken absuchen.«

»Was haben Sie mit Pipi gemacht?«

»Die ist wieder draußen ... Bestimmt hockt sie jetzt in einem Bistro. Nachdem sie Potut praktisch der Tat beschuldigt hatte und ich ihr ihre Aussage vorgelesen habe, hat sie mich verblüfft angeschaut, alles bestritten und geschworen, das habe sie nie gesagt. Potut könnte ihrer Tochter nie und nimmer etwas antun ... Da sehen Sie mal, wie einfach das ist! Und wenn sie dann später ordentlich geladen hat, wird es sich wieder ganz anders anhören ...«

Der Richter machte sich mit einem goldenen Drehbleistift Notizen in einem kleinen, sehr edlen Heft.

»Gehen wir trotzdem zu ihrem Kahn«, verfügte er.

Er drehte sich nach Hans um, runzelte die Stirn und beschied ihn knapp:

»Sie werden gegebenenfalls zur Befragung ins Kommissariat bestellt ...«

Das hinderte Hans nicht daran, mit ein paar anderen der Gruppe zu folgen, die den Kanal entlangging und vor der wackligen Planke zögernd stehen blieb.

»Könnte man vielleicht einen anderen Steg beschaffen?«, schlug der Stellvertreter des Staatsanwalts vor.

Der Kommissar eilte beflissen zur Werft und verhandelte mit Rideau. Die Herren hatten es nicht eilig. Rauchend betrachteten sie die Umgebung.

»Bemerkenswerterweise«, sagte der Richter und biss das Ende seiner Zigarre ab, »war diese Sidonie laut rechtsmedizinischem Gutachten gestern Abend noch Jungfrau gewesen ...«

Und bei diesem Wort stahl sich ein vielsagendes Lächeln auf seine Lippen.

»Wirklich bemerkenswert!«, wiederholte er, während er ein Streichholz anzündete. »Finden Sie nicht?«

»Ich finde bemerkenswert, dass niemand etwas gehört hat, wenn die Sache hier am Ufer passiert ist. Es gab Lastkähne in nächster Nähe. Es gibt die Häuser ...«

»Falls man ihr aber gleich die Kehle zugedrückt hat ...«

»Glauben Sie, dass sie ihren Angreifer gekannt hat?«

»Gut möglich! Sie ist bestimmt mit ihm spazieren gegangen ...«

Dicht neben Hans spitzte ein Junge seine großen abstehenden Ohren, und keine fünf Meter von ihnen kugelten zwei Kinder wie junge Hunde durchs Gras. Auf einem Schiff wusch eine Frau Wäsche, was Hans an Amidon Remy und Bleu Reckitt erinnerte.

Die Herren von der Staatsanwaltschaft krempelten ihre Hosen hoch, um durch die Luke einzusteigen. Sie bewegten sich zimperlich und stießen kleine Schreie aus, wie junge Damen, die Angst haben, sie könnten sich beschmutzen.

Im selben Augenblick betrat Pipi den Laden der Krulls, die Pupillen bereits erweitert, wie sonst erst gegen Abend. Durchdringend sah sie Tante Maria, ihre Intimfeindin an, und begrüßte sie mit:

»Alte Schlampe!«

Sie ging direkt zum Ausschank am Ende des Tresens und brummte:

»Was ist? Krieg ich hier was?«

Tante Maria seufzte und griff nach einer Rumflasche mit Spezialverschluss, der sich öffnete, sowie man die Flasche kippte:

»Meine arme Pipi ...«

»Auf Mitleid kann ich verzichten ...«

»Jetzt sehen Sie, wohin das führen kann ...«

Vielleicht brauchte Tante Maria Pipi genauso sehr, wie Pipi Tante Maria brauchte. Pipi konnte hier regelmäßig Gift und Galle speien, all ihre Wut abladen und sich dabei auch noch betrinken.

Und Tante Maria hatte so die Möglichkeit, aus der Fülle ihrer Tugendhaftigkeit zu seufzen angesichts eines solchen Ausbunds an Verkommenheit.

»Sie sollten sich schämen, an einem Tag wie heute zu trinken ...«

Worauf die betrunkene Pipi entgegnete:

»Wann soll man denn sonst trinken? Wenn sie deine Tochter vergewaltigt und umgebracht hätten ...«

Und dann brach sie in Tränen aus.

3

Zwischen dem Zeitpunkt, an dem Sidonie umgebracht und nackt in den Kanal geworfen worden war, und demjenigen, als man sich wieder mit ihr befasste – nicht als einem kleinen, armen, schwächlichen Mädchen, sondern als Figur eines über sie hinausführenden Dramas –, verstrichen mindestens zehn Tage; zehn Tage, in denen es schlicht keine Sidonie gab, weder die aus Fleisch und Blut, die gestorben war, noch die andere, die noch nicht geboren war.

Dahinter steckte jedoch keine Absicht. Es war keineswegs so, dass man sie geächtet hätte. Der Kommissar und die Staatsanwaltschaft waren vor Ort gewesen, und ein paar Leute waren ihnen den Kanal entlang gefolgt.

Am nächsten Morgen stand im Lokalteil der Zeitung, also auf jener Seite, die immer schlecht gedruckt war, die gutgläubige Meldung:

Quartier Saint-Léonard. Schiffer haben in der Nähe der Schleuse aus dem Kanal die Leiche einer gewissen Sidonie S., Verkäuferin, geborgen, die wohl eine Nacht lang im Wasser gelegen hat. Der Autopsie zufolge wurde Sidonie S., bevor sie in den Kanal geworfen wurde, erwürgt, und ihr wurde auf abscheuliche Weise Gewalt angetan. Die Ermittlungen laufen.

Viel weiter hinten zwei Zeilen ohne Überschrift:

Die Polizei hat einen gewissen Potut verhaftet, der verdächtigt wird, Urheber des abscheulichen Verbrechens von Saint-Léonard zu sein. Wegen Volltrunkenheit konnte er bislang nicht sachdienlich vernommen werden.

Es muss noch erwähnt werden, dass die folgenden Tage besonders heiß waren. Wie jeden Sommer begann das Wasser des Kanals zu riechen. Man musste in allen Ecken Fliegenpapier aufhängen, das schon nach wenigen Minuten von einer summenden dicken schwarzen Schicht bedeckt war.

In den Schulen wurden die Zeugnisse ausgegeben, und einige Schüler wurden mit Preisen ausgezeichnet. Und dann wurde noch ein lächerliches kleines Karussell, eines für Kinder, das von einem Pony gezogen wurde, bei der Werft Rideau aufgestellt, vielleicht weil der Besitzer nicht wusste, was er sonst in den Ferien damit tun sollte. Ab und zu setzte er es in Gang, und dann hörte man die fiepende Musik bis zur Schleuse.

Hätte man Tante Maria gefragt, die sonst immer Vorahnungen hatte, hätte sie zweifellos ihre Überzeugung geäußert, es werde nie einen Fall Sidonie geben.

Selbst an dem Tag, als die Leiche entdeckt wurde, hatte Tante Maria ganz andere Dinge im Kopf gehabt. Die Schaufensterauslage reichte so hoch, dass Tante Maria, wenn sie aufrecht stand, sehen konnte, was draußen vor sich ging.

Passanten, die vor dem Schaufenster stehen blieben,

fuhren manchmal zusammen, wenn sie im Halbdunkel des Ladens plötzlich Augen, Stirn und silbriges Haar erblickten. Manche gingen betreten oder verärgert davon, als wären sie bei etwas ertappt worden.

An diesem Tag aber schaute Tante Maria hinüber zum Kanal, wo reges Treiben herrschte. Neugierige verfolgten vom Ufer aus, wie Männer in flachen Booten mit Haken nach Sidonies Kleidern suchten.

Was Maria Krull beobachtete und was ihr auf die Nerven ging, war jedoch Hans, der von Gruppe zu Gruppe schlenderte und herumschwadronierte. Man konnte ihn sehr gut erkennen, weil er hellgrau gekleidet war, keinen Hut aufhatte und sein Hemd offen trug und weil er sich viel zu lässig und ungeniert gebärdete.

Da sein Französisch noch immer kümmerlich und sein Akzent entsetzlich war, konnte er sich nur mit großen Gesten verständlich machen, was Tante Maria zur Weißglut brachte.

»Jemand muss es ihm unbedingt sagen«, murmelte sie Anna zu, als sie die Küchentür aufstieß.

Anna durfte den Laden ebenso wenig wie Lisbeth betreten; es schickte sich nicht, dass junge Mädchen Alkohol ausschenkten.

Das war die Domäne von Tante Maria, die auch dem unverschämtesten Trunkenbold die Stirn bot und ihn notfalls selbst hinausbeförderte. Anna regierte in der Küche, aber zwischen zwei Kunden öffnete ihre Mutter zuweilen die Tür mit der Spitzengardine.

An diesem Tag tat sie dies öfter als gewöhnlich und stückelte so ein Gespräch zusammen, das, von Satz zu Satz, Seufzer zu Seufzer, fast den ganzen Tag andauerte.

»Die Leute werfen uns ohnehin ständig vor, dass wir Ausländer sind! … Wenn er sich nur nicht in alles einmischen würde …«

Das war der Wochentag, an dem Anna die Messer und das Besteck mit einer rosa Paste putzte, die einen scharfen Geruch verströmte.

Tante Maria ging raus und rein, vom Geruch des Ladens zu dem der Paste und der Suppe, immer ruhig, doch mit gerunzelter Stirn und die Hände vor dem Bauch gefaltet.

»Man sollte ihm sagen, dass er nicht mit den Nachbarn reden soll … In der Stadt ist das egal … Da kann er sich umschauen, wie er will … Aber hier im Viertel … Ich bin sicher, er sagt allen, dass er Deutscher ist …«

Maria neigte den Kopf nach rechts. Sie litt schon so lange darunter, Deutsche zu sein, dass sie die Jahre gar nicht mehr zählen konnte.

Die Ladenglocke ging. Man hörte Maria auf der anderen Seite der Tür aufseufzen. Die meisten Kundinnen waren furchtbar unglücklich, und Tante Maria stimmte in ihre Klagelieder ein.

»Sie sollten ihm jede Stunde Zuckerwasser geben«, empfahl sie einer Schiffersfrau, die auf dem Arm einen aschfahlen Säugling trug. »Als ich mein drittes bekommen habe …«

Die Stirn, das weiße Haar, die Augen überragten wieder die Auslage, und als Tante Maria das nächste Mal die Küchentür öffnete, rief sie:

»Jesus Maria! Weißt du, was er jetzt tut? Er ist in einem Boot mit diesen Männern und hilft ihnen, den Kanal abzusuchen …«

»Ich mag ihn nicht!«, hatte Anna bereits früher erklärt.

Als sie das sagte, war ihr Blick schwer gewesen, voller Groll und geheimer Gedanken.

Joseph arbeitete oben. Seit einiger Zeit arbeitete er viel zu viel, und wenn er für die Mahlzeiten herunterkam, hatte sein Gesicht die Farbe von Papiermaché. Seine Augen waren so müde, dass seine Lider immerzu flatterten, wie bei einem Vogel, der von der Sonne geblendet wird.

»Du solltest mal an die Luft …«

»Das kann ich auch noch machen, wenn meine Doktorarbeit fertig ist …«

Er glich seiner Mutter, immer leidend, würdevoll und resigniert, als wollte er wie Hiob ausrufen:

»Der Herr auferlegt mir Prüfungen; gepriesen sei Sein Name!«

Als er an diesem Abend zum Abendessen herunterkam, begriff er, dass etwas passiert war, wegen des vollkommenen Schweigens seiner Mutter, der Blicke seiner Schwester Anna und der etwas angestrengten Fröhlichkeit seines Cousins Hans.

»Man hat endlich die Kleider gefunden«, sagte Hans gerade. »Sie sind ihr im wahrsten Sinn des Wortes Stück für Stück vom Leib gerissen worden …«

Seine Tante räusperte sich mit einem Blick zu Lisbeth hin, was Hans nicht gleich verstand. Als er es doch noch tat, ertränkte er sein Lächeln in einem Schmollen.

Und so sprach man nicht über Sidonie. Im Grunde genommen sprach man über gar nichts, abgesehen von der großen Trockenheit, die, falls sie anhielte, den Schiffsverkehr im Kanal behindern könnte, wie vor zwei Jahren, als der Wasserstand einen Monat lang zu niedrig gewesen war.

Als sie vom Tisch aufstanden, lag etwas Undefinierbares in Tante Marias Haltung. Etwas, das nur die Krulls verstehen konnten und das besagte:

Bleibt da … Lasst Hans gehen … Wir müssen reden …

Hans, der über Antennen verfügte, gab sich noch munterer, beschloss aber dennoch hinauszugehen.

»Ich geh in die Stadt. Bin bald wieder zurück.«

Maria Krull schälte Kartoffeln, weil sie Untätigkeit nicht ertragen konnte. Man zündete keine Lampen an. Im Sommer blieben die Krulls gern im Halbdunkel sitzen, bis sie schließlich gar nichts mehr sahen. Wenn sie sich nicht vors Haus setzten, ließen sie die Ladentür und die Küchentür offen und hatten so einen gleichsam gerahmten Ausschnitt vom Kanal mit seinen sattgrünen Bäumen vor sich.

»Hör zu, Joseph. Vielleicht musst du mit ihm reden … Nein! Bleib noch einen Moment!«

Denn Joseph hatte Anstalten gemacht, wieder hinauf in sein Zimmer zu gehen und sich in seine Hefte zu vergraben.

»Vorhin ist er zu mir in den Laden gekommen. Es scheint ihm kein bisschen peinlich gewesen zu sein. Er hat mich gefragt, ob ich ihm etwas Kleingeld geben könnte.«

Der alte Krull saß in seinem Korbsessel. In der Dämmerung umgab der dünne Rauch seiner Pfeife seinen Kopf gleich einem Heiligenschein. Er hatte die Lider so weit gesenkt, dass man nicht wissen konnte, ob seine Augen geöffnet oder geschlossen waren.

»Ich habe geglaubt, er will bloß nicht hinaufgehen und seine Brieftasche holen. Ich habe ihn gefragt, wie viel er braucht. Da hat er gesagt:

›Geben Sie mir doch schon mal hundert Franc ...‹«

Lisbeth ging hinaus, obschon sie um diese Zeit nicht Klavier übte, und die anderen wussten nicht, in welchen Winkel sie sich verkriechen würde.

»Und dann«, fuhr Madame Krull fort, während die in den Eimer plumpsenden Kartoffeln ihren Monolog skandierten, »hat er mir erzählt, er hätte kein Geld aus Deutschland mitbringen können, weil die Zöllner so streng sind und er Angst hatte, er würde ins Gefängnis oder ins Konzentrationslager kommen ... Was meinst du dazu, Joseph?«

»Ich weiß nicht ...«

Er war stehen geblieben, so hoch aufgeschossen, dass es schien, als passte er nicht durch die Tür.

»Hat er dir nicht gesagt, wie lange er bei uns bleiben will?«

»Davon hat er nichts gesagt.«

»Du solltest ihn geschickt ausfragen. Der kommt mir dermaßen schamlos vor! Glaubst du nicht auch, dass er ein Schmarotzer ist?«

Das Wort »Schmarotzer« hatte in ihrem Mund einen besonderen Klang – Anstößigkeit, schlechte Erziehung und Unehrlichkeit schwangen darin mit.

»Wir sind sowieso schon schlecht angesehen!«

»Mama, du übertreibst!«, sagte Joseph halbherzig.

»Hast du je erlebt, dass ein Nachbar bei uns eingekauft hat? Die gehen lieber fünfhundert Meter weiter zum nächsten Geschäft ...«

Es war sonderbar. Sie weinte nicht. Sie weinte nie. Aber abends, wenn sie sich ihren Gedanken überließ, geriet sie oft in eintöniges Lamentieren, und da man ihre Augen nicht sah, konnte man glauben, sie seien feucht.

»Du solltest mit ihm reden, wirklich, Joseph!«

»Nein, Mama: *Du* musst mit ihm reden!«

Worauf Anna brummte:

»Man könnte meinen, ihr habt alle Angst vor ihm!«

In der Zeitung kein Wort mehr über Sidonie. Sogar im Viertel sprach man kaum darüber, einerseits weil Potut verhaftet worden war und es somit kein Geheimnis mehr gab, andererseits weil alle Kinder hatten und solche Themen nicht vor ihnen anschneiden mochten.

Selbst der Kommissar glaubte nicht an einen Fall Sidonie!

Man hatte ihm Potut gebracht, der sturzbetrunken in einem Wartesaal des Bahnhofs gefunden worden war, wo er häufig die Nacht verbrachte.

Erst am nächsten Tag hatte er den Mann in sein Büro schaffen lassen und ihm ins Gesicht geschleudert:

»Was hast du vorgestern gemacht?«

Der ehemalige Croupier war eine seltsame Mischung aus Stumpfheit und Scharfsinn, genauer gesagt: Er war die meiste Zeit stumpfsinnig und hampelte von einem Bein aufs andere, um einen dann mit einem Blick von solchem Scharfsinn und solcher Gerissenheit anzusehen, dass man sich betreten fühlte.

»Du willst mir nicht sagen, was du gemacht hast?«

Also schob man ihm eine Fotografie von Sidonies Leiche hin, ein Bild, das im Leichenhaus aufgenommen worden und alles andere als schön war.

»Wer ist das?«

Pipis Liebhaber musste erst seine Brille aufsetzen. Die Gläser waren verdreckt, weil er sie in der Tasche zusammen mit Zigarettenstummeln, Papierfetzen, Schnüren und anderem Zeug aufbewahrte.

Nachdem er Sidonie erkannt hatte, brachte er nicht mehr hervor als:

»Nein, so was ...«

Dann wiederholte er vier-, fünfmal:

»Nein, so was ... Wirklich, nein, so was ...«

»Schämst du dich nicht, du alte Sau? Und dann musstest du sie auch noch erwürgen?«

Der Kommissar rauchte seine Pfeife. Er hatte es nicht eilig. Hin und wieder zwinkerte er seinem Sekretär zu.

»Um welchen Abend geht's denn?«, erkundigte sich derweil Potut.

»Den Sonntag ... Tu nicht so, als wüsstest du das nicht ...«

»Und wenn ich Ihnen sage, wo ich am Sonntag gewesen bin?«

»Herrgott! Du wirst doch kein Alibi haben ...«

»Ich war mit dem Marseiller zusammen!«

»Was für ein Marseiller?«

»Ich kenne ihn nicht richtig ... Ich hab ihn ein-, zweimal im Quartier des Abbesses gesehen ... Das ist ein gebildeter Mann, mit dem man sich gut unterhalten kann ...«

Nach und nach erzählte Potut seine Geschichte. Sie hatten sich auf einer Bank kennengelernt, am Sonntagabend, der Marseiller und er. Der andere, ein armseliger Penner, aß gerade ein Stück Brot, das die Bewohner eines Wohnwagens ihm gegeben hatten.

»Bist du nicht durstig?«, hatte Potut gefragt.

»Hast du Geld?«, hatte der andere geantwortet.

»Wenn die Alte nicht zu Hause ist, finde ich vielleicht was unter der Matratze ...«

Es war Jahrmarkt gewesen. Sie waren zum Kanal gewackelt, und Potut hatte seinen neuen Freund etwas weiter weg warten lassen. Er hatte sich an den Kahn angeschlichen. Pipi schlief schon, und da ihr Schlaf tief war, hatte er die 36 Franc herausziehen können.

»Drei Zehn-Franc-Münzen, ein Fünfer und noch ein Franc!«, präzisierte er.

Sie waren um die Häuser gezogen, mit schweren Schritten und mit weichen Knien. Dann war Potut im Bahnhof gestrandet, und mehr wusste er nicht.

»Werden sehen, ob wir deinen Marseiller finden. Würde mich sehr wundern ...«

»Ich kann Ihnen sogar sagen, worüber wir geredet haben!«

»Das interessiert mich nicht ... Du kommst erst mal ins Gefängnis.«

Binnen vierundzwanzig Stunden wurde Pipi zweimal verhaftet. Sie trank mehr denn je und legte sich, besoffen, wie sie war, mit den Polizisten an, beschimpfte sie und warf ihnen vor, zugelassen zu haben, dass ihre Tochter vergewaltigt und getötet worden war.

Die Nächte waren beinah ebenso heiß wie die Tage.

Im ganzen Viertel standen die Fenster offen, und draußen auf der Straße meinte man die Leute in ihren Betten zu spüren, wie sie sich drehten und wendeten, unbehaglich, schweißgebadet und von Mücken attackiert.

Am Dienstagmorgen setzte sich Hans, der immerzu durchs Haus streifte, plötzlich rittlings seiner Cousine Anna gegenüber.

Lisbeth war beim Klavierunterricht. Seit zwei Tagen war es Hans nicht gelungen, mit ihr allein zu sein, und wenn sie in ihrem Zimmer war, sperrte sie die Tür zu.

Manchmal stieß Hans die Tür seines Cousins auf, aber der war immer in seine Arbeit verbissen. Entnervt hob Joseph dann den Blick, griff wieder zu seiner Feder und entzog sich dem Gespräch.

»Man sollte ihm sagen, dass er Joseph nicht dauernd stören darf!«, hatte Tante Maria geseufzt, als sie mal wieder in der Küche aufgetaucht war.

»Man sollte ihm sagen …«

Immer die gleiche Leier. Es gab eine Menge Dinge, die man Hans hätte sagen sollen, aber niemand sagte sie ihm. Man begnügte sich damit, hinter seinem Rücken darüber zu reden.

Es war nervtötend, ihn im Haus zu wissen, müßig, überall herumstöbernd, sich mal hierhin, mal dorthin setzend, deutsche Schlager trällernd, und dass er auch in den Laden kam, selbst wenn gerade Kundschaft da war.

»Dabei versuche ich doch, ihm einzubläuen …«, sagte Tante Maria.

Er verstand nicht oder wollte nicht verstehen, zeigte sich dabei aber unvermindert munter.

»Na, Cousine Anna, blasen Sie mal wieder Trübsal?«

An diesem Morgen putzte sie den Herd, das Haar von einem Tuch geschützt, das Gesicht verschmiert, die Stimmung entsprechend aggressiv.

»Ich blase kein Trübsal!«

»Sie wollen mir doch nicht sagen, dass Sie fröhlich sind?«

»Finden Sie das Leben etwa fröhlich?«

»Und ob!«

»Da sieht man, dass Sie nicht in diesem Haus aufgewachsen sind!«

»Allerdings! Noch nie bin ich in einem so verführerischen Haus gewesen!«

Sie warf ihm einen kurzen Blick zu, weil sie glaubte, er mache sich über sie lustig.

Keineswegs! Oder aber er konnte sich ganz hervorragend verstellen.

»Mild ist es … Alles ist mild … Und lau! … Und so ruhig!«

Madame Krull kam herein, stieß einen Seufzer aus, als sie Hans sah, öffnete den Mund, schloss ihn aber gleich wieder.

Einzig der Gehilfe in der Werkstatt lachte über Hans' Scherze und hörte sich gern die Geschichten an, die der Deutsche ihm erzählte, während er seine Weidenruten schälte.

Keine Sidonie … Kein Fall Sidonie … Aber dafür, im eigenen Haus, ein Fall Hans …

»Wenn er mich noch mal um Geld bittet …«

»Ich hoffe doch, dass wir ihn nicht aushalten …«

»Jemand sollte ihm sagen …«

Aber niemand sagte es ihm! Und das Unerträglichste war, dass man das Gefühl hatte, er wisse Bescheid, dass er all die kleinen Rätsel errate, die man um ihn herum hatte.

Noch nie war Lisbeths Nase so spitz gewesen. Sie aß kaum etwas. Sprach man sie darauf an, sagte sie, das sei wegen der Hitze, und Hans schaute sie dann mit vor Boshaftigkeit funkelnden Augen an.

Dann kam der Mittwochabend ... Alle gingen hinauf, um sich schlafen zu legen, und wie eine Figur auf einem Kirchenfenster hatte der alte Krull jedem mit dem Daumen ein kleines Kreuz auf die Stirn gezeichnet.

Auf der Treppe raunte Hans seiner Cousine Lisbeth zu:

»Bis gleich in meinem Zimmer ...«

Er ließ das Fenster offen, stützte sich mit den Ellbogen auf das Fensterbrett und rauchte eine Zigarette, während er hörte, wie die anderen sich in ihren Zimmern auszogen.

Joseph schlief nicht, hatte sich auch nicht ins Bett gelegt, denn wenn Hans sich hinauslehnte, sah er Licht im ersten Stock. Auf dem Quai war niemand, und die Reglosigkeit der Lastkähne im schwarzen Wasser wirkte beinah dramatisch.

Plötzlich drehte sich Hans um. Er hatte weder gehört, wie die Tür geöffnet noch wie sie geschlossen wurde. Auch Schritte hatte er keine vernommen, trotzdem war er kaum erstaunt, Lisbeth vor sich zu sehen, aufrecht und steif.

In ihrem blassen Gesicht, das durch nichts erhellt wurde, glänzten die großen Augen fiebrig. Sie sah ihn an, und einen Moment lang glaubte er, einer Schlafwandlerin gegenüberzustehen.

»Kommen Sie, Lisbeth, setzen Sie sich«, flüsterte er, indem er sie zum Bettrand zog.

Sie blieb steif, wehrte sich aber nicht.

»Ich freue mich sehr, dass Sie gekommen sind. Ich habe mich schon gefragt, ob Sie mir vielleicht böse sind …«

Das war der heikle Moment, der überwunden werden musste. Der eisige Körper seiner Cousine musste wieder erwärmt werden; aus ihrem Köpfchen mussten all die Gedanken verscheucht werden, die sie in den letzten Tagen darin angehäuft hatte.

»Kommen Sie, ganz nah zu mir …«

»Hören Sie, Hans, ich bin gekommen, weil wir ernsthaft miteinander reden müssen …«

»Pst!«

Man hätte sie hören können. Außerdem hatte er nicht die geringste Lust, ernsthafte Gespräche zu führen.

»Ich weiß nicht, was Sie sich gedacht haben, aber wenn Sie mich jetzt im Stich lassen …«

Zwei Dinge geschahen, gleichzeitig, aber auf verschiedenen Ebenen, und es gelang Hans, beide wahrzunehmen.

Da war Lisbeth, die sich mit unglaublicher Kraft an ihn klammerte und so heftig zu weinen begann, dass sie wohl im ganzen Haus zu hören war.

Aber das störte ihn nicht. Das war sehr gut. Er brauchte sie nur weinen zu lassen und sie dabei an sich zu drücken und sanft zu streicheln.

Aber da war noch etwas anderes, das Knarren einer

Tür im ersten Stock, die behutsam geöffnet wurde. Und Hans wusste, was es bedeutete: Joseph hatte etwas gehört. Er kam bestimmt schon lautlos die Treppe hoch. Gleich würde er ein Ohr an der Tür oder ein Auge am Schlüsselloch haben.

»Sie sind ein nettes kleines Mädchen, meine arme Lisbeth ... Ich mag Sie sehr gern ...«, flüsterte er ihr ins Ohr.

Er wusste, dass sie alles hörte, auch wenn sie weinte, und gespannt war, wie es weiterging.

»... sehr, sehr gern. Aber Sie müssen brav sein. Sie dürfen nicht so weinen. Sie müssen ...«

Es war noch zu früh. Er begnügte sich damit, ihr über Stirn und Wangen zu streicheln und dann seine Wange an ihre zu legen.

Es gab ein paar Augenblicke später noch einmal eine Krise, als Lisbeth sich noch heftiger als vorher an ihn klammerte.

»Wenn Sie ohne mich fortgehen, bringe ich mich um«, sagte sie. »Ich kann in diesem Haus nicht mehr leben ...«

»Dann gehen wir zusammen fort ...«

Er nahm nichts tragisch. Ihm war, als wiegte er ein fieberkrankes Kind, was seine Hände nicht daran hinderte, ihren Körper zu liebkosen.

»Wann?«

»Eines Tages ... Bald ...«

Joseph war da, auf der anderen Seite der Tür! Daran dachte Hans ohne Unterlass. Und er sagte sich:

Hoffentlich bleibt er noch ein bisschen da!

Denn eine Weile würde es schon noch dauern, eine halbe Stunde oder eine Stunde.

Das Zimmer lag im Dunkeln, und der Himmel schien durch das weit offene Fenster hereinzukommen. In der Ferne hörte man Frösche quaken und das Schnaufen einer Lokomotive, die sich nicht zur Abfahrt aus dem Bahnhof durchringen konnte.

»Pst! Kein Wort mehr, Cousinchen …«

Jetzt sprach er, plapperte, flüsterte ihr irgendwelches Zeug ins Ohr. Es dauerte länger als eine halbe, aber weniger als eine Stunde.

Lisbeth wurde wieder ganz steif, weil es ihr noch Angst machte. Ihre Nasenlöcher verengten sich.

»Pst, kleine Lisbeth … Schön beide zusammen, so …«

Er konnte Joseph beinah auf dem Treppenabsatz atmen hören, und ganz deutlich hörte er, wie Tante Maria sich im Bett umdrehte und so aufseufzte, wie dicke Frauen, die unbequem gelegen haben, das eben tun.

»Wirst du nicht mehr weinen, Lisbeth? Bestimmt nie mehr?«

Das wusste sie nicht. Sie sah ihn mit ebenso viel Begeisterung wie Angst an. Von Zeit zu Zeit schwoll ihre Unterlippe noch an, und wenn Lisbeth dann geweint hätte, sie hätte nicht sagen können, ob es aus Kummer oder Freude geschah.

Er lächelte ein seltsam vieldeutiges Lächeln. Und weil dieses Lächeln sie überraschte und erneut beunruhigte, erklärte er leichthin:

»Ich stelle mir vor, wie deine Schwester Anna das macht, was wir gerade machen … Wäre das nicht lustig, Anna so zu sehen?«

Sie versuchte, ebenfalls zu lächeln. Ihre Augen wurden feucht. Sie verstand nicht. Sie wusste nicht mehr, was sie von alldem halten sollte. Sie schämte sich für ihren nackten Bauch, der im Schein der Nacht käseweiß aussah. Sie streckte die Arme aus, um sich wieder an ihn zu klammern, und glaubte, in einen Abgrund aus schmerzhafter Freude und Verzweiflung zu sinken.

»Das müsste man mal sehen!«

»Was?«

»Deine Schwester … Pst! Wenn du weinst …«

Und in diesen Momenten wurde sein Blick so zärtlich und flehentlich, so heiter und jugendlich, dass Lisbeth noch zwei, drei Male schniefte, sich dann beruhigte und mit einem müden Lächeln wieder ruhig zu atmen begann.

Niemand wollte auch nur wissen, wo und wann Sidonie begraben worden war. Nicht einmal ihre Mutter!

Kinder in Sonntagskleidung marschierten mit ihren Preisen vorbei, flankiert von Eltern, die noch steifer gingen als sie.

Lisbeth spielte nun von morgens bis abends Klavier und begann wieder zu essen. Joseph hatte sich angewöhnt, die Tür hinter sich zuzusperren, wenn er arbeitete, und sprach kein Wort mehr mit seinem Cousin.

»Meinst du nicht, er merkt, dass du was gegen ihn hast?«

»Das ist mir egal!«

»Was nimmst du ihm übel?«

»Nichts!«

»Er ist immerhin der Neffe deines Vaters …«

Anna bekam etwas Hinterhältiges und beobachtete ihre Schwester allzu genau.

Potut ließ man bis Samstagmorgen im Gefängnis hocken, ohne ihn noch einmal zu vernehmen.

Ab und zu erhielt der Kommissar des Quartiers Saint-Léonard einen Anruf des Untersuchungsrichters, der demnächst in die Ferien fahren wollte.

»Haben Sie ihn noch nicht aufgestöbert?«

Erst am Samstagmorgen entdeckte man den Marseiller auf dem Markt, wo er auf einer Bank saß und eine heiße Wurst aß. Man brachte ihn aufs Kommissariat, fragte ihn, was er in der vergangenen Woche getan habe. Seelenruhig antwortete er, er sei auf dem Land gewesen.

Er kam und ging. Er verstand nicht, was die Polizei von ihm wollte, da er mit seinem Tun ja gegen keine Gesetze verstieß.

»Und Potut?«

»Was, Potut?«

Man hatte die Sache schon für erledigt gehalten. Schließlich gab es einen brauchbaren Schuldigen. Doch den Schlichen des Kommissars zum Trotz bestätigte der Marseiller alle Aussagen von Potut.

»Das wird man Ihnen auch bei Léonie sagen, wo ich ein Glas zerschlagen habe. Da hat man uns dann rausgeschmissen ...«

Das war eine kleine Bar hinter der Kathedrale. Léonie selbst bestätigte die Aussage des Marseillers, und so ließ man Potut um elf ins Büro des Untersuchungsrichters bringen.

»Unterschreiben Sie das!«

»Was ist das? Ich habe meine Brille unten gelassen ...«

»Ihre Aussage ...«

»Was wollen Sie denn noch mit mir anstellen?«

»Sie sind frei!«

Fertig! Man stellte ihn hinaus, in die pralle Sonne; er wusste nicht, wie ihm geschah. Sie hatten ihm nichts vom Marseiller gesagt, und da man diesen eine Stunde früher freigelassen hatte, war es den beiden Männern nicht vergönnt, einander zu begegnen.

Es wurde immer heißer. Potut redete vor sich hin, während er dicht an den Häusern entlangging und völlig verblüfft eine liebe Alte anstarrte, die ihm im Vorbeigehen zwei Sous zugesteckt hatte.

Da niemand mehr von Sidonie sprach, war es unnötig, den Redakteuren der Zeitung mitzuteilen, dass man den einzigen Verdächtigen hatte ziehen lassen. Und so machten die Leute in Saint-Léonard große Augen, als Potut wieder in der Gegend der Schleuse auftauchte.

Manche behaupteten, es habe zwischen ihm und Pipi eine Szene gegeben, die beiden hätten einander verhauen und beschimpft.

Einzig Hans hätte die Wahrheit sagen können, da er sich da mal wieder beim Kahn herumgetrieben hatte. Und Hans war es auch, der noch am selben Abend auf dem Jahrmarkt den Fall Sidonie ins Rollen brachte, vielleicht ungewollt, vielleicht aus Boshaftigkeit.

Es war der vorletzte Jahrmarkttag. Es sollte ein Feuerwerk geben. Hans hatte nicht Tante Maria um Geld gebeten, sondern Lisbeth, die ihm die achtzig Franc gegeben hatte, die sie in der Tasche hatte.

»Heute Nacht …«, hatte er ihr versprochen.

Sie würde darauf eingehen! Sie würde auf ihn warten,

wie spät es auch würde! Und für eine halbe Stunde, eine Viertelstunde Zärtlichkeit in seinen Armen, des Geplappers, würde sie alles mitmachen, was ihm einfiel.

Sie traute sich nicht einmal mehr zu protestieren, wenn er auf beunruhigende Weise die Lippen hochzog und sagte:

»Du wirst schon sehen! Bald sorgen wir dafür, dass Anna ...«

Lisbeth wagte kaum noch, ihren Körper zu berühren, wenn sie allein war, und schämte sich vor den anderen. Doch abends, eine Viertelstunde, eine halbe Stunde, wenn das Fenster zur Nacht hin geöffnet war ...

Mit den achtzig Franc in der Tasche schlängelte er sich durch die Menge und um die Schaubuden herum, als er ein seltsames Weibsstück sah, eine Art Ungeheuer, eine Göre von fünfzehn Jahren mit den Formen einer Frau, kurzbeinig, mit hohlem Kreuz und provokant gerecktem Busen.

Er wusste nicht, wie sie hieß, aber er erkannte in ihr das Mädchen, das Sidonie am vergangenen Samstag begleitet hatte. Statt ihrer verstorbenen Freundin hatte sie ein noch jüngeres, sehr dünnes Mädchen dabei. Die beiden mischten sich unter die Männer, lachten und warfen sich in die Brust.

»Bonsoir, Mesdemoiselles«, grüßte Hans die beiden, so förmlich wie spöttisch.

»Monsieur?«

Sie ließen sich darauf ein. Sie glaubten wirklich, er mache ihnen den Hof, und die Jüngere kniff ihre Freundin in den Arm.

»Erlauben Sie mir, Ihnen ein Glas zu offerieren?«

»Ich weiß nicht, ob …«

Aber sie bebten vor Freude darüber, wie richtige Frauen angesprochen zu werden.

4

Wenn's Ihnen recht ist, geh ich lieber zu Victor …«
Sie hatten sich etwas von der Menge entfernt und standen nun vor einem gewöhnlichen Straßencafé. Hans hatte sich setzen wollen. Aber die Görenfrau zeigte hinüber zu einer engen, schlecht gepflasterten Gasse, wo unter einer Lampe reglos ein Polizist stand.

Chez Victor war ein Musette-Lokal, und da Hans' Begleiterin glaubte, er habe Bedenken, sagte sie:

»Es ist nicht teurer als anderswo!«

Sie war verblüffend selbstsicher, ja dreist. Wie Sidonie spielte sie eine Rolle oder träumte vielmehr mit offenen Augen, doch es war weder dieselbe Rolle noch derselbe Traum.

Sidonie hatte sich in Spitze und Seide gehüllt gesehen, ja, noch lieber mit einem Cape aus Hermelin, mit durchscheinendem Teint, sehnsüchtig entrücktem Blick. Und wenn sich die Männer auf dem Jahrmarkt nach ihr umgedreht hatten, hatte es sie wenig Mühe gekostet, lauter junge Adelige im Frack vor sich zu sehen.

Die hier, die Stämmige mit den prallen Brüsten und dem Hintern, der zum Klapsen einlud, hatte ihr Ideal der verführerischen Frau etwas tiefer angesetzt. Sie spielte das patente Mädchen aus dem Volk, abgebrüht und zynisch, das sich zwar erweichen, nicht aber übers Ohr hauen lässt.

Die Beleuchtung im Musette-Lokal war violett, was die Gesichter der Frauen entstellte: Man sah nichts als Ringe um die Augen, bläuliche Wangen und weiße Lippen, und Hans' Begleiterin war davon genauso betroffen.

»Guten Abend, Victor!«, rief sie, als sie am Tresen vorbeiging.

Beinah hätte Victor sie übersehen; als er sie schließlich doch bemerkte, ließ er sich zu einem »Guten Abend, Germaine ...« herab.

Die andere, die Jüngere, bewegte sich ängstlich in diesem von Akkordeonklängen durchdrungenen Gewimmel und blickte Hans manchmal von unten her an.

»Setzen wir uns hierhin?«

»Wenn es Ihr Begehr ist, Mademoiselle Germaine ...«

»Woher kennen Sie meinen Vornamen?«

Er hatte ihn ja gerade gehört, das war keine besondere Leistung. Das wusste sie. Es machte sich trotzdem gut.

»Was nehmen Sie?«

»Eine Limonade mit Minze ... viel Minze. Und du, Ninie?«

»Das Gleiche!«

Ninie war beeindruckt. Wie ein Kind starrte sie Hans unverwandt an, und allmählich bekam ihr Blick etwas Versteinertes.

»Sie sind Ausländer, nicht wahr?«, sagte Germaine geziert, während sie sich puderte, was bei dieser Beleuchtung zwecklos war.

Und er, schlicht oder zynisch:

»Deutscher ...«

Ninie zuckte zusammen. Ihre Augen wurden noch

größer. Das Pummelchen hingegen erklärte neunmalklug:

»Ah! Wie die Krulls!«

Die Paare tanzten mit ausdruckslosen Gesichtern, nur ab und zu einen Blick auf die verspiegelten Wände werfend. Die Beine von Ninie, die auf der Bank saß, reichten nicht bis zum Boden; sie sog an ihrem Strohhalm. Machte ihr Hans vielleicht ein bisschen Angst?

Er war anders als alle, die sie kannte. Völlig anders! Obschon er nicht »einer von der Straße« war, trug er keinen Hut, den Kragen offen, und sein Hemd war keines von der Sorte, wie es die Männer auf dem Land oder am Meer tragen.

Seine eckigen Schuhe waren fast schon Pantoffeln, so weich, dass man seine Schritte nicht hörte.

Ein Student war er nicht. Ein Arbeiter auch nicht, und auch keiner von den Jungs, die ihre Mützen absichtlich schief aufsetzten.

»Tanzen Sie?«, fragte Germaine, da ihr sonst nichts einfiel.

Er war fast doppelt so groß wie sie und musste sich weit zu ihr hinunterbeugen. Man wartete geradezu darauf, dass er sie hochheben würde. Dennoch wirkte er weder lächerlich noch geniert, während Ninies Blick den beiden durch den ganzen Saal folgte.

»Sie tanzen gut, aber nicht so wie jemand von hier«, sagte Germaine, als sie sich wieder hinsetzte.

»Kommen Sie oft hierher?«

»Sonntagnachmittags … Manchmal auch am Sonntagabend …«

Man beobachtete sie. Hans war allen aufgefallen, und

in den Blicken lag eine gewisse Verachtung wegen der beiden kleinen Mädchen. Doch ihm machte das kein bisschen aus.

»Sind Sie auch mit Sidonie hier gewesen?«

Sie reagierte erstaunt und ein bisschen misstrauisch:

»Haben Sie Sidonie gekannt?«

»Ich habe von ihr gehört …«

»Von wem?«

»Von Freunden …«

»Was für Freunde? Ich habe alle gekannt. Sidonie und ich, wir waren sozusagen unzertrennlich …«

Sie beherrschte bereits ein feierliches Aufseufzen, um Schmerz zu signalisieren, und betupfte ihre Augenwinkel mit einem Taschentuch.

»Es ist schauderhaft!«, sagte sie dann im Tonfall eines frühreifen Kindes, das erwachsen klingen will.

»Hatte sie viele Liebhaber?«

Die kleine Ninie berührte ihre Freundin am Arm, und Germaine fragte zurück, obgleich es sehr unwahrscheinlich war, schließlich war Hans Deutscher:

»Sind Sie etwa von der Polizei?«

Auf Walzer folgte Java. Dieselben Gestalten, dieselben Wachsgesichter zogen in dem unwirklichen Licht ihre Kreise.

»Ich kann Ihnen schwören, dass ich nicht von der Polizei bin. Aber ich war am Kanal, als man die Leiche rausgefischt hat …«

Germaine schauderte. Ninie schaute sich um, um sich zu vergewissern, dass ihr keine Gefahr drohte, und nahm dann zur Beruhigung einen großen Schluck Minzlimonade.

»Ich dachte, vielleicht ist Ihnen beiden jemand gefolgt am letzten Sonntag, Ihnen und Sidonie …«

Es war zu spät, er konnte den unglücklichen Satz, der alles auslösen sollte, nicht mehr zurücknehmen. Hans spürte deutlich, wie das Pummelchen kaum wahrnehmbar zusammenzuckte.

Von einer Sekunde auf die andere war sie kein Mädchen mehr, das sich stolz mit einem Mann in einem Musette-Lokal zeigt. Ein Gedanke durchfuhr sie. Sie sah Hans nicht mehr ins Gesicht.

»Warum fragen Sie mich lauter solche Sachen?«

Sie spielte nicht mehr ihre Rolle, achtete nicht mehr auf ihren Ton.

Ninie berührte sie wieder am Arm und sagte leise:

»Gehen wir!«

»Deswegen haben Sie uns auf der Straße angesprochen, stimmt's?«

Gedanken stürmten auf sie ein. Sie atmete heftig, ihre Brust bebte.

»Wir müssen gehen …«

»Plötzlich so eilig?«, spöttelte Hans.

Und nun sagte sie den kleinen Satz:

»Ich wette, Sie gehören zur Familie Krull! Sie ähneln dem Doktor, dass ich das nicht gleich gesehen habe …«

Die Leute im Viertel nannten Joseph nämlich schon den Doktor.

Nach einem gestammelten »Auf Wiedersehen, Monsieur …« stürzten die beiden Mädchen davon.

Nachdem Hans im schlafenden Haus die Treppe hochgegangen war, wartete er einen Augenblick. Er hörte nichts und legte die Hand auf Lisbeths Tür. Wie von selbst ging sie auf: Im Nachthemd und barfuß wartete Lisbeth neben dem Türstock.

Er ging hinein, stützte die Arme aufs Fensterbrett, und Lisbeth trat neben ihn. Der Mond ging auf, und in seinem Schein wirkten die beiden reglos in der Nacht verharrenden Wesen geradezu geheimnisvoll, ins Fenster eingelassen wie in einen an der Fassade hängenden Bilderrahmen.

Lisbeths eiskalte Finger waren in die Hand von Hans geglitten, und sie wartete auf die Portion Zärtlichkeit, die er ihr geben würde, wagte aber nicht, ihn anzublicken, aus Angst, Langeweile oder Überdruss in seinem Gesicht zu entdecken.

Doch an diesem Abend schob Hans die kalte Hand nicht beiseite. Er legte seinen Arm um Lisbeths Schulter, während er weiter auf den Kanal hinter der Werft blickte, wo sich im Laub der Pappeln eine lange silbrige Perspektive auftat.

»Findest du auch, dass ich Joseph ähnlich sehe?«, fragte er plötzlich sehr leise.

»Wer sagt das?«

»Egal! Sag schon!«

»Kein bisschen! Ihr seid das Gegenteil voneinander …«

»Das ist gut!«, sagte er nur.

Durch den dünnen Stoff ihres Nachthemds befühlte er gedankenlos eine ihrer Brüste, und es dauerte eine ganze Weile, bis Lisbeth schließlich doch sagte:

»Du tust mir weh …«

Sie war glücklich und ängstlich zugleich. Noch nie

war er so gewesen wie an diesem Abend, verträumt, könnte man sagen, beinahe zärtlich. Nach langem Schweigen wagte sie, indem sie sich enger an ihn drückte, zu fragen:

»Wann gehen wir fort?«

Er wusste nicht, ob Joseph hinter der Tür war. Er hatte nicht auf das verräterische Knarren geachtet. Er betrachtete seine Cousine, ihre spitze Nase, die Augen, die immer verängstigt blickten, wenn sie auf ihn gerichtet waren.

»Komm ...«

Er legte sich angezogen aufs Bett, und sie schmiegte sich an ihn. Sie wusste nicht, ob seine Augen offen oder geschlossen waren, aber sie hörte seinen regelmäßigen Atem und das Pochen seines Herzens direkt an ihrem Ohr.

Sie vermied die geringste Bewegung, wagte kaum zu atmen, aus Angst, den gegenwärtigen Zustand im Geringsten zu stören. Schließlich nahm sie einen längeren, tieferen Atemzug wahr, spürte, wie sein Körper sich entspannte.

Er schlief in ihrem Bett, und sie bewegte sich noch immer nicht, horchte vielmehr auf das Pochen seines Herzens und hielt mit beiden Händen seine Schulter unter dem Wollstoff fest.

Als sie die Augen öffnete, war es Tag. Sie sprang auf, erstaunt, dass Hans noch da war und schlief, einen leichten Schleier von Schweiß auf der Stirn und über der Oberlippe.

Es war früher Morgen. Die Lastkähne auf dem Kanal hatten sich noch nicht in Bewegung gesetzt. Ein Fuhrmann führte sein Pferd den Quai entlang, samt Zaumzeug und Zugseil, aber ohne Wagen.

»Hans!«

Sie berührte ihn beinahe furchtsam. Als er die Augen öffnete, zitterte sie. Er hob sein Handgelenk, um auf die Uhr zu sehen, gähnte, streckte erst ein Bein aus dem Bett, dann das andere.

Fast wäre er in sein Zimmer gegangen, ohne sie zu küssen, machte aber an der Tür noch rechtzeitig kehrt.

»Bis gleich«, flüsterte er mit abwesendem Blick.

Als die ganze Familie an diesem Morgen in der Küche frühstückte, runzelte Hans beim Anblick des unrasierten Joseph die Stirn.

Abgesehen davon, dass beide sehr groß gewachsen waren, gab es keinerlei Ähnlichkeit zwischen ihnen: weder die Gesichtsform noch der Teint noch die Augen …

Und dennoch hatte dieses Mädchen eine Ähnlichkeit entdeckt, und Hans wurde klar, dass es recht hatte!

Sein Vater hatte schließlich auch dem alten Cornélius geglichen, abgesehen vom Bart. Aber die beiden waren Brüder gewesen.

An diesem Tag wirkte Lisbeth wie ein gesundes, fröhliches Mädchen, während Joseph, der niemanden ansah, lustlos aß und gleich wieder auf sein Zimmer ging.

Eine Stunde lang tat sich kaum etwas: Hans ging dreihundert Meter vom Haus entfernt Zigaretten holen und blieb dann lange am Kanal stehen, um den Schleusenbetrieb zu betrachten.

Während dieser Zeit ging Tante Maria zwischen zwei Kunden zu Anna und sagte:

»Meinst du nicht auch, Lisbeth ist drauf und dran, sich zu verlieben?«

»In wen?«

»In ihn!«

»Das hoffe ich nicht – für sie!«

»Er macht mir manchmal Angst: Er hat so eine Art, uns einen nach dem anderen anzuschauen …«

Sie wurde von der Ladenglocke unterbrochen. Es war Pipi.

»Gib mir was zu trinken, altes Haus!«, seufzte Sidonies Mutter, die gerade rührseliger Stimmung war.

Sie kannte nur Extreme. Mal war sie aggressiv und unflätig, mal hängte sie sich an den Erstbesten und weinte sich aus. Dann vergaß sie, dass sie Maria Krull eigentlich hasste, und nannte sie »altes Haus«.

»Du solltest nicht so viel trinken, Pipi! Hast du vergessen, dass du in Trauer bist?«

»Glaubst du, ich vergesse das? Glaubst du, ich vergesse das? Wenn du wüsstest …«

Tante Maria wandte sich zur Küchentür, die aufgegangen war, und runzelte die Stirn, als sie Hans vor sich sah.

»Brauchen Sie etwas, Hans?«

»Nein, Tante.«

Er tat, als hätte er nicht verstanden, und kam in den Laden, als hätte er sonst nichts zu tun und hätte die Absicht, dazubleiben.

»Verstehst du, Maria, du hast Glück gehabt und einen guten Mann gefunden. Meiner war jeden Abend besoffen und hat mich so zusammengeschlagen, dass ich eine Fehlgeburt nach der anderen hatte. Und drum …«

Tante Maria störte die Anwesenheit ihres Neffen. Und Hans spürte, dass sie ohne ihn ebenfalls weicher geworden wäre und Pipi ins Gewissen geredet hätte. Ihm wurde deutlich, was er schon geahnt hatte: dass die beiden Frauen durch komplexe Gefühle verbunden waren – Zuneigung und Hass und das Bedürfnis, sich zuweilen aneinander zu messen.

Sah Tante Maria in Pipi eine Karikatur ihrer selbst, das, was aus ihr hätte werden können, wenn sie nicht so entschlossen tugendhaft gewesen wäre?

Und wenn Pipi immer wieder bei den Krulls einkehrte, mal weinerlich, mal schimpfend, lag es nicht daran, dass sie ohne Tante Maria nicht leben konnte?

Er öffnete die Bleu-Reckitt-Tür, blieb stehen und sah zum Quai hinüber, den Rücken den beiden Alten zugewandt.

Die gleichen sich, wie Joseph und ich uns gleichen, dachte er.

Es war noch nicht ausgegoren, aber in seinem Kopf brauten sich Ideen zusammen, neue Zusammenhänge von Ursache und Wirkung, subtile zwischenmenschliche Verbindungen.

»Was hättest du gemacht, wenn dein Mann dich zusammengeschlagen hätte?«, fragte Pipi bei ihrem zweiten Glas.

»Ich hätte gebetet!«, antwortete Tante Maria mit einem ungeduldigen Blick zu Hans, der unbeweglich in der Tür verharrte.

So war es mit Hans nicht mehr auszuhalten! So wenig wie damals mit dem schwarzen Kater …

Über die Sache mit dem Kater sprach niemand mehr,

sie war allen peinlich. Seither hatten sie nie mehr eine Katze im Haus gewollt, trotz der Schäden, die die Mäuse anrichteten.

Sie hatten den Kater Bartel genannt. Sie hatten ihn von einem bärtigen Schiffer bekommen, als er noch ganz klein war, und so war das Tier zu diesem Namen gekommen. Es war ein ganz gewöhnlicher schwarzer Kater, den man des Geruchs wegen hatte kastrieren lassen.

Im zweiten Jahr hatte Bartel Haarausfall bekommen. Alle möglichen Salben hatten sie ausprobiert, aber es war zwecklos: Bartel hatte eine Hautkrankheit, und bald schon war er über und über mit Grind bedeckt.

»Man sollte ihn ertränken«, hatten sie jeden Tag gesagt.

Eines Morgens wurde der Gehilfe mit der Tötung beauftragt. Sie gaben ihm einen alten Sack und sahen ihn den Kanal entlanggehen, weit über die Werft hinaus.

Bis zum Abend sprachen sie nicht mehr darüber. Als sie sich zu Tisch setzten, schlüpfte eine schwarze Katze durch die angelehnte Tür, strich einem jeden von ihnen um die Beine und setzte sich in das Körbchen, das noch immer dastand.

Es war Bartel, Bartel, der von nun an die Menschen im Haus seltsam vorwurfsvoll ansah, Bartel, den niemand mehr zu streicheln wagte, da alle sich schuldig fühlten.

War ein Wunder geschehen? Nach zwei Wochen war seine Hautkrankheit geheilt, doch da war immer noch dieser unversöhnliche Blick, das Gefühl, er verurteile sie alle ...

Ein, zwei Monate ertrugen sie ihn. Einen zweiten

Versuch mit dem Sack wagten sie nicht zu unternehmen. Und Bartel ins Tierheim zu geben, trauten sie sich nicht.

Weshalb der damals fünfzehnjährige Joseph beschloss, das Tier im Hof aus nächster Nähe mit dem Karabiner zu erschießen.

Hans verursachte die gleiche Art Unbehagen. Er wälzte geheimnisvolle Gedanken, und wenn er die anderen betrachtete, spürte man, dass auch er über sie urteilte.

Es störte Tante Maria, dass er sie beim vertrauten Gespräch mit einer Säuferin überrascht hatte, einer Frau, die ihre Notdurft auf dem Gehsteig verrichtete und mindestens einmal wöchentlich auf der Polizeiwache übernachtete.

Ahnte sie, dass Hans sie und Pipi miteinander verglich, als wären sie austauschbar, als hätte Tante Maria unter gewissen Umständen eine Pipi werden können – und umgekehrt?

Joseph war oben dabei, seine Dissertation abzuschließen, Zug um Zug in seiner feinen, regelmäßigen Schrift.

Lisbeth spielte mit schwungvoller Begeisterung eine Chopin-Etüde.

Pipi verließ den Laden. Tante Maria hüstelte und wagte schließlich zu sagen:

»Hans!«

Sie musste mit ihm reden. So ging es nicht weiter!

»Hören Sie, Hans … Sie dürfen nicht dauernd in den Laden kommen … Man merkt gleich, dass Sie Ausländer sind … Wir haben sowieso schon viel Ärger, und dabei sind wir sozusagen immer schon in Frankreich gewesen …«

»Gut, Tante.«

Sein Lächeln war umso versonnener, als er sich gerade vorzustellen versuchte, wie seine Tante am Bordstein Pipi machte.

Er dachte:

Ich wette, es gibt Momente, da beneidet sie die alte Säuferin!

Und sagte laut:

»Dann geh ich ein bisschen zu Anna. Da kann ich mein Französisch verbessern ...«

Er wusste, dass Anna bei seinem Anblick am liebsten das Kreuz geschlagen hätte, als wäre er ein Teufel – die Versuchung war groß, auch für sie!

»Sie sehen besonders schön aus heute Morgen, Cousine Anna ...«

Ihr war heiß, weil sie am glühenden Herd Konfitüre kochte.

»Sie wissen genau, dass ich solche Witze nicht mag ...«

Warum war es eigentlich ein missratener Vormittag, außer für Lisbeth, die nicht fassen konnte, dass sie mit Hans geschlafen hatte?

Sie blieb für sich. Sie spielte ihr schwungvolles Solo, welches das ganze Haus erfüllte, aber in keinem Herzen Widerhall fand.

War ein Gewitter im Anzug? Doch am Himmel war nur eine ganz kleine weiße Wolke zu sehen.

Hans neckte Anna, um sie zum Erröten zu bringen, jedoch ohne echte Begeisterung. Er wusste nicht, wohin mit sich, zu vieles ging ihm im Kopf herum.

Niemand konnte ahnen, was sich gerade zusammenbraute. Die Wege des Zufalls waren verschlungen.

Auch als Pipi zum zweiten Mal in den Laden kam, um für einen Schiffer mit Motorkahn einzukaufen, merkte niemand auf.

»Wenn Sie wüssten, wie verdattert ich war, als er plötzlich wieder auf dem Kahn hockte!«, erzählte sie. »Man hatte mir nichts gesagt! Er war nicht wütend auf mich. Er ist nicht nachtragend … Er hat nur gesagt …«

Ins Rollen geriet die Sache durch Ninie.

Es geschah in der Schule. Die Ferien hatten schon begonnen. Arme Schüler, die gratis ans Meer fahren wollten, mussten an diesem Morgen einen Bedürftigkeitsnachweis bringen.

Ninie hatte ihre Angst vom Vorabend noch nicht verdaut.

»Ich wette, Sidonie ist von einem Ausländer umgebracht worden …«, sagte sie zu einer Schulfreundin.

»Wieso von einem Ausländer?«

»Weil ich hier welche kenne, und wenn Germaine und ich gestern Abend nicht aufgepasst hätten …«

Der Untersuchungsrichter fand die Sache so unwichtig, dass er trotz allem in den Urlaub gefahren war. Er besaß zwölf Kilometer von der Stadt entfernt eine kleine Villa. Immerhin hatte er dem Kommissar gesagt, er solle anrufen, falls es etwas Neues gäbe.

»Wenn du etwas weißt, dann musst du das sagen …«

»Warum sollte ich?«

»Weil du musst!«

»Wenn ich das gewusst hätte, hätte ich dir gar nichts erzählt …«

Die beiden Mädchen in der Warteschlange zankten sich. Die Lehrerin griff ein.

»Was ist denn los?«

»Sie ist schuld, Mademoiselle! Sie will nicht sagen, dass sie weiß, wer der Mörder von Sidonie ist ...«

»Du weißt, wer der Mörder ist?«

»Nein, Mademoiselle ...«

»Na dann ...«

Doch die andere ließ nicht locker:

»Sie hat zugegeben, dass gestern Abend ein Ausländer ...«

»Stimmt nicht!«

»Ich schwöre, dass sie's mir erzählt hat ...«

Und weil die Direktorin, die die Listen führte, ebenfalls aufgemerkt hatte, fand Ninie sich gleich darauf im Direktorat wieder, steif und äußerst verlegen.

»Was hast du deiner Kameradin erzählt? Lüg nicht! Sonst darfst du nicht ans Meer!«

»Ich hab ihr gesagt, dass es bestimmt ein Ausländer war.«

»Warum?«

»Weil, gestern Abend, mit Germaine ...«

»Germaine?«

»Eine Freundin. Sie trägt Sachen für den Schuhladen aus, in dem Sidonie gearbeitet hat.«

Im Büro roch es noch nach Schule.

»Wo bist du mit dieser Germaine gewesen?«

»In einem Musette...«

Jetzt verließ sie der Mut, und sie brach in Tränen aus.

Etwas später betrat die Direktorin mit Ninie das Kommissariat von Saint-Léonard. Um zwei Uhr erschien ein uniformierter Polizist im Schuhgeschäft und fragte nach einer gewissen Germaine.

»Ich hab nichts getan!«, protestierte diese, als sie weggeführt wurde.

Dem Kommissar waren die beiden Mädchen in seinem Büro lästig.

»Was hat er euch gefragt?«

»Ob wir am Sonntagabend jemanden bemerkt haben, der Sidonie gefolgt ist ... Der hat sie bestimmt gekannt ...«

Im Wachlokal des Kommissariats saßen die Polizisten in Hemdsärmeln wie Joseph Krull in seinem Zimmer.

Um vier Uhr nachmittags begann der Himmel sich zu bedecken, doch so war es auch die letzten Tage gewesen, ohne dass es ein Gewitter gegeben hätte. Ein Polizist stieg von seinem Fahrrad und betrat den Laden der Krulls.

»Haben Sie hier einen Ausländer?«

Tante Maria verlor die Fassung, weil sie gleich an ungültige Papiere dachte und an Geldbußen.

»Wir haben den Neffen meines Mannes hier, der ...«

»Er ist Deutscher, nicht wahr? Ich möchte mit ihm reden.«

Sie ging durch die leere Küche. Bei der Treppe angelangt, rief sie:

»Hans! Hans! Sie werden verlangt!«

Hans war nach wie vor dabei, Anna zu necken, die im ersten Stock sauber machte.

»Ich komme, Tante.«

»Sie werden auf dem Kommissariat erwartet«, sagte der Polizist. »Nehmen Sie Ihre Papiere mit. Folgen Sie mir.«

Als sie am Quai um die Ecke bogen, fielen ein paar

Regentropfen und hinterließen große runde Flecke auf dem porösen Pflaster.

Im Büro des Kommissars erblickte Hans sogleich Germaine und Ninie, die beide versuchten, Haltung zu bewahren, ihm aber nicht ins Gesicht schauen konnten.

»Ist er das?«

Sie knufften einander zur Ermutigung in die Rippen. Germaine richtete sich auf.

»Ja, Herr Kommissar. Und ich schwöre, er hat die ganze Zeit von Sidonie geredet ...«

»Haben Sie Ihren Pass dabei?«

Hans gab dem Kommissar den Ausweis.

»Warum gibt es da kein deutsches Visum und auch keinen Stempel vom Grenzübertritt?«

»Weil ich schwarz über die Grenze bin.«

»Warum?«

»Ich hatte schlechte Karten wegen meiner politischen Ansichten ...« Er kannte sich aus mit Kommissariaten und Amtsstuben.

»Als ich erfahren habe, dass man mich in ein Konzentrationslager stecken könnte, bin ich nach Frankreich geflüchtet ...«

»Auf welchem Weg?«

»Über Köln und Belgien.«

»Wie haben Sie das bewerkstelligt?«

»Vor dem Grenzübergang habe ich mich unten ans Gestänge gehängt.«

Diesen Hans kannten die Krulls noch nicht – ein schroffer Hans, der den Behörden trotzte.

»Warum haben Ihre Verwandten Sie nicht gemeldet, wie es ihre Pflicht gewesen wäre?«

»Das weiß ich nicht!«

»Gestern Abend haben Sie diese Mädchen auf dem Jahrmarkt angesprochen. Mit welcher Absicht?«

»Keiner, Herr Kommissar!«

»Wieso haben Sie sie in ein Musette-Lokal gebracht?«

»Sie haben das gewollt.«

»Oh!«, rief Germaine empört.

»Ich habe ja als Erster die Leiche des Mädchens im Kanal gesehen ... Ich hatte Ihnen auch meinen Namen angegeben ... Ich war vor dem Schiffer da ...«

»Ich erinnere mich ... Und dann?«

»Nichts ... Reine Neugier ... Ich sagte mir, eine Freundin von Sidonie ...«

»Woher wussten Sie, dass sie ihre Freundin war?«

»Weil ich sie zusammen gesehen hatte.«

»Wann?«

Hans hielt inne, und seine Augen blitzten ironisch. Wann? Wenn er das sagte ...

Nun, dann eben:

»Am Sonntagabend.«

»Sie haben sie am Sonntagabend zusammen gesehen?«

»Ja, auf dem Jahrmarkt, Herr Kommissar.«

»Haben Sie sie da schon gekannt?«

Musste Hans jetzt obendrein zugeben, dass er Sidonie vorher unter einer Gaslaterne am Quai gesehen hatte, wo sie ihre Lippen auf die eines Mannes gedrückt hatte?

»Nein.«

Die Mädchen saßen dicht beieinander und hielten sich bei den Händen. Der Kommissar wiederum war wütend, weil all das furchtbar kompliziert war und er Unbill witterte.

»Warum haben Sie sich nicht schon früher auf dem Kommissariat gemeldet?«

»Ich hatte Ihnen meinen Namen und meine Adresse gegeben. Sie haben mich nicht vorgeladen.«

Das stimmte, weiß Gott. All das ergab überhaupt keinen Sinn!

»Ruhe, ihr beiden!«, brüllte der Kommissar, weil die Kleinere der anderen etwas ins Ohr geflüstert hatte. »In eurem Alter solltet ihr euch nicht auf dem Jahrmarkt rumtreiben. Ihr gehört in eine Besserungsanstalt! Vor allem Sie, die Ältere, die Ihre Freundin mitgeschleppt haben …«

Er ließ alle drei in seinem Büro zurück und ging nach nebenan, um den Untersuchungsrichter anzurufen. Die Mädchen waren so aufgeregt, dass sie aufstanden und an der Tür lauschten.

Das hatte niemand gewollt. Vor acht Tagen war Sidonie gestorben, und es schien, als wäre sie nun wiederauferstanden.

»So«, sagte der Kommissar verstimmt zu Hans, als er zurückkam. »Ich kann Sie noch nicht verhaften … Aber ich weise Sie darauf hin, dass Sie überwacht werden, und bitte Sie, die Stadt nicht zu verlassen … Sie können gehen … Was allerdings die Krulls angeht …«

Er sagte nicht, was er mit den Krulls vorhatte. Er wollte mit den beiden Mädchen wieder allein sein, um sie gründlich auszufragen.

»Ich habe Ihnen gesagt, Sie können gehen …«

Hans zuckte mit den Schultern und legte die Hand auf die Klinke.

»Auf Wiedersehen, Herr Kommissar …«

»Auf Wiedersehen!«

Hans' letzter Blick traf, völlig unwillkürlich, die aus ihren Kleidern platzende Germaine, nach deren großen Brüsten der Kommissar schielte.

5

Als Hans aus dem Kommissariat kam, hatte er den Gang und den Blick eines Straßenköters, der Ungutes vorhat.

Die Rue Saint-Léonard war die Hauptgeschäftsstraße des Viertels, sie war sehr schmal, noch dazu fuhr die Straßenbahn gleich neben dem Gehsteig. In den meisten Häusern waren Läden, zumeist Lebensmittelgeschäfte, deren Gerüche ganze Abschnitte der Straße dominierten.

Plötzlich blieb Hans' Blick an einem Namen hängen: *Pierre Schoof*. Und darunter in geschwungener Kursivschrift: *Butter, Eier, Käse*.

Der Geruch aus dem Laden mischte sich mit dem der Gemüsehandlung nebenan, deren Körbe auf dem Gehsteig standen.

Hans war stehen geblieben. Beinahe hätte er sich wie ein Kind die Nase am Schaufenster platt gedrückt.

Er betrachtete Monsieur Schoof, der ganz anders wirkte als unlängst bei seinen Freunden, den Krulls: alerter, runder und von einer leuchtenden, unbeschwerten Herzlichkeit.

Das Geschäft war ganz mit weißem Marmor ausgekleidet. Sie bedienten zu dritt: Monsieur Schoof, Marguerite, in blütenweißer Schürze, und ein weiteres Mädchen, eine Verkäuferin, die noch nicht so rosig aussah wie ihre Arbeitgeber.

Der Kontrast war verblüffend: Hinter der Theke das adrette Personal, sorgfältig hergerichtet wie Tiere für eine Ausstellung, selbst ihr Lächeln machte Appetit; vor der Theke mit erloschenen Gesichtern, das Haar streng zurückgebunden, die dunkel gekleideten Hausfrauen, die darauf warteten, dass sie an die Reihe kamen, und dann trübselig und ängstlich auf die Waage sahen.

Hans ging hinein.

»Darf ich Sie einen Augenblick sprechen, Herr Schoof?«

Das sagte er auf Deutsch, und Monsieur Schoof reagierte beunruhigt, schob eine Glastür auf und antwortete auf Französisch:

»Hier rein … Ich komme gleich …«

Der Raum war Warenlager, Esszimmer, Küche und Wohnzimmer in einem, blitzblank wie der Laden, ohne ein Stäubchen oder einen matten Fleck auf den polierten Möbeln.

»Was wünschen Sie, Hans? Im Laden sprechen wir besser kein Deutsch. Die meisten Leute halten mich für einen Holländer, und das ist gut so. Darf ich Ihnen etwas anbieten?«

Im Hause Krull wurde nie etwas zu trinken angeboten. Monsieur Schoof aber hatte eine Karaffe Cognac und eine Schachtel Zigarren in seinem Buffet.

»Ich wollte Sie um Rat fragen, Herr Schoof. Es gibt nämlich schlechte Nachrichten von meinem Vater, und ich möchte Onkel Cornélius nicht beunruhigen …«

Und schon fand sich der arme Monsieur Schoof mit seinen runden Augen in der Rolle des Opfers wieder.

»Sie wissen vielleicht, dass mein Vater keinen guten

Leumund bei den jetzigen Machthabern hat. Er hat mich deshalb beauftragt, den Großteil seines Vermögens über die Grenze zu bringen. Das war der Hauptgrund für meine Reise. Allerdings habe ich das Geld vorübergehend auf einer Bank in Belgien deponiert, weil ich befürchtete, an der französischen Grenze Schwierigkeiten zu bekommen.«

Monsieur Schoof hörte mit einem Ohr zu, mit dem anderen lauschte er unwillkürlich den Geräuschen im Laden – der Ladenglocke, dem Rattern der Registrierkasse.

»Mein Vater ist soeben verhaftet und in ein Konzentrationslager gebracht worden … Ob man ihn erschießen wird? Ob man ihn verschwinden lässt?«

Monsieur Schoof hielt einen Seufzer für angebracht:

»Jesses Maria!«

»Deshalb muss ich dafür sorgen, dass er ausbrechen kann. Die Fluchthelfer verlangen fünftausend Franc, die ich noch heute Abend telegraphisch an eine bestimmte Adresse überweisen soll. Mir fehlt die Zeit, um nach Belgien zu fahren und dort das Geld abzuheben. Und wenn ich Onkel Cornélius etwas davon sage …«

Monsieur Schoof rührte sich nicht. Er schien noch nicht zu verstehen, worauf diese Geschichte abzielte.

»Ich habe gedacht, Sie könnten mir vielleicht während achtundvierzig Stunden aushelfen …«

Monsieur Schoof zeigte sich nicht begeistert. Er stieß einen kleinen Seufzer aus, hätte seinem jungen Gesprächspartner beinahe ins Gesicht geschaut, ließ es dann aber bleiben und ging nach nebenan zur Kasse.

Vom anderen Ende der Theke aus sah Marguerite

ihren Vater mit großen Scheinen hantieren. Sie verstand sofort und warf Hans einen neugierigen Blick zu.

»Übermorgen bin ich wieder da, Herr Schoof …«

Schon wieder sprach er Deutsch, und um das Gespräch abzukürzen, tauchte Monsieur Schoof unter den Tresen.

Hans wusste noch nicht, was er mit den fünftausend Franc tun würde. Es war ihm einfach so eingefallen, als er den Laden gesehen hatte. Ein weiterer Zufall ließ ihn vor einem gelben Plakat stehen bleiben, das für denselben Abend ein großes Konzert im Konservatorium ankündigte. Er ging hinein und kaufte zwei Plätze im vorderen Parkett.

Als er am Quai Saint-Léonard ankam, stieß er die Ladentür auf, lauschte mit unverminderter Freude dem tiefen Ton der Ladenglocke und warf gleichsam zur Begrüßung dem weißen Löwen von Amidon Remy einen Blick zu. Er merkte nicht, dass Tante Maria sich ihm ängstlich zuwandte, ihm in die Küche folgte, dass Anna ihre Arbeit unterbrach, die Hände trocknete und ihn fragend anschaute.

Er hatte die Geschichte mit dem Kommissariat schon fast vergessen. Seine Tante musste ihn ganz direkt fragen:

»Was war da los?«

»Nichts … Nichts Wichtiges … Sie wollten wissen, ob meine Papiere in Ordnung sind … Sieht aus, als ob Sie gegen das Gesetz verstoßen haben, weil Sie mich nicht als Mieter gemeldet haben … Übrigens, falls Lisbeth ins Konzert gehen möchte: Ich habe zwei Karten.«

Er spürte, dass sie sich über die teuren Karten wunderten, dass sie ihn fragen wollten, woher er das Geld habe. Um die Dinge zu vereinfachen, meinte er leichthin:

»Ein Landsmann, dem ich begegnet bin … Er hat die Karten gekauft, muss heute Abend aber schon weiter …«

Doch damit war es nicht erledigt. Es war komplizierter, als er erwartet hatte. Tante Maria und Anna waren im Zwiespalt: Es gefiel ihnen nicht, dass Lisbeth allein mit ihrem Cousin ausgehen würde; noch mehr zu schaffen machte ihnen allerdings die Vorstellung, zwei Karten à zwanzig Franc verfallen zu lassen.

»Wann ist das Konzert vorbei?«

Wann Sie wollen …, hätte er am liebsten geantwortet.

Es war völlig egal, weil er gar nicht ins Konservatorium gehen würde! Auch sonst nirgendwohin! Sie brauchten sich keine Sorgen zu machen, an diesem Abend würde er Lisbeth nichts zuleide tun!

Nein! Er hatte einfach Lust bekommen, mit ihr spazieren zu gehen und ein bisschen zu plaudern. Ihm war eingefallen, dass sie noch nie richtig miteinander geredet hatten.

Die Ausrede mit dem Konservatorium war ihm einfach so in den Sinn gekommen, und schon geriet das ganze Haus in Aufruhr: Was sollte Lisbeth anziehen? Das blaue Satinkleid musste gebügelt werden. Außerdem musste man ihr neue Strümpfe kaufen!

»Wird sie ein langes Kleid tragen?«, fragte er.

»Im Konservatorium? Immer! Im Parkett erst recht.«

Nun denn! Um acht standen sie bei der Straßenbahnhaltestelle an der Ecke des Quais, Lisbeth ohne

Hut, frisch onduliert (sie roch nach verbranntem Haar), einen Gabardinemantel über dem bodenlangen Kleid.

»Gehen wir nicht ins Konservatorium?«, fragte sie erstaunt, als er zwei Stationen weiter ausstieg.

»Nein!«

»Wohin gehen wir?«

»Nirgendwohin!«

Er lächelte sie fröhlich an, als hätte er ihr ein schönes Geschenk gemacht. Er hakte sich sogar bei ihr unter. Sie wirkten wie ein ganz gewöhnliches Liebespaar.

»Ich hatte mich zu langweilen begonnen ...«, sagte er.

Sie verstand ihn offenbar falsch und entschuldigte sich unterwürfig und ängstlich:

»Es ist nicht lustig bei uns im Haus ...«

»Ich finde es prima. Mögen Sie Ihr Haus nicht? Nur schon der Geruch der Weidenruten ... Und dann, wenn man die Ladentür öffnet ...«

Sie fragte sich, ob er scherze, aber er scherzte nicht.

»Und jedes Ding ist an seinem Platz. Zum Beispiel die braunen Tassen, die im Buffet hängen, jede an einem kleinen Kupferhaken ...«

Er duzte sie nur selten, aber nicht aus Respekt. Mit dem Sie hielt er Lisbeth auf Distanz.

Sie erreichten das Stadtzentrum. Der Himmel hatte sich sanft gesenkt, bis er beinah die Hausdächer berührte, ein Himmel von wattigem Weiß, das im Abendlicht verschwamm und sich plötzlich in Regen auflöste, der fein wie Nebel war.

»Trinken wir etwas. Kommen Sie, Lisbeth, setzen Sie sich hierhin.«

Er hatte das Grand Café gesehen, die Tische und

Stühle auf dem Gehsteig, die offenen Fenster, die Kellner, die stocksteif dastanden, eine Serviette über dem Arm, und drinnen auf dem Podium die Musiker, die ihre Instrumente stimmten und die Noten aufstellten.

»Garçon!«

Er brauchte nur »Garçon« zu rufen, und schon wussten alle, dass er Deutscher war. Doch das war ihm egal, ja, man hätte meinen können, es mache ihm Freude, sich so fremd wie möglich zu fühlen.

»Bringen Sie mir ein kleines Bier und einen Cognac.«

»Zusammen?«

»Ja, zusammen, und für das Fräulein einen Likör ...«

»Sie wollen das Bier zusammen mit dem Cognac?«, fragte der Kellner nach.

Hans gab sich die Mühe, Lisbeth zu erklären:

»So trinkt man das bei uns. Machen Sie das zu Hause nie?«

»Wir trinken nie Schnaps und auch kein Bier.«

Er brauchte fast so lang wie das Orchester, um sich einzustimmen. Unzufrieden, dass innere und äußere Stimmung nicht gleich der erhofften entsprachen, ließ er den Boy Zigaretten kaufen, wollte dann andere haben und schickte ihn noch einmal in den Tabakladen. Nach drei Bieren und drei Cognacs fühlte er sich endlich wohl.

Und er fühlte sich wirklich wohl, zurückgelehnt in seinem Korbsessel nahm er die ganze Umgebung in sich auf.

Der Regen war nur um die weißen Kugellampen herum sichtbar, die das Straßencafé beleuchteten. Eine Art leuchtender Staub, der gleich von der Dunkelheit verschluckt wurde, sich aber am Boden wiederfand, auf den Pflastersteinen, die schwarz und gelackt wirkten, außer im Bereich des Sonnensegels, wo sie ein helles Rechteck bildeten.

Die Kapelle spielte einen Wiener Walzer mit der für Brasserieorchester typischen Sentimentalität, und ein Paar ganz in der Nähe, er mit einer Melone und sie mit beiden Händen auf ihrem Täschchen mit Silberverschluss, verbrachte einen Großteil des Abends damit, bewegungslos zuzuhören.

Lisbeth wagte nicht, etwas zu sagen. Sie spürte, dass der Abend fragil war, ebenso fragil wie die kurze Zeit, die sie in der Nacht zuvor schweigend am Fenster verbracht hatten.

Noch nie war der Mann neben ihr so rätselhaft und anziehend, aber auch so furchterregend gewesen.

»Ich habe Ihnen noch gar nichts vom Tod meines Vaters erzählt«, sagte er plötzlich, als gehörte diese Geschichte zu seinem Repertoire. »Das ist ziemlich merkwürdig. Mein Vater war ein komischer Kauz. Sie wissen, dass er Schuhmacher war, nicht? Sind Sie je in Emden gewesen?«

»Ich habe die Stadt noch nie verlassen.«

»Er hatte sein Geschäft in den Arkaden unter dem Rathaus, da reiht sich ein Laden an den anderen. Eines Tages war meine Mutter nicht mehr da … Wir haben nie erfahren, was aus ihr geworden ist, und es gibt Leute, die behaupten, ihr in Amerika begegnet zu sein.«

Er jonglierte mit seinen Figuren, seinen Gespenstern, vermischte sie mit der ihn umgebenden Wirklichkeit, dem Regen, den Kugellampen, dem Knistern der

Nachtfalter, ja, sogar mit dem angespannten Gesicht seiner Cousine, deren spitze Nase ihn an ein kleines Mädchen in Emden denken ließ, damals, als er sich noch auf den Straßen herumgetrieben hatte.

»Mein Vater war damals wie Cornélius, ebenso zurückhaltend, ebenso streng. Er konnte von sechs Uhr morgens bis acht Uhr abends an dem ewig verdreckten Fenster sitzen und mit Schustermesser und Ahle hantieren … Was jenseits seines Straßenabschnitts mit dem Puppenladen an der Ecke geschah, war ihm vollkommen gleichgültig … Garçon! Nachschub!«

»Das Gleiche?«

»Bier und Cognac. Den Cognac in einem größeren Glas!«

Sie hatte ihn noch nie trinken sehen und wurde unruhig, vor allem weil er gelegentlich laut wurde und dann alle zu ihnen sahen. Außerdem erregte ihr Abendkleid Aufmerksamkeit, was sie noch verlegener machte.

»Ein paar Leute behaupteten, mein Vater hätte im Lotto gewonnen, doch das glaube ich nicht. Er hat mir gegenüber nie davon gesprochen. Über Geld redet man nicht, hat er gesagt, das geht niemanden etwas an. Ich glaube eher, dass er mit der Mark spekuliert hat. Das haben damals viele getan … Dann hat er in der Bergenstraße einen Laden gekauft mit Tausenden von Schuhkartons. Zwei junge Mädchen in schwarzen Schürzen haben die Kunden bedient.«

Von Zeit zu Zeit hielt jäh eine Straßenbahn und fuhr gleich wieder weiter.

»Merkwürdig! Auch Sidonie hat in einem Schuhladen gearbeitet.«

Lisbeth fuhr zusammen. Sie hatte nicht erwartet, dass sie auf das tote Mädchen aus dem Kanal zu sprechen kommen würden.

»Ich habe sie gekannt ...«, fuhr er fort, während er den taumelnden Flug eines Nachtfalters verfolgte.

»Wen? Sidonie?«

»Die von meinem Vater. Eine Rothaarige mit einem Schönheitsfleck am Kinn. Er hat nur noch *sie* gesehen, hat sich nur noch um sie gekümmert. Den ganzen Tag lang ist er um sie herumgeschwirrt, und das ist den Leuten aufgefallen. Ich glaube, sie haben miteinander geschlafen ...«

»Hans!«

»Was?«

»Dein Vater?«

»Und? Wenn ich sage, ›ich glaube‹, dann, weil ich nicht sicher bin. Der war so blöd, der hätte sich auch ohne Gegenleistung ausnehmen lassen ... Abends hat sie sich mit einem Versicherungsangestellten herumgetrieben, der sie im Laden abgeholt und meinem Vater ungeniert in die Augen geschaut hat ... Da hat er sich ins Hafenbecken gestürzt. Das war sein erster Selbstmordversuch ...«

»Dein Vater?«

»Ja. Man hat ihn wieder rausgefischt. Er hat sich gewehrt ... Die Frau hieß Eva, das weiß ich noch. Er hätte jede andere haben können ... Ich bin sicher, dass er vorher nur mit meiner Mutter geschlafen hatte ... Eva hat obendrein diesen Geruch von Rothaarigen gehabt ... Trotzdem hat er sich umgebracht ... Beim zweiten Mal hatte er Vorkehrungen getroffen: Er ist aufs Geländer

der Drehbrücke gestiegen mit einem Seil um den Hals und einem schweren Stein an den Füßen. Und bevor er sich ins Leere fallen ließ, hat er sich noch eine Kugel in den Kopf gejagt …«

Hans lachte, und sie sah ihn betreten an, schmerzlich beklommen.

»Voilà!«, sagte er abschließend.

Dann unvermittelt:

»Hat Joseph viele Freundinnen gehabt?«

»Das weiß ich nicht.«

Sie log. Das spürte er.

»Antworte!«, drängte er bösartig.

»Ich weiß nicht, ob er viele gehabt hat, aber eine hat er gehabt. Das Dienstmädchen von den Guérins …«

»Der Tischler von nebenan?«

»Es wurde kaum darüber geredet, wenn ich dabei war … Ich war gerade erst zwölf …«

»Dann war Joseph neunzehn … Hat er ihr ein Kind gemacht?«

»Nein!«, protestierte sie und wandte sich um, um sich zu vergewissern, dass niemand zuhörte.

»Also, wie ist das passiert?«

»Joseph war Schlafwandler … Schon immer. Als er klein war, haben sie an seinem Fenster ein Gitter angeschraubt, damit er nicht rausfällt … Einmal hat man ihn bei der Schleuse gefunden, und er hat gesagt, ein Schiff will seit einer Stunde durchfahren, und deshalb kann er nicht schlafen … Langweile ich Sie, Hans?«

»Mach weiter!«

Lustig, wie sehr sie befürchtete, ihm nicht zu gefallen, und sich gleichzeitig ängstlich umschaute!

»Damals hatte Joseph ein Zimmer zum Hof. Eines Nachts ist Mutter aufgewacht und hat gesehen, wie er auf dem Steinsims, der beide Häuser verziert, also unseres und das der Guérins, entlangging. Sie hat sich nicht getraut, ihm etwas zuzurufen, sie glaubte, er würde schlafwandeln ... Dann ist er drüben in ein Zimmer rein ... Am nächsten Morgen ist sie zu den Guérins gegangen, und das Dienstmädchen wurde vor die Tür gesetzt. Danach war Joseph einen Monat lang krank, und sie haben ihn aufs Land schicken müssen ...«

Hans ließ ein kleines Lachen hören. Es war nicht sein übliches Lachen, vielleicht weil er schon so viel getrunken hatte.

»Findest du nicht, dass ich Joseph ähnlich sehe?«, fragte er unvermittelt und wandte ihr das Gesicht zu.

»Nein! Kein bisschen!«

»Tja! Da täuschst du dich. Ich sehe ihm nämlich ähnlich beziehungsweise er mir. Den Unterschied kannst du nicht kapieren. Joseph hätte *ich* sein können. *Ich* hätte Joseph sein können. So wie deine Mutter Pipi hätte sein können ...«

»Hans!«, wagte sie angesichts dieser Beleidigung zu protestieren.

»Das spürt deine Mutter so deutlich, dass sie Pipi nicht rausschmeißt, selbst wenn die sie beschimpft. Und ich möchte wetten, es gibt Momente, da beneidet deine Mutter sie ...«

»Pipi?«

»Ja, mein Kleines ...«

Er lachte erneut. Es war ein sehr guter Abend! Das

Orchester spielte Schubert, und einer der Kellner hatte einen Backenbart wie in alten Zeiten. Inzwischen waren die Straßen so leer, dass man die Schritte der Leute hörte, die von einem Viertel zum anderen gingen, dass man die Wege und Umwege erriet, die sie durch die Sträßchen nahmen, und den Moment kommen sah, da sie ihren Schlüssel ins Schloss stecken würden.

»Würdest du überall mit mir hingehen?«

»Ja.«

»Warum?«

Sie errötete. Sie wagte nicht zu sagen:

Weil ich dich liebe.

Aber ihre Hand tastete linkisch nach seiner, und sie drückte sie heftig.

»Du würdest mitkommen, weil du dich zu Hause langweilst, stimmt's?«

»Nicht deswegen, Hans!«

»Wie hast du dir deine Zukunft vorgestellt, bevor du mich gekannt hast?«

»Ich weiß nicht … Ich möchte Klavierlehrerin werden …«

»Und Joseph Arzt!«

»Ja … Ich wäre wohl im Viertel geblieben, aber etwas näher an der Stadt …«

Ihr war zum Weinen zumute, ohne dass sie genau wusste, warum. Es kam ihr vor, als versuchte Hans, sie kleinzumachen, ihre Liebe kleinzureden.

»Warum fragst du mich das?«

»Was für einen hättest du dann geheiratet?«

»Ich weiß nicht …«

»Einen Geschäftsmann? Oder einen Angestellten? …

Joseph, der muss Mademoiselle Schoof heiraten, nicht wahr?«

»Ich glaube, ja …«

»Liebt sie ihn?«

»Ich glaube, ja …«

»Voilà!«, sagte er befriedigt, zum zweiten Mal, seit sie hier waren, als wäre ihm gerade ein Zaubertrick gelungen oder als hätte er an der Wandtafel eine schwierige Gleichung gelöst.

Q. e. d.

»Wollen wir nach Hause, Hans?«

»Nie und nimmer!«

»Das Konzert ist bestimmt gleich vorbei …«

»Das ist mir egal.«

Als er sein Taschentuch hervorholte, kamen die fünf Tausendernoten mit, die er, zerknittert, wie sie waren, auf das Tischchen legte.

»Hans!«

Sie sah ihn erschreckt an.

»Hans! … Dieses Geld …«

»Ja? Was?«

Er wurde immer munterer, wobei seine Augen allzu heftig funkelten.

»Stimmt, ich könnte es gestohlen haben!«, stellte er fest. »Und wenn schon … Aber es war nicht so. Monsieur Schoof hat es mir gegeben …«

»Warum?«

»Weil ich ihn darum gebeten habe. Ich wollte ein bisschen Taschengeld haben. Auch, damit wir beide weggehen können, falls die Dinge anders kommen, als …«

»Welche Dinge?«

»Alles … Man weiß nie …«

»Er hat dir so viel Geld gegeben, einfach so?«

»Einfach so, ja. Ich habe ihm eine Geschichte erzählt … Aber das würde zu weit führen … Garçon!«

Er zahlte mit einer großen Note, bestellte dann aber noch einen Cognac, ohne Rücksicht auf den vorwurfsvollen Blick seiner Cousine.

»So«, erklärte er beim Aufstehen, »so muss das Leben sein!«

Beim Gehen schmiss er einen Stuhl um, dann warf er einen Blick zurück auf das beleuchtete Café, auf die zwei alten Tricktrack-Spieler in der Ecke und die Kassiererin, die schon mit der Abrechnung beschäftigt war.

»Es ist spät, Hans … Bestimmt fast Mitternacht …«

Sie suchte seinen Arm, machte schnelle kleine Schritte, um ihn einzuholen, und wusste weder, was sie sagen noch wie sie sich verhalten sollte.

Es war wie auf einem Geflügelhof: Er war der Hahn und sie nur ein Hühnchen, unerfahren, verschüchtert, aber fasziniert.

»Wohin gehen wir?«, fragte sie ängstlich, als er in eine dunkle Straße bog.

»Wir gehen zu Fuß zurück, die Quais entlang.«

»Es ist spät, Hans!«

Das war ihm vollkommen egal. Er zündete sich eine Zigarette an.

»Ich kenne nichts Erregenderes als den Anblick eines Paars, das sich abends in einer Ecke herumdrückt … Man weiß nicht genau, was die treiben … Man kann sich alles vorstellen … Man riecht etwas, das Speichel sein könnte, und andere Sachen …«

»Hans!«

»Wenn Joseph so etwas sieht, beginnen seine Finger zu zittern …«

»Hast du das gesehen?«

»Ja! Er will dieser Mann sein, eigentlich alle Männer, die mit Frauen schlafen. Er will alle Frauen ausziehen, sie anfassen …«

»Du übertreibst.«

»Das glaube ich nicht … Da! Schau …«

Er blieb vor einem Haus stehen. Ein Rollo im ersten Stock leuchtete golden, und man sah eine Silhouette, undeutlich, eine Frau, die sich vielleicht gerade auszog. Da tauchte ein zweiter Schatten aus der Tiefe des Zimmers auf, wo bestimmt ein Bett stand, ein Männerkopf.

»Wenn Joseph jetzt hier wäre …«

»Was würde er tun?«

»Nichts … Kalter Schweiß würde ihm ausbrechen. Er würde seinen Speichel runterschlucken. Seine Finger würden zittern. Er würde in allen dunklen Ecken herumstöbern, wie ein Hund, der Mülltonnen beschnüffelt, in der verrückten Hoffnung auf eine Frau, die so spät noch unterwegs ist …«

Sie erschauerte, und er fragte:

»Was hast du?«

»Du machst mir Angst …«

»Und Joseph hat dir nie Angst gemacht?«

»Bis jetzt nicht … Ich kann ihm nie mehr in die Augen schauen … Du würdest niemals weggehen ohne mich, nicht wahr, Hans?«

»Ich glaube …«, sagte er verträumt.

»Du bist dir nicht sicher?«

Er blieb unter einer Gaslaterne stehen. Er betrachtete sie, ihr Gesicht, benetzt vom Regen, der immer feiner fiel.

Ihr Blick war unstet, ihre Züge angespannt, aber ihr schmales Gesicht mit der spitzen Nase verriet auch Glück.

»Komm …«

Der Saum ihres Kleides würde schmutzig werden.

In der Ferne die Schleuse, schwarz auf grau, weiß die Kanten der Lastkähne, zwischen den Bäumen leere Bänke.

Er wiederholte:

»Komm …«

»Was hast du vor, Hans?«

Und gleich darauf:

»Doch nicht hier …«

»Pst!«

Starr vor Angst blickte sie um sich. Gleich würden Leute aus dem Schatten hervorbrechen, hinter jedem Baum lauerten Augen. Und obendrein riss etwas in ihrer Unterwäsche.

»Wenn Joseph uns jetzt sehen könnte …«, feixte er.

Sie weinte nicht. Ihre Angst war zu groß. Dies war die furchtbarste Minute ihres Lebens. Sie empfand nichts. Sie horchte so angestrengt, dass sie jeden Tropfen auf dem Laub der Bäume hörte und einen Hund, der in einem Hof an seiner Kette zerrte.

»Hans …«

Er löste die Umklammerung und betrachtete sie lächelnd.

»Was?«

»Ich versteh nicht … Du … Achtung!«

Schritte. Drei Schatten auf dem Gehsteig. In der Mitte eine Frau. Die beiden Männer waren an ihren Mützen als Polizisten zu erkennen, sie hatten die Frau an den Armen gepackt und zerrten sie vorwärts.

»Grobiane seid ihr! Grobiane!«, sagte sie.

»Pipi …«, flüsterte Lisbeth.

»Na und?«

»Ich weiß nicht … Ich habe Angst …«

»Angst wovor?«

»Vor allem …«

Vielleicht auch vor den Lastkähnen, die geduckt im Wasser lagen, wie große Tiere, und vor den Pfeilern der Drehbrücke …

Und hatte Hans nicht eine solche Brücke erwähnt, von der sein Vater …

»Lass uns nach Hause gehen, bitte!«

Außerdem fühlte sie sich körperlich immer unwohl, wenn er sie genommen hatte. Und sie glaubte, man könne es ihr ansehen.

Die beiden Polizisten und die Frau waren in die Straße eingebogen, die zum Kommissariat führte. Lisbeth stolperte.

»Das hätten wir nicht tun sollen …«, entfuhr es ihr.

Dann klammerte sie sich wieder an seinen Arm. Schließlich blieb sie stehen und zeigte in der dunklen Häuserzeile auf eine Tür, unter der ein Lichtstreifen zu sehen war.

»Sie sind nicht schlafen gegangen!«

»Was macht das schon?«

»Im Laden brennt Licht!«

»Na und?«

»Der Laden ist abends nie beleuchtet ... Es muss etwas passiert sein, Hans! ... Ich habe ein ungutes Gefühl ...«

Er zuckte mit den Schultern, zog sie mit sich und steckte sich eine weitere Zigarette an, während sie den Schlüssel ins Schloss steckte.

Die Tür wurde von innen geöffnet. Tante Maria stand vor ihnen, kerzengerade und fahl wie ihr Haar.

»Da seid ihr ja ...«, sagte sie nüchtern.

Anna saß auf dem Hocker, mit dem man an die oberen Regalbretter herankam, und zum ersten Mal sah Hans sie weinen. Die Augen rot und geschwollen, das Gesicht verzerrt, wirkte sie zehn Jahre älter.

Joseph betrachtete seinen Cousin mit trockenen Augen, aber beeindruckender Starrheit.

Lisbeth machte ein paar Schritte, sah ängstlich in die Runde, bekam keine Antwort auf ihre stumme Frage und rief schließlich verzweifelt:

»Was ist los? Was ist passiert?«

»Pst!«

Die Mutter zeigte zur Decke. Das bedeutete, dass der Vater schlief und aus all dem rausgehalten werden sollte.

»Mama!«, bat Lisbeth inständig.

Tante Maria erklärte mit abgewandtem Kopf:

»Diese Frau war da ...«

»Pipi?«

Ein Nicken.

»Sie hat gegen die Tür gehämmert und uns alle beschimpft ...«

Tante Maria ließ ihren Blick einen Moment lang auf

Hans ruhen, der an der Theke lehnte. Das Blau der Amidon-Remy-Reklame war jetzt, bei geschlossenem Laden, viel dunkler als tagsüber.

»Sie behauptet …«

Das Sprechen fiel ihr schwer. Ihre Unterlippe schob sich vor. Ihr Gesicht verdüsterte sich, wodurch sie Anna noch ähnlicher sah, die jetzt wieder losschluchzte.

»Sie behauptet, dass wir …«

Tante Maria konnte nicht mehr. Ihr Gesicht verzog sich noch stärker, und sie verbarg es hinter ihrer sorgfältig gestärkten klein karierten Baumwollschürze.

»Mama!«

Lisbeth stürzte zu ihr, doch ihre Mutter zuckte so heftig mit den Schultern, als wollte sie sagen:

Lass mich! Ich kann nicht mehr.

Währenddessen stand Joseph reglos in seiner Ecke, den Blick auf den grauen Fußboden gerichtet.

6

Plötzlich trat Stille ein. Alle hielten inne, Tante Maria, das Gesicht halb von der Kittelschürze verdeckt, Lisbeth mit verängstigtem, flehendem Blick, Joseph mit gesenkter Stirn und hinter dem Tresen Anna, weinend, bizarr in Unterrock und Mieder, das Haar mit Nadeln hochgesteckt.

Das letzte Geräusch war ein Schniefen von Tante Maria gewesen, jetzt herrschte Leere. Hans hätte beinah etwas gesagt, hatte den Mund bereits geöffnet, besann sich aber rechtzeitig, als er sah, was alle hatte erstarren lassen: Neben der Glastür zur Küche stand Cornélius. Sie hatten ihn nicht kommen hören. Er war da. Er sah sie an. Er stellte keine Fragen. Er sah sie an.

Er war weder inquisitorisch noch misstrauisch, noch ironisch, noch sonst etwas. Nur da!

Die anderen wussten nicht, wie sie sich aus den Haltungen lösen sollten, in denen sie erstarrt waren, als sie ihn bemerkt hatten. Tante Maria schämte sich ihrer Tränen. Lisbeth hätte gern gelächelt. Sie wussten ja nicht einmal, wie lange er schon da war, aus welchem dunklen Winkel er aufgetaucht war!

»Ein Kinderstreich … oder ein Säufer …«, sagte Anna geistesgegenwärtig. »Wein nicht mehr, Mama!«

Cornélius versuchte zu verstehen, runzelte leicht die Stirn.

»Jemand hat einen Stein geworfen, eine Scheibe ist kaputt.«

Endlich erreichte Cornélius Krulls langsamer Blick das Schaufenster. Der Rollladen war geschlossen, aber vor diesem Hintergrund sah man das gesplitterte Glas, spürte einen Luftzug.

»Wir müssen dem Glaser Bescheid geben«, sagte Cornélius. »Wollen wir jetzt schlafen gehen?«

Das war alles. Schweigend folgten sie ihm. Tante Maria blieb zurück, um das Licht zu löschen, und man hörte sie ein letztes Mal schniefen. Im Flur des zweiten Stocks streifte Lisbeths Hand diejenige von Hans.

In jeder Zelle des Hauses ließ der Schlaf auf sich warten, während weiter feiner Regen auf die Stadt fiel.

Hans schlief sich aus, wie immer, wenn er getrunken hatte. Nackt lag er auf seinem Bett. Das Fenster stand offen, und die Sonne beschien die großen Bäume am Quai. Es war klarer als in den letzten Tagen, auch die Luft war besser, frischer.

Lang ausgestreckt, die Augen geschlossen, genoss Hans den Lufthauch, der in kleinen Wellen über das Fensterbrett gehüpft kam, die Vorhänge bauschte und dann über seine Haut glitt.

Alle Geräusche vermischten sich in seinem Kopf: das Rauschen der Schleuse, das Bimmeln der Straßenbahn, das Klappern aus der Küche und das Hämmern aus der Werft; auch seine Gedanken vermischten sich, waren weniger Gedanken als Träumereien von einem sonderbaren Ausdruck in Annas Gesicht, der Hans neugierig machte und anzog.

Unvermittelt sprang er auf. Eine Fliege hatte sich ihm auf die Lippe gesetzt. Sein Blick war lauernd, der Geschmack im Mund übel. Er kratzte sich eine Weile am Kopf, während seine Augen sich ans Licht gewöhnten, Bäume ausmachten, das Wasser des Kanals, einen braunen Lastkahn, dessen Heck mit Kupferbuchstaben verziert war.

Er machte zwei Schritte vorwärts, ehe sein Blick an etwas hängen blieb. Die letzten Spuren seines Schlafs verflogen. Jenseits des Grünstreifens, wo zwei Hunde herumtollten, sah er unten bei der Schleuse eine Gruppe von Leuten. Sie schauten zum Haus Krull hinüber, in ihrer Mitte Pipi, die wild gestikulierte.

Hans, ganz allein in seinem Zimmer, gab ein Schnalzen von sich, das wohl bedeutete:

Sieh mal einer an!

Dann ein Schulterzucken. Das war nicht seine Schuld! Er putzte sich die Zähne, zog sich an und schaute hin und wieder zur Schleuse, wo eben ein Schiff vom steigenden Wasser hochgetragen wurde und Pipi noch immer mit den Schiffern herumstand.

Nichts war geschehen, und doch hatte Hans, der nicht leicht zu beeindrucken war, das Bedürfnis, vor dem Spiegel mit sich selbst zu reden und sich zu wiederholen, dass es nicht seine Schuld sei.

Er hörte Lisbeth nebenan in ihr Zimmer gehen. Dann war es also etwa zehn. Sie würde ihr Bett machen, das Waschwasser wegkippen, abstauben. Und sobald das Essen auf dem Herd stand, würde Anna die gleichen Arbeiten in seinem Zimmer verrichten.

Er ging hinaus, sah Lisbeths Tür offen stehen, machte

zwei Schritte, nur um ihr guten Tag zu sagen und sie vielleicht zu fragen, ob ihre Mutter sich erholt habe.

Vornübergebeugt, wendete Lisbeth gerade die Matratze. Sie schreckte hoch, drehte sich um, hielt den Finger an die Lippen und bedeutete ihrem Cousin, er solle weggehen.

Erneut zuckte Hans mit den Schultern. Warum ging er danach lautlos die Treppe hinab, ohne eine einzige Stufe knarren zu lassen? Es war keine Absicht. Er erreichte den blau gefliesten Flur des Erdgeschosses, wo es immer kühler war als in den übrigen Räumen. Er hörte Stimmen und erkannte die seiner Tante.

Er brauchte nichts zu sehen. Anna saß am Küchentisch mit der rot karierten Wachstuchdecke und putzte Gemüse, während Tante Maria wie üblich bei der Glastür zum Laden stand, durch deren Spitzengardine Licht fiel.

»… wollte ich nicht sagen!«

Das Ende eines Satzes. Sie seufzte. Das Schaben des Schälmessers war deutlich zu hören, zweifellos Möhren.

»Als die Leute noch einen Ausländer mehr im Haus gesehen haben …«

Bestimmt hielt Tante Maria den Kopf geneigt und war Annas Miene traurig und würdevoll.

»Zumal er sich kein bisschen darum bemüht, nicht aufzufallen! Im Gegenteil! … Wenn ich mich dran erinnere, wie schwer wir es am Anfang gehabt haben … Und auch nachher! Im Großen Krieg … Da warst du noch zu klein … Sie haben deinen Vater eingezogen, und dann war er in einem Bahnhof bei Paris … Eines Tages hat ein Säufer, dem ich nichts mehr ausschenken wollte, das Wort ›Spion‹ in den Mund genommen ... Ich hab gedacht, jetzt machen sie alles kaputt, jetzt schlagen sie mir das Schaufenster ein, jetzt werfen sie die Möbel auf die Straße, wie bei den Lipmanns, die ja nicht eingebürgert waren ...«

Durch die Tür hindurch klang all das wie ein tiefes, gleichförmiges Brummen. Hans rührte sich nicht.

»Und als es dann in Rideaus Werft gebrannt hat, da haben die Leute gesagt, wir wären das gewesen, wegen unserem Namen ...«

Dann in einem anderen Ton:

»Zum Glück kommt der Glaser bald.«

Sie legte Holz nach, während ihre Gedanken ganz woanders waren.

»Hat dir Lisbeth nichts gesagt?«

»Nein, Mama. Worüber denn?«

»Nichts ... Sie ist einfach am häufigsten mit ihm zusammen ...«

»Er scharwenzelt um sie herum!«, sagte Anna mit Nachdruck. »Je früher der geht, desto besser für ...«

Ehe sie ihren Satz zu Ende bringen konnte, öffnete Hans die Tür, trat lächelnd ein und sagte:

»... uns alle! Guten Morgen, Tante! Guten Morgen, Anna! Habt ihr etwas Kaffee für mich übrig gelassen?«

Er nahm eine Tasse vom Haken und griff nach der Kaffeekanne, die auf dem Herd stand.

»Ist Pipi noch mal da gewesen?«, erkundigte er sich.

»Sie ist drüben bei der Schleuse ...«

»Das habe ich gesehen!«

Jawohl, das hatte er! Er hätte sich darüber klar sein müssen, dass er im Hause störte, aber er sagte nichts von Weggehen. Er lächelte! Er war heiter! Er freute sich über die Sonne, die gute Luft, den Geruch des Ladens, das Gemüse auf dem Tisch.

Sah er das unheilvolle Loch in der Scheibe nicht, das wie eine erste Wunde des Hauses wirkte? Jedes Mal, wenn Tante Maria hinschaute, was sie unablässig tat, war sie dermaßen entsetzt, dass sie sich über die Augen fuhr.

»Wo gehen Sie hin, Hans?«

Er hatte seinen Kaffee ausgetrunken und wollte zum Quai.

»Mal hören, was sie so erzählt.«

»Hans! Ich bitte Sie … Tun Sie das nicht! Das würde sie erst recht anstacheln …«

»Gut, dann geh ich nicht.«

Sie würden sich später an diesen klaren Morgen erinnern, an dem außer einer kaputten Scheibe noch nichts vorgefallen war und Familien auf dem Weg in die Ferien vorbeikamen.

Man dachte nicht an Sidonie, selbst Pipi schien vergessen zu haben, dass es doch nur um sie ging, dass alles an einem anderen Morgen begonnen hatte, als ein nackter weißer Körper aus dem Wasser des Kanals gefischt worden war.

Heute ging es um die Krulls; man beäugte von Weitem ihr Haus, die braun gestrichene Fassade mit dem Namen in Schrägschrift: *C. Krull.*

Von Zeit zu Zeit trat die Nachbarin, die Frau des Tischlers, vor ihre Tür, um sicherzugehen, dass bislang nur eine Scheibe zerbrochen war.

Am Vormittag ereignete sich nichts. Nur Potut kam

vorbei und setzte sich auf eine Bank, auf der er zuweilen stundenlang döste.

Allerdings ging die Ladenglocke kein einziges Mal. Bei der Schleuse und im Hafen fing Pipi die Kunden ab. Sie ging sogar selbst in die Rue Saint-Léonard, um für sie einzukaufen.

Um halb zwölf kam der Glaser, machte sich an die Arbeit, und als der Sohn der Rideaus ihm dabei zuschaute, rief die Nachbarin:

»Geh heim, Émile! Vor *dem* Haus solltest du nicht rumstehen!«

Das hörte Tante Maria. Hans, der gerade in der Küche war, wandte sich ihr zu, und ihre Blicke kreuzten sich.

Das Lachen war ihm vergangen. Seine Augen verrieten eine ungewohnte Ernsthaftigkeit.

»Was hat Joseph gesagt?«, erkundigte er sich.

Das kam unerwartet für Maria Krull. Unwillkürlich zuckte sie zusammen und sah zur Decke.

»Er steckt in seiner Doktorarbeit …«

So tief, dass er beim Mittagessen den starren Blick eines Menschen hatte, der zu lange geschlafen hat, und jedes Mal aufschreckte, wenn man ihn ansprach.

Jeder saß an seinem angestammten Platz. Hans konnte durch die Tür, die immer offen stand, hinaus ins Freie sehen und entdeckte gleichzeitig mit Tante Maria, die neben ihm saß, ein weiteres Grüppchen, während auf dem Tisch ein Ragout dampfte, das niemand zu würdigen wusste.

Germaine, die kleine Kurzbeinige, die in Saint-Léonard bald zur Berühmtheit aufsteigen sollte, trug einen besonders lächerlichen Hut zur Schau: eine randlose Glocke aus kirschrotem Stroh, mit der sie wie ein Gnom aussah.

Der groteske Eindruck wurde noch verstärkt durch ihre ernste Miene, ihr wichtigtuerisches Gehabe, das heftige Nicken, sobald sie etwas gesagt hatte, als wollte sie bekräftigen:

Genau! So ist es!

Und dann diese riesigen Augen einer missglückten Puppe …

Sie stand gegenüber, auf der anderen Straßenseite, an ihrer Seite zwei Mädchen und ein junger Mann, die alle im selben Schuhgeschäft arbeiteten. Sie versuchte gar nicht erst, unauffällig zu tun. Im Gegenteil! Sie gestikulierte, zeigte auf das Haus, dann auf ein Fenster im ersten Stock, wobei nicht klar war, warum sie das tat.

Denn in der Küche konnten sie nicht hören, was sie sagte. Sie konnten sie nur sehen. Und zwar nur Tante Maria und Hans! Die Tür des Nachbarhauses ging auf und zu. Die Frau des Tischlers wollte das Schauspiel natürlich nicht verpassen.

Sie konnte ihre Neugier nicht zügeln, überquerte die Straße und fragte Germaine aus, die erneut mit ernsthafter Miene und großen Gesten ihre Sicht der Dinge darlegte.

Als Lisbeth einen Topf vom Feuer holte, sah sie die Szene. Sie wandte ihren ängstlichen Blick aber nicht ihrer Familie, sondern Hans zu.

»Hat er das Fenster repariert?«, fragte Cornélius, der mit dem Rücken zur Straße saß.

»Ja. Gerade eben.«

»Wie viel hat er verlangt?«

»Anna, wie viel hat er verlangt? Du hast ihn bezahlt.«

»Ich habe ihn nicht bezahlt, weil er keine Rechnung dabeihatte. Er muss erst mit seinem Chef sprechen …«

Alltägliche Gespräche und Gesten … Ragout, dann Pflaumenkompott.

Potut hatte seine Bank am Quai verlassen und drückte sich jetzt um das aus seinen Kleidern platzende Mädchen herum. Germaine redete immer weiter. Sie konnte ewig reden mit dem übertriebenen Ernst eines Kindes, das sich wichtigmacht, den immer gleichen Gesten; und dabei sah sie provozierend hinüber zum Haus Krull.

Musste die nicht mal nach Hause zum Essen?

Cornélius zündete seine Pfeife an, und seine Miene war dabei so entrückt wie die einer Heiligenfigur in ihrer Nische. Josephs rechte Hand verkrampfte sich. Er erhob sich und stellte sich in ganzer Länge in die Tür zum Laden, sodass die anderen nur noch seinen Rücken sahen.

»Bring den Kaffee, Lisbeth.«

Sie ließ eine Tasse fallen, was zumindest ihrer Mutter wohltat, die jetzt sagen konnte:

»Was machst du denn? Gehorchen deine Hände dir nicht mehr?«

Joseph drehte sich um. Sein Adamsapfel ruckte hoch und runter. Dann wandte er sich zu der anderen Tür, die zum Flur und zur Treppe führte.

»Magst du keinen Kaffee?«

Er zögerte, entschied sich dagegen.

»Ich geh hoch …«

»Du solltest dich mal ausruhen …«

Das sagte sie ohne Überzeugung. Sie wusste, dass dies nicht möglich war. Aber man musste so tun, als ob, wenigstens für Cornélius.

Beunruhigend war, dass der alte Krull die Angewohnheit hatte, nach dem Kaffee vor den Laden zu treten und dort Pfeife rauchend zu verweilen.

Das tat er jetzt. Germaine mit ihrem scheußlichen Hut stand immer noch gegenüber. In diesem Moment begann ein Mädchen mit Kreide etwas an die Hausmauer zu schreiben. Bislang stand da nur ein *M*.

Bei Cornélius' Anblick schrie die Kleine laut auf und lief in großem Bogen zu den anderen auf dem Grünstreifen.

Wider Erwarten nahm Hans von Zeit zu Zeit Blickkontakt auf mit Tante Maria, und so führte sie mit ihm ein stummes Gespräch.

Es ist schlimm, nicht wahr?, schien sie zu sagen.

Er versuchte nicht, sie vom Gegenteil zu überzeugen. Beinahe hätte sie ihn gefragt:

Was sollen wir tun?

Dabei war noch kaum etwas geschehen. Eine Scheibe war kaputtgegangen, aber schon wieder ersetzt worden, eine Säuferin hetzte die Schiffer bei der Schleuse auf, und ein Mädchen mit dem Hintern und den Waden einer Frau genoss vor dem Haus seine neue Wichtigkeit.

Als sich Cornélius umdrehte, fürchtete man, was er sagen und wie er reagieren werde. Doch nichts geschah. Seine Augen waren unverändert grau unter grauen Brauen, sein Teint elfenbeinfarben, sein Bart steif; wie an jedem anderen Tag schlurfte er in Pantoffeln durch die Küche, steckte seine Pfeife in den Ständer und ging in die Werkstatt.

Lisbeth hielt es als Erste nicht mehr aus, und sie rief: »Die geht ja gar nicht mehr weg!«

»Beruhige dich«, murmelte ihre Mutter. »Und bleib am besten von der Tür weg.«

Eine Weile verharrte Maria Krull mit halb geschlossenen Augen, nur ihre Lippen bewegten sich regelmäßig: Die Hände vor dem Bauch gefaltet, stand sie am Tisch, der noch nicht abgeräumt war, vor ihrem Teller, auf dem sieben Pflaumenkerne lagen, und betete.

Da durchschnitt eine Stimme die kristallene Luft, die vulgäre, grelle Stimme einer Frau aus dem Volk:

»Germaine! Germaine!«

Die Stimme dehnte die zweite Silbe. Die Missgestalt mit dem roten Hut antwortete ebenso schrill:

»Ich komme, Mama!«

Die Gruppe vor dem Haus löste sich auf. Man sah nur noch Potut, der sich zur nächsten Bank schleppte und sich daraufsinken ließ. Keine Menschenseele mehr. Nichts als Baumstämme und Kiesel, die in der Sonne funkelten.

Maria Krull stieß einen Seufzer aus und sah Hans erleichtert an.

»Ich glaube, es wäre besser, Sie gehen heute nicht aus, Hans!«, hatte sie gesagt, als er nach seiner Jacke greifen wollte.

Er hatte kurz gezögert und war geblieben.

Alle waren bemüht, sich wie immer zu verhalten. Im Wohnzimmer spielte Lisbeth Klavier. Ihre Mutter hatte sich gefragt, ob an einem solchen Tag Musik aus dem Haus zu hören sein sollte.

»Irgendwann werden die Leute es leid sein!«, hatte Hans gemeint, als hätte er ihre Gedanken gelesen.

Von Stunde zu Stunde wurden die Bande zwischen ihm und seiner Tante enger. Man hätte meinen mögen, nur sie beide verstünden, wüssten oder errieten manche Dinge und sie beide seien die einzigen Erwachsenen im Haus.

»Was hast du vor?«, rief Tante Maria verblüfft, als Anna mit einem Tuch um den Kopf und einem Eimer in jeder Hand auftauchte.

»Heute ist Ladenputztag, Mama …«

Erneutes Zögern. Sollte man das Geschäft reinigen wie jede Woche?

Ja. Die Tür zur Straße blieb offen, während die harte Bürste die Fliesen scheuerte und Seifenwasser im Zickzack durch die Rinnen der Schwelle floss.

Tante Maria half ihrer Tochter. Mal stieg sie auf den Hocker, mal blieb sie unten stehen, jedes Regalbrett nahm sie sich vor, jeden Glasbehälter, jede Büchse, jede Packung staubte sie ab. Hin und wieder trat sie vor die Tür, um den Lappen auszuschütteln.

Hans stand zwischen Küche und Laden, rauchte und sah ihnen zu. Bisweilen setzte er sich auch in die Werkstatt, diese schummrige Oase des Friedens, des Halbschattens und der Kühle. Dort war alles so wie an jedem anderen Tag, so wie schon vor zwanzig, dreißig Jahren. Die Weidenrutenbündel, die geschälten weißen und die ungeschälten, lehnten an den weiß gekalkten Wänden. Der alte Cornélius hockte in seiner Ecke auf einem Stuhl mit abgesägten Beinen, und zwei Meter entfernt saß der Gehilfe auf einem ähnlichen Stuhl und flocht im selben Rhythmus einen ähnlichen Korb, ohne dass einer von ihnen je daran gedacht hätte, ein Wort zu sagen.

Das ging nun schon seit Jahren und Jahren so, fast ein Menschenleben lang, und nie hatte man das Kissen aus blauem Rips ausgewechselt, das auf Cornélius' Stuhl lag.

Die Tür zum Hof stand offen. Zwischen den Pflastersteinen wuchs Gras. In der Mitte hatte man ein Fleckchen ausgespart, in schwarzer Erde stand dort eine Linde. Vögel sangen, eine Amsel hüpfte in dem hellen Rechteck, das den Horizont der beiden Männer bildete.

Der Gehilfe hatte einen Buckel. Der Mann kam um sechs Uhr früh, ging kurz vor Einbruch der Dunkelheit durch die kleine Tür wieder weg. Schwer vorstellbar, in welche Welt er dann eintauchte.

Immer noch Klavierakkorde! Lisbeth übte verbissen, blieb wieder an derselben Stelle hängen, begann nervös von vorn und verhedderte sich von Neuem.

»Hans!«

Tante Maria hatte ihn gerufen.

»Gehen Sie mal raus und schauen Sie sich das an ...«

Der Gehsteig lag verlassen im Sonnenschein. Hans blickte nach links und nach rechts, dann erst auf die Fassade. Auf den dunklen Stein unter dem Schaufenster war etwas gekrakelt, Buchstaben, die ein Wort bildeten: *Mörder*.

Pipi war verschwunden. Kein Mensch an der Schleuse, kein Schiff weit und breit. Die Welt schien zu schlafen, und doch: Während die beiden Frauen bei offener Tür im Laden waren, hatte sich jemand – vielleicht das kleine Mädchen vom Mittag – angeschlichen und das Wort hingeschrieben.

Mehr als ein Wort war es ja nicht. Vielleicht war Sidonie nicht mehr ganz so tot wie zuvor, aber auf dem Quai am Ende der Stadt war man sich dessen noch nicht bewusst.

Es war abstrakt.

Mörder.

Und über dem Schaufenster der Name *Krull.*

»Ich wisch das weg, nicht wahr, Hans?«

Jetzt fragte ihn sogar schon Anna um Rat! Mit einem nassen Lappen in der Hand stand sie vor ihm.

Die Buchstaben ließen sich nicht vollständig entfernen. In den Poren der Backsteine blieb etwas Kreide zurück, und von Weitem konnte man das Wort noch rekonstruieren.

»Gehen Sie rein, Hans. Sie sollten nicht hier draußen …«

Er war auf dem Gehsteig geblieben, um zu Joseph hochzuschauen, der hemdsärmelig am Fenster saß, über seine Hefte gebeugt.

All dies war ebenso unbeständig wie die Luft, die Landschaft wenige Augenblicke, Sekundenbruchteile vor der Explosion einer Pulverfabrik.

Man verhielt sich wie immer, und doch wirkte alles gebremst. Man glaubte, natürlich zu sprechen, aber die Stimmen klangen künstlich. Cousine Anna schrubbte den Boden. Tante Maria polierte die kupfernen Waagschalen, dann die Zinktheke.

Und man dachte an die Feinde! Man wusste nicht, wo sie waren, was sie vorhatten.

Um fünf Uhr war der rote Hut plötzlich wieder da, obwohl der Schuhladen erst um halb sieben schloss. Diesmal hatte Germaine ein halbes Dutzend Mädchen dabei, Mädchen von der Straße wie sie selbst, die sie wohl in der Sackgasse aufgetrieben hatte, in der sie wohnte.

Sie lachten, schnatterten. Germaine war weniger zurückhaltend als noch am Mittag. Sie kam auf die Idee, eine ihrer Freundinnen in den Laden zu schicken, bloß so ... Vorher legten sie ein paar Sous zusammen.

Eine schwarzhaarige Bohnenstange betrat den Laden, die nackten Füße in Pantoffeln, die Beine grau vom Staub der Straße.

»Schokolade!«, sagte sie gehässig, als sie zum Tresen ging.

»Welche?«

»Für zwanzig Sous ...«

Sie schaute Tante Maria in die Augen, ihre Muskeln waren angespannt. Bei der geringsten verdächtigen Bewegung würde sie davonrennen.

Tante Maria fischte aus einem Glasgefäß ein Stück Schokolade, das in violettes Papier verpackt war. Das Mädchen hielt ihr die zwanzig Sous hin. Wollte es vielleicht noch etwas Heldenhaftes tun, ein Schimpfwort ausstoßen oder die Schokolade zu Boden schmeißen? Es schien fast so, aber dann traute sie sich doch nicht, nahm die violette Packung, machte zwei Schritte zur Tür und stürzte hinaus zu ihren Freundinnen.

Ein anderes Mädchen streckte Maria Krull die Zunge

heraus, als deren Stirn und Augen über der Auslage auftauchten. Germaine allerdings war über solche Kindereien erhaben. Ihre Rolle war zu wichtig. Sie stand einfach da, mit provozierendem Blick.

Welche rätselhafte Verkettung von Gedanken Tante Maria wohl dazu brachte, sich kurz darauf an Hans zu wenden, der sich gerade ein Glas Limonade eingeschenkt hatte:

»Schreibt Ihr Vater Ihnen nie, Hans?«

Er spürte ihr Misstrauen. Sie war beinahe so schlau wie er.

»Das würde ihm schaden.«

»Ach ja?«

»Ich bin politisch ja ziemlich schlecht angeschrieben …«

Sie drang nicht weiter in ihn.

»Ich geh mich waschen«, sagte sie.

Der Boden im Laden war noch feucht. Alles roch nach Sauberkeit.

»Ich auch …«, sagte Anna. Ihre Kittelschürze triefte, und ihr Haar war ganz zerzaust.

Doch ein Blick ihrer Mutter genügte, und sie begriff, dass Hans nicht allein im Laden bleiben sollte.

»Ich meine, wenn du wieder unten bist. Es könnte ja jemand kommen …«

Der Satz hallte lange nach. Denn seit dem Morgen war niemand in den Laden gekommen außer dem Mädchen, das jetzt auf dem Quai an seinem Stück Schokolade leckte.

Der Quai selbst schien leerer als sonst, und in dieser Leere gab es nur diesen hartnäckigen roten Hut, diese widerwärtige Germaine, zu der sich eine Stunde später die magere Ninie mit ihrem schiefen Gesicht gesellte.

Was hatte Ninie den ganzen Tag getan? Warum war sie erst jetzt gekommen? Und Pipi? Und Potut, der eben noch auf einer Bank geschlafen hatte und plötzlich verschwunden war?

Die Arbeiter von der Werft Rideau kamen wie gewohnt um sechs vorbei, doch diesmal blieben sie stehen. Einer sprach Germaine an, die zu einer langen Rede ausholte.

Sie trugen Arbeitskleidung. Sie sahen herüber zum Namensschild über dem Laden. Ihre Blicke waren gehässig.

Schließlich gingen sie doch weiter, unverrichteter Dinge. Danach kam ein Polizist auf einem Fahrrad. Er hielt am Bordstein, machte sich aber nicht die Mühe abzusteigen. Die Ladentür stand offen, damit der Boden schneller trocknete, und der Polizist rief hinein:

»Ist da jemand?«

Anna ging hinaus. Er streckte ihr einen Zettel entgegen.

»Was ist das?«, fragte Hans, als sie wiederkam.

»Eine Vorladung für Papa. Er muss morgen um neun aufs Kommissariat. Aber ich denke, Mama wird für ihn hingehen …«

Und tatsächlich zeigte man Cornélius die Vorladung nicht, erwähnte sie ihm gegenüber nicht einmal. Er war das Familienoberhaupt. Man respektierte ihn, fürchtete ihn und hielt ihn vielleicht ebendeshalb aus den meisten Dingen heraus.

Es war erstaunlich, zumal er die Ruhe und Würde gehörloser Menschen hatte, die inmitten des Getümmels der anderen ihrem inneren Traum nachleben.

Wenn er die Küche betrat, verstummte man, und er schien diese Stille als natürlich zu empfinden. Man schwieg auch beim Essen, abgesehen von ein paar banalen oder unerlässlichen Bemerkungen. Man schwieg, bis er gegangen war, und die Stille begleitete ihn in die Werkstatt, wo er sich wieder neben seinen Gehilfen setzte.

»Wo ist Lisbeth?«, erkundigte sich Tante Maria, nachdem sie sich die Vorladung unter die Schürze gesteckt hatte.

Das Klavier war verstummt, man wusste nicht, wo Lisbeth war, und rief nach ihr.

Auch Hans war verschwunden.

Tatsächlich standen die beiden im Flur des zweiten Stocks. Hans war hochgegangen, um Zigaretten zu holen, Lisbeth hatte ihn abgepasst.

Sie hängte sich an ihn und stammelte:

»Ich kann nicht mehr!«

War das vielleicht seine Schuld? Wie im Fieber fuhr sie fort:

»Lass uns fortgehen!«

Die Stimme ihrer Mutter:

»Lisbeth!«

»Ich komme …«

So sehr sie ihn auch beschwor, er willigte nicht ein.

»Ich komme!«

Rasch brachte sie ihr Haar in Ordnung und wandte sich noch einmal zu ihm um …

»Was hast du da oben gemacht?«

»Nichts. Die Hände gewaschen ...«
»Warst du bei Hans?«
»Nein. Wieso? Ist er nicht hier?«
Und Hans, der sich über das Treppengeländer beugte, hörte zu und schnalzte kennerhaft.

Fand Tante Maria in dieser Nacht keinen Schlaf? Oder wurde sie von einem ungewohnten Geräusch geweckt? Im Halbschlaf glaubte Hans Geflüster auf dem Gehsteig zu hören. War seine Tante dadurch wach geworden?

Er wachte auf, weil jemand seine Schulter berührte. Es war Lisbeth. Im Nachthemd stand sie da und bedeutete ihm zu schweigen. Der Tag war angebrochen, ein noch unentschiedener Tag, mehr grau als rosa.

»Geh nach unten ...«, flüsterte sie.

Um ihm zu zeigen, was sie meinte, ging sie zum Fenster und lehnte sich vorsichtig hinaus.

Er stand auf und zog seinen Pyjama an, den er zum Schlafen nie trug.

»Was ist los?«

Sie gab ihm zu verstehen, dass sie das nicht wusste. Auf Zehenspitzen ging er die Treppe hinunter, durch die Küche und in den Laden.

Die Tür stand offen. Auf der Schwelle kauerte Tante Maria, einen Lappen in der Hand. Ängstlich blickte sie auf, erkannte Hans und legte einen Finger an die Lippen.

Es war erst vier Uhr morgens. Kein Mensch war zu sehen, nur Tante Maria, die die Schwelle putzte.

Sie war bestimmt zum ersten Mal in ihrem Leben im Morgenrock vor das Haus getreten.

Fragend sah er sie an. Dann roch er es, schließlich sah er es auch. Man hatte Exkremente vor die Tür gekippt. Und seine Tante entfernt sie gerade.

Etwas Weiches streifte seine Schulter. Er hob den Kopf und sah eine tote Katze, ebenfalls kotbeschmiert, an der Glockenschnur hängen.

Tante Maria zeigte keinen Abscheu. Sie tat ihre Pflicht. Ihre einzige Sorge war, nicht fertig zu sein, wenn Cornélius wie immer um halb sechs herunterkäme. Als Hans die Katze herunternahm, warf die Tante ihm einen dankbaren Blick zu.

Dann wies sie, immer noch stumm, aus Angst, das kleinste Geräusch könnte das Haus aufwecken, auf den braunen Rollladen.

In fast meterhohen Buchstaben stand dort, diesmal in Ölfarbe: *Bringt sie um!*

7

Kurz nach halb neun kam Maria Krull aus ihrem Zimmer herunter. Sie wollte ausgehen, trug aber ihre Alltagskleidung: das Wollkleid, den schwarzen Hut, die Leinenhandschuhe und die Schuhe mit den abgetretenen Absätzen.

Am Treppenfuß stand eine Garderobe aus Bambus mit einem Spiegel. Wie immer warf sie einen Blick hinein, um den Hut zurechtzurücken. Doch diesmal schien sie weniger den Sitz ihres Huts als vielmehr ihre ganze Erscheinung zu prüfen. Alles an ihr war grau an diesem Morgen, aschgrau – ihr Haar, ihr Teint, ihre Stimme, ihre Bewegungen. Es gab einen erstaunten Blickwechsel zwischen ihren Augen und denen im Spiegel, worauf sie, statt durch die Küche und den Laden hinauszugehen, noch einmal in den ersten Stock hinaufstieg.

Anna spülte das Frühstücksgeschirr und sah manchmal hinüber zum Quai. Lisbeth hatte sich auf Geheiß ihrer Mutter ans Klavier gesetzt, blätterte in einem Notenheft und lauschte den Geräuschen des Hauses. Hans musste in der Werkstatt sein oder im Hof.

Maria Krull ging in ihrem Zimmer hin und her, und als sie etwas später wieder herunterkam, hatte sie ihr schwarzes Seidenkleid für große Anlässe angelegt, Gagatschmuck, die lange goldene Halskette, den Hutschleier und weiße Handschuhe.

Sie musste sich nicht mehr im Spiegel betrachten, außerdem war sie in Eile. Sie wollte hinausstürzen, hielt dann aber inne, gab Anna einen Kuss auf die Wange, ging ins Wohnzimmer und küsste Lisbeth zweimal.

Im Flur traf sie auf Hans. Sie fuhr zusammen, zögerte und ging dann weiter, ohne dass ihre zusammengekniffenen Lippen sich gelöst hätten. Sie raunte Anna vielmehr so beiläufig wie möglich zu:

»Falls Vater nach mir fragt ... Ich bin auf dem Markt.«

Hans trat in die Ladentür und sah ihr hinterher. Unwillkürlich beschleunige sie ihre Schritte und blickte auf ihre Füße. Hans hätte schwören können, dass ihre Lippen sich bewegten, dass sie den ganzen Weg halblaut die Worte erprobte, die sie dem Kommissar sagen wollte.

War es nur ein Eindruck, der durch Tante Marias Abwesenheit entstanden war? An diesem Morgen jedenfalls gab es Löcher im Haus. Flieger hätten von Luftlöchern gesprochen. Man ging durch ein Zimmer und wunderte sich, weil der Raum nicht seine gewohnte Dichte hatte, weil es anders roch als sonst, bestimmte Geräusche fehlten. So saß Lisbeth im Wohnzimmer vor ihrem Klavier, und obwohl es Zeit zum Üben war, hörte man keinen einzigen Ton.

Auch draußen war es leerer als sonst. Lagen wirklich weniger Schiffe im Hafen? Schon möglich, die Nebensaison hatte begonnen. Wäsche war zum Trocknen aufgehängt, aber nicht sehr viel. In der reglosen Luft hing sie schlaff herab.

Pipi war nicht bei der Schleuse. Wahrscheinlich

hatte sie am Vortag zu viel getrunken und schlief ihren Rausch aus.

Sowie man den Rollladen hochgezogen hatte, war nichts mehr zu sehen von den nächtlichen Unflätigkeiten. Die Tür stand offen, als wollte man zeigen, dass sich nichts geändert hatte und man keinerlei Grund sah, sich zu verstecken.

Hans ging in die Küche und hob wie immer die Deckel von den Töpfen, was Anna meistens rasend machte. Sie sagte nichts. Vielleicht merkte sie es nicht. Alles war gedämpft, auch die Geräusche von draußen kamen von weiter her als gewohnt.

»Was gibt's zum Mittagessen?«, fragte er.

»Keine Ahnung.«

Das sagte sie nicht, weil sie ihm keine Antwort geben wollte. Sie hatte wirklich keine Ahnung, und Hans setzte seine Runde fort, ging durch den kühlen Flur und öffnete die Tür zum Wohnzimmer.

Das Klavier war zugeklappt, Lisbeth hatte die Ellbogen auf den Deckel und den Kopf in die Hände gestützt und starrte ein Notenblatt an, ohne es wirklich zu sehen. Hans trat hinter sie und streichelte sanft den blonden Flaum in ihrem Nacken.

Sie schüttelte zunächst den Kopf, aber er machte lächelnd weiter, bis sie seufzte:

»Lassen Sie mich, Hans!«

Nun streichelte er sie erst recht und ließ, immer noch lächelnd, die Hand unter ihr Kleid gleiten, bis zu der Vertiefung zwischen ihren Schulterblättern.

Jetzt fuhr sie herum, mit wutverzerrtem Gesicht, und schrie:

»Lassen Sie mich in Ruhe, hab ich gesagt!«

Aber es tat ihr gleich wieder leid. Ängstlich sah sie ihn an, wandte dann den Kopf ab und murmelte:

»Verzeihung. Ich bin nervös.«

Er triezte sie nicht weiter, ließ sich auf den Rhythmus des Hauses ein, holte einen Stuhl, setzte sich rittlings neben sie und zündete sich schweigend eine Zigarette an. Das Fenster war geschlossen, zwei Grünpflanzen in Kupfertöpfen standen vor den zugezogenen Gardinen. Auch die Tür war geschlossen, und sie waren allein zwischen den geblümten Tapeten, den vergrößerten Porträts, den polierten Möbeln und den Nippsachen.

Hans schien zu ahnen, dass Lisbeth reden würde, reden musste. Abwartend saß er da, in der Haltung eines Zuhörers.

»Schauen Sie mich nicht so an …«, sagte sie, als müsste sie erst in Schwung kommen.

Dann, leiser, zum Klavier gewandt:

»Manchmal schäme ich mich …«

Er schämte sich nicht, weder für sich noch für sie. Nicht einmal Mitleid hatte er. Er genoss diesen Moment, die Atmosphäre des Wohnzimmers, den Anblick ihres Nackens, ihrer spitzen Nase, des kleinen Taschentuchs, das sie für den Fall der Fälle in der Hand hielt.

»Mama hat so viel gelitten! Ihr ganzes Leben lang hat sie gekämpft! Und ich habe derweil …«

Was er dann sagte, war bestimmt nicht, was sie erwartet hatte. Er stieß den Rauch seiner Zigarette aus und fragte gelassen:

»Inwiefern hat sie gelitten?«

Das war das einzige Hindernis, das er überwinden

musste. Sie würde entweder losweinen und sich in ihr Zimmer flüchten oder reden wie ein vernünftiger Mensch. Letzteres geschah, aber nicht gleich, erst sprach sie zögerlich, stockend, dann wurde sie ruhiger.

»Die Leute sind so böse zu uns gewesen!«

»Weswegen?«

»Wegen allem! Weil wir Ausländer sind! ... In der Schule haben mich die Schüler ›Saudeutsche‹ genannt, und einmal hat die Lehrerin vor der ganzen Klasse gesagt: ›Mademoiselle, wenn man die Gastfreundschaft eines Landes genießt, muss man sich ganz besonders anständig betragen.‹«

Die Tür ging auf. Annas Gesicht war beinah so grau wie das ihrer Mutter.

»Da seid ihr ja«, seufzte sie bloß, als sie die beiden sah.

Sie ging, wie sie gekommen war. Die Tür ging lautlos wieder zu. Lisbeth nutzte dies, um zu sagen:

»Anna ist es noch schlimmer ergangen. Sie war praktisch verlobt mit einem jungen Mann aus gutem Haus, dem Sohn des Friedensrichters. Der wohnt in dem Haus mit den zwei Balkonen gegenüber der Kirche Saint-Léonard ... Als der Vater davon erfuhr, hat er seinen Sohn nach Montpellier geschickt, damit er da weiterstudiert, und geschworen, dass er ihn verstößt, wenn er meine Schwester heiratet ... Können wir denn was dafür? ... Mama muckt nie auf. Sie ist zu allen nett. Aber ich weiß, es tut ihr weh, wenn sie sieht, dass Nachbarn wie die Morins, die ganz in der Nähe wohnen, lieber den Hut aufsetzen und anderswo einkaufen gehen.«

Ihre Stimme wurde noch leiser, um ihm noch Gewichtigeres anzuvertrauen.

»Mama hat so riesige Verdienste, Hans! Wenn Sie wüssten ...«

Sie würde es natürlich gleich sagen. Aber erst musste sie zögern, so gehörte es sich eben, und sich umblicken, wie um sicherzugehen, dass niemand zuhörte.

»Als Vater hergekommen ist – er war damals fahrender Geselle –, gab es noch keinen Schießstand, und das Exerzierfeld war voller Weiden. Auch die Werft der Rideaus war noch nicht da. Ich glaube, da war die städtische Müllhalde. Vater sprach kein Französisch. Er hauste in einer Bretterbude, drüben, zwischen den Weiden, und machte Körbe. Wir hatten mal eine Fotografie von ihm aus der Zeit, aber die ist verblasst. Er war schon so wie heute, außer dass sein Bart blond war, auf dem Foto sah er aber schon weiß aus.«

Sie brach ab und spitzte die Ohren. Jemand war im Laden. Beide warteten auf einen Eklat. Dann hörten sie das beruhigende Klimpern von Münzen in der Kasse und kurz darauf Schritte auf dem Gehsteig.

Kundschaft!

»Da, wo jetzt der Tischler wohnt, war ein Bauernhof, wo die Städter sonntags auf ein Glas Milch hingingen.«

»Und dieses Haus?«

»Es gab noch kein Obergeschoss, und wo heute der Hof ist, war damals der Misthaufen des Bauernhofs. Den Hafen gab es schon. Mutter sagt, damals hätte es mehr Schiffe gegeben als heute, die alle von Pferden gezogen wurden. Hier kamen die Schiffer was trinken. Es gab noch keine Lebensmittel, bloß Getränke für die Männer und Hafer für die Tiere.«

Jetzt redete sie endlich wie ein vernünftiger Mensch. In der Oase des geblümten Wohnzimmers hatte sich die auf dem Haus lastende Angst aufgelöst. Zigarettenrauch wand sich um den Lüster. Spatzen hüpften auf dem Fenstersims.

»Es wird nie über diese Dinge gesprochen. Anna weiß mehr darüber als ich, weil sie älter ist. Sie hat unsere Großmutter noch gekannt …«

»Die Mutter von Tante Maria?«

»Ja. Sie hat das Café geführt …«

»Ganz allein?«

»Zuerst schon … Ich habe nie herausgefunden, woher sie kam, aber so wie sie aussah, war sie wohl aus dem Midi … Sie soll eine sehr schöne Frau gewesen sein … Auch Mama war mal eine wunderschöne Frau …«

»Und ihr Vater?«

»Deswegen habe ich gesagt, Mama hätte große Verdienste … Hier haben nämlich verschiedene Männer gelebt. Die besseren Leute haben meine Großmutter nicht gegrüßt. Von ihrer Tochter wusste man nur, dass sie zur Welt kam, als hier ein Elsässer lebte. Nach zwei Jahren war er wieder fort … Mama hat an der Theke bedient. So hat mein Vater sie kennengelernt … Warum lächeln Sie?«

Er lächelte nicht. Vielleicht hatten seine Lippen sich etwas gekräuselt, aber ohne jede Ironie.

Er fand es einfach interessant. Wie alles gekommen war … Das Café mit der Frau von anderswo und ihrer Tochter … Dann Cornélius, eine Art Pilger, der endlich seine Reisetasche niederlegte, sein Werkzeug vom Weidenfeld ins Hinterzimmer brachte …

»Wie lange haben sie hier zu dritt gewohnt?«, fragte er.

»Mehrere Jahre, da Anna sich ja noch an Großmutter erinnert. Bei ihrem Tod war Anna drei, glaube ich. Sie lebte zuletzt in einem Lehnstuhl in der Küche, weil ihre Beine so geschwollen waren, dass sie nicht mehr gehen konnte. Joseph behauptet, das sei Wassersucht gewesen und wir hätten das in der Familie ...«

Die Großmutter war gestorben, und dann hatte man für Zucht und Ordnung gesorgt! Die Theke für die Getränke war geschrumpft und schließlich ans Ende des Tresens verbannt worden. Plakate von einem so reinen Blau wie die Reklame für Amidon Remy mit dem makellos weißen Löwen hatten die knallige Werbung für alkoholische Getränke und vielleicht auch anzügliche Bilder ersetzt ...

Tante Maria war jung und schön gewesen, doch bestimmt entwickelte sie schon damals ihre Strenge, ihre Würde.

»Warum sind sie nicht weggezogen?«

Seine Frage kam ihm selbst albern vor.

»Warum hätten sie das tun sollen?«, antwortete Lisbeth. »Wo hätten sie hingehen sollen? Das Haus gehörte ihnen. Die Geschäfte gingen gut. Wenn die Schiffer Station machen, kaufen sie für mehrere Tage ein ...«

Und so waren sie eben geblieben!

Sie waren einfach so geblieben: Weil sie da waren!

Hatte Cornélius beispielsweise einen Grund gehabt, hier haltzumachen?

Er hatte einen Teil von Deutschland, Belgien und den Norden Frankreichs durchquert. Er hatte ein Weidenfeld zwischen einem Fluss und einem Kanal gefunden und sich dort niedergelassen, bloß so, ohne sich noch weiter umzusehen. So wie damals die Juden im Gelobten Land.

Merkte er vielleicht gar nicht, dass er ein Fremder war? Er hatte seine lange Porzellanpfeife geraucht, seine Konfession und seine Bräuche beibehalten. Er sprach den Dialekt seiner Heimat, in dem sich allmählich französische Wörter festsetzten, und seine Nächsten mussten sich mit seiner Sprache vertraut machen.

»Mama hat nie etwas gesagt, aber ich weiß, dass es schwierig gewesen ist ...«

Was war schwierig gewesen? Zu bleiben? An diesem Stück Kanal, an der Schleuse, in diesem Haus?

Bestimmt war es schwierig gewesen, hier Geld zu verdienen, feindselig, wie die Leute waren. Geld zu verdienen, Sou für Sou, um Backstein für Backstein das Haus aufzustocken, die Kinder auf gute Schulen zu schicken, sie gutbürgerlich einzukleiden, um ein Wohnzimmer zu haben, ein Klavier und gute Ware im Laden!

Hier war noch nicht Stadt und nicht mehr Land gewesen. Sie lebten am äußersten Rand der Stadt, wo die Straßen sich erst abzuzeichnen begannen, die Gehsteige geboren wurden, die Gaslaternen, die Straßenbahnlinie ...

Andere Häuser wurden errichtet. Nebenan ließ sich ein Tischler nieder. Auf der anderen Seite bauten kleine Leute, Rentner und Angestellte, die die Geschichte der Großmutter wohl nicht kannten.

Sie wussten nur, dass die Krulls Ausländer waren, dass ihre Meinung im Viertel nicht zählte, dass sie nicht dazugehörten, sondern zum Kanal und dessen unsteter Bevölkerung.

»Und Pipi?«, fragte Hans.

»Das weiß ich nicht … Ich habe sie immer so gekannt, wie sie jetzt ist … Schon als ich klein war, hat sie manchmal im Laden Radau gemacht … Woran denkst du?«

Versehentlich hatte sie ihn geduzt. Aber es war ja auch einer der seltenen Momente, in denen sie beinahe Freunde waren.

Ein kurzer Moment. Denn als Lisbeth ihren Cousin ansah, erschauderte sie. Ihr Körper erinnerte sich, zitterte vor Scham. Ihre Züge verdüsterten sich.

»Wenn Mama das erfahren würde …«, stammelte sie mit gesenktem Kopf. »Wieso hab ich das getan, Hans? … Was wird jetzt geschehen?«

Erst einmal geschah nichts. Beide hatten sie die Schritte auf dem Gehsteig und dann im Laden nicht gehört. Die Tür ging auf. Es war nicht Anna. Es war Maria Krull, den Sonntagshut auf dem Kopf, im Seidenkleid und mit Gagatschmuck, das Gesicht farb- und ausdruckslos. Sie sah die beiden an.

Es ließ sich nicht sagen, was sie dachte, ob sie verblüfft oder verärgert war, die beiden zusammen beim Klavier vorzufinden. Ohnehin wirkte ihr starrer Blick so verhangen, als wäre sie in Gedanken ganz woanders. Trotzdem fragte sie in ihrem gewohnt schmallippigen Ton:

»Hat dein Vater nach mir gerufen?«

»Nein, Mama.«

Lisbeth biss sich auf die Lippe. Sie war aufgestanden, wollte ihrer Mutter entgegeneilen, aber die hatte sich schon umgewandt, die Tür geschlossen und stieg nun die Treppe hoch.

Es war nichts geschehen. Ihr Auftritt war so einfach wie beeindruckend gewesen. Hans runzelte die Stirn, Asche fiel von seiner Zigarette. Er wusste nichts auf Lisbeths fragenden Blick zu antworten.

Was gab es Neues? Was hatte der Polizeikommissar zu Tante Maria gesagt? Ihre Augen waren nicht rot gewesen. Sie hatte nicht geweint. Es war beunruhigend, sie so gelassen, so kalt zu sehen, zu hören, wie sie gleichförmig die alltäglichen Worte sprach:

»Hat dein Vater nach mir gerufen?«

War das ihre größte Sorge – dass Cornélius etwas von ihrem Besuch bei der Polizei erfuhr?

Sie war jetzt direkt über ihnen. Sie konnten jede ihrer Bewegungen erahnen, wie sie ihr Seidenkleid aus- und ihr Hauskleid anzog, sich die Kittelschürze mit den winzig kleinen blauen Karos umband.

»Wohin gehen Sie, Hans?«

»Nirgendwohin ...«

Er war des Wohnzimmers und der Stimmung dort ganz einfach überdrüssig. Er wollte zu Cornélius gehen, der neben dem buckligen Gehilfen auf seinem Stuhl mit den abgesägten Beinen saß.

Cornélius' Hände waren lang und schmal und stark geädert. Bedächtig ließ er die Weidenruten durch die Finger gleiten. Als Hans eintrat, hob der Onkel den Kopf, und sein Blick war freundlich. Er hatte sich daran gewöhnt, dass Hans gelegentlich in der angenehm kühlen Werkstatt auftauchte, sich manchmal auch hinsetzte und Geschichten aus der Heimat erzählte.

Hatte er vom Kommen und Gehen seiner Frau wirklich nichts mitbekommen? Und auch nichts davon, dass sie am Morgen gerade noch rechtzeitig, ehe er aufgestanden war, alles gesäubert hatte?

Sein langes Gesicht hatte den immer gleichen erhabenen Ausdruck, den der weiße Bart noch betonte, und doch glaubte man, in seinen Mundwinkeln zuweilen etwas anderes wahrzunehmen, Resignation oder verstohlene Ironie.

»Es ist heiß!«, seufzte Hans, beeindruckt von der Ruhe und dem Frieden in der Werkstatt.

Tante Maria war bereits wieder im Laden. Sie bediente eine magere rothaarige Schiffersfrau, die ein Kind auf dem Arm trug und sich verrenken musste, um Geld aus ihrem großen Portemonnaie zu klauben.

Danach herrschte wieder Leere, Anna wagte nicht, etwas zu sagen, und Lisbeth entschloss sich, wie aus Verzweiflung, Klavier zu üben, langsam und verbissen.

Draußen war immer noch nichts von Pipi zu sehen. Und Joseph war so still in seinem Zimmer, als wäre er gar nicht da.

Mehrmals spürte Hans, dass ihn der Blick seiner Tante suchte, an ihm hängen blieb, doch wenn er sie ansah, wandte sie den Kopf ab.

Ohne ersichtlichen Grund ordnete sie die Stapel mit den Hunderten von Sardinenbüchsen neu, die drei Regale füllten, und sie ging dieser Arbeit mit übertriebener Ruhe nach, mit einer Entschlossenheit, die an Lisbeth und ihre Fingerübungen erinnerte.

»Das Essen ist fertig!«, verkündete Anna schließlich, die als Einzige ihren Überdruss nicht verhehlte.

Cornélius kam aus der Werkstatt, Joseph von oben, hemdsärmelig und mit müden Augen.

Der Quai blieb leer. Und man fragte sich, wo die Feinde vom Vortag steckten und was sie vorhatten.

Einzig Germaine, nach wie vor mit ihrem Hut, kam ihre Runde drehen wie ein dummer August. Diesmal war sie in Begleitung von zwei kleinen Mädchen, die nicht älter als zwölf waren, dafür umso heftiger durchdrungen vom Gefühl von Germaines Bedeutung.

Germaine ging in der Mitte. Da sie ja die Große war, hielten die beiden anderen sie am Arm, wie Germaine es früher bei Sidonie gemacht hatte. Die drei bildeten eine kompakte und hermetische Gruppe, flüsterten einander furchterregende Geheimnisse zu und warfen gelegentlich ängstliche Blicke hinüber zum Haus Krull.

Zweifellos war die dickbusige Germaine am Vortag gescholten worden, weil sie nicht rechtzeitig zum Essen gekommen war, denn die Vorstellung währte nur kurz. Die drei Mädchen entfernten sich Richtung Rue Saint-Léonard, mit betont ernsten Mienen.

Joseph war so blass und abgespannt, dass er einem leidtat. Nur wenn er sich unbeobachtet fühlte, sah er seine Mutter an, mit furchtsamem Blick.

»Ist deine Arbeit noch nicht fertig?«, fragte Anna, damit zumindest hier in der Küche der beruhigende Klang einer menschlichen Stimme ertönte.

»Ein paar Seiten habe ich noch.«

»Wann kommst du dran?«

»Am siebten …«

»Hoffentlich kann Monsieur Schoof das mit dem Haus bis dahin klären!«

Das war eine andere Geschichte. Sowie seine Dissertation angenommen war, wollte Joseph, der während zwei Jahren als Famulant im Krankenhaus gearbeitet hatte, sich als Arzt niederlassen.

Sie hatten sich ein kleines neues Haus angesehen, in dem Abschnitt des Quais, der noch zum engeren Stadtgebiet gehörte. Dieses Haus sollte Marguerites Mitgift sein. Sie hatte es sich ausgesucht, weil es so schmuck war und einen kleinen umzäunten Garten hatte.

Im Herbst sollte eine Praxis eröffnet und geheiratet werden, aber der jetzige Besitzer des Hauses verlangte einen Preis, den Monsieur Schoof für überzogen hielt. Seit über einem Monat verhandelte und taktierte man nun schon.

»Magst du keinen Spinat essen?«

Joseph schüttelte den Kopf. Was Cornélius betraf, so hatte er eine Angewohnheit, die er nur ablegte, wenn Gäste da waren: Er benutzte kein Besteckmesser, sondern sein Taschenmesser, das er schon seit vierzig Jahren hatte und dessen Klinge keinen Zentimeter mehr breit war. Er schnitt das Brot gegen den Daumen, beugte sich vor und hielt, wenn er das Essen zum Mund führte, mit der Linken seinen Bart.

»Hast du heute Nachmittag Unterricht, Lisbeth?«, fragte Maria Krull.

»Um zwei. Harmonielehre.«

Ein Flugzeug flog so tief über das Viertel, dass man sich fragte, ob es nicht gegen einen Kamin prallen oder ein Dach einreißen würde, wie man es manchmal auf Bildern in der Zeitung sah. Joseph stand als Erster auf und ging nach oben.

Noch immer wusste niemand, was im Büro des Kommissars passiert war, und wie jeden Tag half Tante Maria erst einmal Anna beim Abwasch.

Zögerte sie den Augenblick bewusst hinaus? Bereitete sie sich vor, sammelte sie Kräfte, übte sie sich weiter in dieser unmenschlichen Ruhe, die sie seit dem Morgen zur Schau trug?

Überdies war da Hans, der nichts mit sich anzufangen wusste und dem nicht entgangen wäre, wenn ein Muskel ihres Gesichts sich entspannt hätte.

Einmal, als Tante Maria den Laden inspizierte, warf sie Hans da nicht einen flehenden Blick zu?

Sie räumte auf, berührte dies und das, öffnete die Schublade der Registrierkasse und schloss sie wieder.

Dann endlich schien sie tief Atem zu holen.

»Bin gleich wieder unten!«, rief sie Anna durch die halb geöffnete Tür zur Küche zu.

Sie raffte ihr Kleid und ging betont langsam die Treppe hoch, hielt eine Weile auf dem Treppenabsatz inne und drehte dann den Türknauf, aber die Tür öffnete sich nicht. Also klopfte sie leise.

»Was ist?«, ertönte Josephs Stimme.

Und sie, kaum hörbar:

»Ich bin's …«

Zwei Stunden lang fühlten Anna und Hans sich wie zwei Raubtiere im Käfig, weniger wütend darüber, gefangen zu sein, als darüber, dass man sie zusammengesperrt hatte und sie einander auf Schritt und Tritt begegneten.

Anna arbeitete ausnahmsweise nicht, mochte nichts

anfangen, und wenn sie die Fassung zu verlieren drohte, stellte sie sich hinter den Ladentresen, als würde sie Kundschaft erwarten.

Hans stellte fest, dass sie wie ihre Mutter über die Auslage hinweg gleichsam heimlich den Quai beobachtete.

Man lud Backsteine ab, deren Rot im Sonnenschein aggressiv leuchtete und sich mit dem Grün der Blätter biss.

Doch das war weit weg, keine hundert Meter zwar, aber doch in einer anderen Welt, in unerreichbarer Ferne.

Wirklich vorhanden waren nur die Stimmen über ihnen, das Murmeln, ein sehr tiefes und ein flüsterndes. Begonnen hatte es mit einem endlosen Monolog, der nur selten unterbrochen wurde durch Einwürfe von Joseph.

Die Tür war zugesperrt worden. Außerdem hatte man gehört, wie das Fenster geschlossen worden war.

Sie wussten nichts, außer dass Maria Krull redete und redete, eintönig – wie man aus der Bibel vorliest oder wie die Frauen, die in einem dunklen Kirchenwinkel ihre Rosenkränze leiern.

Anna fühlte sich schon ganz elend und schwindlig. Sie konnte nicht mehr an sich halten:

»Lungern Sie jetzt immer weiter hier im Haus herum?«

Er antwortete nicht, sah sie nur an. Sein Blick war weder boshaft noch ironisch, zwar auch nicht liebevoll, aber doch zum ersten Mal von freundlicher Neugier.

»Wie sind Sie auf die Idee gekommen, sich bei uns einzunisten?«

»Wo hätte ich sonst hingehen sollen?«

»Wenn etwas passiert« (sie traute sich nicht zu sagen: ein Unglück), »sind Sie schuld!«

»Glauben Sie?«

Er nahm aus einem der Gläser einen sauren Drops und steckte sich ihn in den Mund.

»Was hat der Kommissar denn zu *Ihnen* gesagt?«

»Nichts ... Fast nichts ...«

Und jetzt, nach einer Stunde, hörte man ein anderes Geräusch: als fiele ein Körper zu Boden, und zwar hart, als würde sich jemand auf die Knie werfen.

Anna sah Hans an, der sich nicht rührte. Beide hielten den Atem an.

Es folgte Josephs Monolog, abgehackt, zerfahren, mit vielen Pausen. Vielleicht schluchzte er da.

Wie lang redete er so? Fünf Minuten? Zehn? Es war auf jeden Fall lang, lang und schmerzhaft.

Dann weitere Geräusche. Hoffentlich war es jetzt vorbei. Hastige Schritte, andere Schritte, schließlich das Quietschen von Bettfedern unter dem Gewicht eines Körpers.

»Hans!«

Er drehte sich nicht um.

»Wissen Sie etwas? Dann sagen Sie es mir! Ich bin am Ende. Hat Joseph etwa ...«

Er mochte Anna nicht, ohne besonderen Grund, vielleicht weil sie nicht attraktiv war, vielleicht auch nur, weil sie ihn nicht mochte, und trotzdem bewegte ihn ihre Frage, suchte er nach einer Antwort, stammelte er:

»Wer weiß das schon?«

Man konnte nicht weinen, das ging einfach nicht! Der

Druck war zu groß! Man machte den Mund auf, um etwas zu sagen, und brachte kein Wort heraus!

Was ging da oben vor sich? Warum diese absolute Stille? Eine Stille, die nicht enden wollte!

Ein Fuhrmann kam herein, die Peitsche auf der Schulter, und sagte kumpelhaft:

»Gib mir einen Marc!«

Anna schenkte ein, aber zu viel, griff sich einen Lappen und wischte die Theke ab.

Im ersten Stock waren sie endlich wieder auf den Beinen. Joseph redete. Er sagte nur ein paar Sätze. Seine Mutter nahm ihre Litanei wieder auf ... Sie setzten sich ... Jetzt klangen sie ruhiger.

Und Anna, die das Geld des Fuhrmanns in die mit Metall ausgeschlagene Schublade gelegt hatte, sah hinaus auf den Quai und traute sich endlich zu sagen:

»Es wäre besser, Sie gingen fort ... Ganz abgesehen von dem, was Sie Lisbeth antun ...«

Er konnte sie nicht mehr fragen, was sie damit meinte. Oben wurde die Tür geöffnet und wieder geschlossen. Tante Maria ging kurz in ihr Zimmer, kam langsam die Treppe herunter, durchquerte die Küche und erschien in der Tür.

»Was schmiedet ihr beide gerade für Pläne?«, murmelte sie und war dabei so sehr sie selbst, dass es kaum zu glauben war.

8

Wo das Laub der Bäume entlang des schnurgeraden Kanals da und dort ineinandergriff, verwandelte sich dieser in einen Tunnel zwischen der grünen Böschung und den in einer Reihe stehenden Stämmen. Es war fünf vor sieben. Noch waren ein paar Schiffe unterwegs, die einen im Rhythmus der Dieselmotoren bebend, die anderen im Schritttempo der Pferde dahingleitend, alle in den gleichen Abendfrieden, ins schräg einfallende rosa Sonnenlicht getaucht, das die Fenster eines weißen Hauses im Grün aufflammen ließ und den Schatten eines kleinen Mädchens, das einen Apfelschimmel am Halfter führte, unmäßig in die Länge zog.

Der Motor der Centaure, die schnell auf die Schleuse von Tilly zufuhr, dröhnte wie ein Tamtam. Ihr Bug teilte das Wasser. Die Mauern rückten näher, und der Mann ließ das Schiffshorn aufheulen, da er sah, dass der Schleusenwart, die Kurbel in der Hand, seinem Haus zustrebte.

Die Augen mit der Hand beschirmend, sah der Mann die Centaure herankommen, zückte seine große Silberuhr und öffnete dann doch noch die Schleusentore.

Das war drei Staustufen flussaufwärts vom Hause Krull entfernt, etwa acht Kilometer. Die Schleuse von Tilly war besonders unbeliebt wegen des ovalen Beckens, der seitlichen Schieber, die zu viel Wasser aufs Mal durchließen und so Strudel verursachten.

Die Leute von der Centaure wollten die Nacht im Dorf oberhalb der Schleuse verbringen. Die Frau stand am Bug und hielt das Stahltau, das sie nach und nach lockerte.

Hundertmal hatte man gesagt:

»Bei der Schleuse von Tilly passiert noch mal ein Unglück! Aber erst muss wohl ein Schiff kaputtgehen, bis das Tiefbauamt was tut!«

Und das Unglück passierte. Ließ die Frau das Tau zu schnell locker? Das Schiff löste sich jedenfalls von der Mauer, wurde von einem Strudel mindestens einen Meter nach vorn geworfen und hochgedrückt, sodass der Bug auf dem fast trockenen Beckenrand aufsaß.

Die Frau schrie. Der Schiffer rannte nach vorn. Der Schleusenwart bückte sich, aber es war schon zu spät: Die Centaure, deren Bug fast vollständig aus dem Wasser ragte, brach langsam entzwei.

Sie hatte Zement geladen.

Am anderen Ende des schnurgeraden Wassers mit seinen Baumreihen lebten die Krulls vor sich hin. Sie ahnten nicht, was passiert war. Hans, der erst einmal genug von der Küche, dem Wohnzimmer und dem Laden hatte, stand zum Zeitpunkt des Unglücks in der Tür zum Hof und steckte sich eine Zigarette an. Als er das Streichholz wegwarf, blickte er zur niedrigen weiß gekalkten Mauer, die den Hof vom Garten der Guérins trennte. Über der Mauer sah er das Gesicht eines Kindes, das wohl auf einer Leiter oder einem Fass stand und ihn mit weit aufgerissenen Augen anstarrte.

»Louis!«, rief eine Frauenstimme.

Der Junge rührte sich nicht. Er war wie gebannt.

»Louis! Komm sofort runter! Ich habe dir verboten, zu den Leuten da hinüberzuschauen!«

Die Tür zur Werkstatt stand offen. Cornélius und der Gehilfe hatten das bestimmt gehört. Doch keiner von beiden hatte einen Mucks gemacht, und das taten sie auch nicht, als Hans sich zu ihnen setzte.

Einzig in den Augen des Gehilfen blitzte etwas Schelmisches auf, vor allem als Hans sagte:

»Habe ich Ihnen schon die Geschichte von dem Affen erzählt? Das war, als ich in Düsseldorf wohnte, bei einer Cousine meiner Mutter, die eine Parfümerie beim Bahnhof hatte …«

Der Gehilfe lächelte in sich hinein, ein bisschen so, wie wenn man ein Bonbon lutscht. Man hätte ganze Listen anlegen können mit all den Verwandten und Freunden, bei denen Hans überall in Deutschland gelebt hatte. Und seine Geschichten begannen immer ganz ähnlich:

»Als ich in Berlin bei Tante Martha war …«

Oder:

»Als ich Ferien in Tirol machte bei meinen Freunden, den von Neumanns …«

Der Gehilfe lutschte leer, vielleicht weil diese Geschichten ihn amüsierten, vielleicht war es aber auch nur ein Tick.

Abgesehen von dem acht Kilometer entfernten Unfall – von dem sie aber erst am nächsten Tag erfuhren –, ereignete sich nichts an diesem Abend, und im Hause Krull erholte man sich von der Anspannung der vergangenen Tage.

Nur ein paar Kleinigkeiten. So blieb Josephs Platz leer, als sie sich zu Tisch setzten, unwillkürlich schaute jeder dorthin. Dabei hatte man ihn schon zweimal zum Essen gerufen.

Schließlich ging Tante Maria, ohne ein Wort zu verlieren, nach oben. Zurück in der Küche sagte sie nur:

»Er kommt.«

Und er kam. Er sah niemanden an. Er hatte geweint, aber alle taten so, als merkten sie es nicht.

Gleich nach dem Essen riet Tante Maria ihm, sich hinzulegen, und sagte, wie zu einem Kranken:

»Das wird dir guttun ...«

Und dann, obwohl das Geschäft sonst viel später geschlossen wurde:

»Ich lasse die Rollläden herunter ...«

Cornélius erhob keinen Einwand. Dabei rauchte er abends gern noch eine letzte Pfeife auf der Schwelle, während sich die Luft unter den Bäumen blau färbte.

Mit anderen Worten: Dank Maria Krull, deren Hände ein monströses Spinnengewebe beiseitezuschieben schienen, passierte nichts, zumindest sah es so aus.

Aber Hans, der fast wie eine Frau die Dinge mehr erspürte, als dass er sie begriff, sah die kurzen Blicke seiner Tante, die ihn immer dann streiften, wenn er sich gerade abwandte. Es waren andere Blicke als früher. Sie wollte wissen, was er dachte, nahm ihn unter die Lupe. Sie belauerte ihn. Sie wusste, dass er wusste. Er wusste, dass sie wusste. Und so zählte ihre eigene Familie viel weniger als Hans, der Fremde!

Sie möchte mit mir reden, dachte er.

Er merkt, dass ich ihn brauche, sagte sie sich.

Sie verübelte es ihm nicht mehr, dass er ein Schmarotzer war. Ihre Ungeduld war verflogen, ebenso wie seine Ironie.

Sie warteten aufeinander. Aber es sollte nicht an diesem Abend sein. Sie brauchten eine Pause. Keine zehn Minuten später waren alle auf ihren Zimmern.

Leute gingen auf dem Quai spazieren, Liebespaare und Ehepaare mit ihren Kindern, Frauen mit ihren Hündchen. Auch der rote Hut tauchte auf – mehrmals ging Germaine mit den beiden kleinen Mädchen vom Mittag am Haus vorbei.

Sie waren milder gestimmt, vielleicht weil einige junge Burschen auf dem Quai herumstanden, und sahen bloß ein paar Mal zum Haus Krull hinüber.

Viel später, als Hans schon halb eingeschlafen war, kamen andere junge Burschen singend aus der Stadt zurück, und einer trat gegen die Ladentür. Aber vielleicht hätte es genauso gut ein anderes Haus treffen können.

Hans, der bei offenem Fenster schlief, wurde durch laute Stimmen aus dem Laden geweckt. Er glaubte zunächst, Tante Maria habe sich mit jemandem in die Wolle gekriegt. Dann aber hörte er, dass der Mann, ein Schiffer, nicht auf sie schimpfte, sondern auf die Behörden, insbesondere auf das Tiefbauamt.

Von der Schleuse her war ein Murren zu hören. Leute standen in Gruppen vor einem handgeschriebenen Anschlag: Wegen eines Unfalls bei der Schleuse von Tilly werde der Kanal ungefähr zwanzig Tage lang stillgelegt.

Bereits in der Nacht war der Wasserspiegel um zwanzig Zentimeter gesunken. Große Blasen, die etwas Krankhaftes an sich hatten, stiegen an die Oberfläche.

Von seinem Fenster aus machte Hans eine weitere Entdeckung: Etwa fünfzig Meter vom Haus entfernt war ein Polizist postiert.

Bestimmt hatte schon die ganze Nacht einer da gestanden, vielleicht schon am Vorabend, aber Hans hatte ihn nicht bemerkt. Das wäre eine Erklärung für die Zurückhaltung des Mädchens mit den prallen Brüsten und den dicken Hinterbacken und dafür, dass es keine neuen Schmierereien gegeben hatte.

Der Polizist war uniformiert, also nicht da, um die Krulls zu überwachen, sondern um sie zu schützen. Tante Maria musste sich beschwert haben.

Hans wusch sich von Kopf bis Fuß mit kaltem Wasser und spritzte dabei den ganzen Boden voll, was Anna jedes Mal in Rage brachte. Er goss sich in der Küche einen Kaffee ein, wie jeden Morgen, und erhaschte durch die halb geöffnete Tür zum Laden einen vielsagenden Blick von Tante Maria.

Jetzt war es bald so weit. Aber er ließ sich nichts anmerken und nahm das Lokalblatt vom Tresen, das jeden Morgen dorthin gelegt, aber von niemandem gelesen wurde, bis auf Anna, die sich für die Nachrufe interessierte.

›Der rätselhafte Mordfall vom Quai Saint-Léonard‹
Wie wir erfahren haben, wurden die Ermittlungen im Fall der ermordeten Sidonie S. wieder aufgenommen. Besagter Potut, der nach der Entdeckung

der Leiche verhaftet wurde, ist seit Tagen wieder auf freiem Fuß. Es scheint erwiesen, dass er mit dem abscheulichen Verbrechen nichts zu tun hat. Alles deutet darauf hin, dass die Polizei eine andere, vielversprechende Spur verfolgt.

Ein weiterer Zufall! Der alte Reporter hatte sich wohl auf dem Kommissariat ein wenig umgehört!

Hans faltete die Zeitung zusammen und legte sie, ohne ein Wort zu sagen, zurück an ihren Platz. Er fragte sich, wann und wie Tante Maria ihn ansprechen würde: ob sie es hier unten im Laden tun oder ihn nach oben bitten würde, oder vielleicht …

Aus dem Wohnzimmer waren kräftige Akkorde zu hören. Er ging hinüber und strich Lisbeth wie am Vortag über den Nacken, denn er wiederholte gern bestimmte Gesten, tauchte gern wieder in Stimmungen ein, die ihm angenehm waren.

Diesmal sagte Lisbeth nichts. Sie beugte sich nur ein wenig vor, um die Noten zu entziffern. Im selben Moment trat Tante Maria ein und tat, als suchte sie etwas in einer Schublade.

Sogleich stand Lisbeth auf und ging hinaus. Offenbar hatte man ihr gesagt:

»Sobald ich ins Zimmer komme, lässt du uns allein …«

Anna hingegen sollte sich um den Laden kümmern.

Endlich waren sie allein, zwischen den geblümten Tapeten und dem zerbrechlichen Nippes. Hans fiel auf, dass seine Tante ihre Brille aufgesetzt hatte, die sie sonst nur zum Lesen trug. Das tat sie nicht, um ihn besser sehen zu können, sondern um ihre Augen zu verbergen. Sie wühlte noch immer in der Schublade und sagte, ohne ihn anzusehen:

»Haben Sie Neuigkeiten von Ihrem Vater, Hans?«

Das brachte ihn nicht aus der Fassung. Es war zwar ein Schock, doch er steckte ihn mit einem Lächeln weg und hätte am liebsten geknurrt:

Du Luder!

Er verstand. Es würde unerfreulich werden. Doch das hinderte ihn nicht, sich lässig eine Zigarette anzustecken und sich auf die Tischkante zu setzen, was seine Tante nicht ausstehen konnte.

»Ich habe in den letzten Tagen keine Briefe bekommen!«, antwortete er leichthin.

»Schade, Monsieur Schoof macht sich nämlich große Sorgen um den armen Mann …«

»Ach ja?«

Endlich hörte sie auf, in der Schublade herumzukramen. Sie stand mit dem Rücken zum Fenster, die Hände, wie üblich, vor dem Bauch gefaltet.

»Ist Ihr Vater nicht schon seit fünfzehn Jahren tot?«

Seine Lippen zitterten. Die Situation war unangenehm, aber er war entschlossen, keine schlechte Figur zu machen. Er lachte lieber, ein kleines angestrengtes Lachen.

»Haben Sie das vom Kommissar? Ich hatte ganz vergessen, dass er meine Papiere kontrolliert hat …«

»Was haben Sie vor, Hans?«

Er musste rasch denken, rasch alles erfassen, durfte keinen Fehler machen. Zwei, drei Tage vorher wäre ihm unter diesen Bedingungen nichts übrig geblieben, als abzuhauen, wie schon so oft, wenn er sich bei Leuten eingenistet hatte.

Doch dann dachte er an die Blicke, die ihm die Tante am Vortag zugeworfen hatte. Er beobachtete sie, war überzeugt, dass sie ein Spiel spielte – wie ein Bauer auf dem Markt, der an der Kuh herumkrittelt, die er kaufen will.

Sie hatte dieses Gespräch bestimmt Punkt für Punkt vorbereitet, so minutiös, als hätte sie alles schriftlich festgehalten. Als Erstes hatte sie ihren Gegner in eine missliche Position gedrängt. Doch zu welchem Zweck?

»Was ich vorhabe? Tja, Tante, ich muss gestehen, das weiß ich noch nicht. Ich habe einen Freund im Midi, wir kennen uns aus der Schule, aber ich weiß nicht genau, wo er wohnt. Sicher weiß ich nur, dass er eine Villa hat, irgendwo zwischen Nizza und Cannes …«

Er gab sich abgebrüht. Er dachte, das sei am besten. Ihre Entgegnung traf ihn unvorbereitet:

»Und Lisbeth?«

»Lisbeth?«, wiederholte er, um Zeit zu gewinnen.

Was wusste seine Tante über seine Beziehung zu Lisbeth? Wer hatte geredet? Joseph? Hatte er ihr am Vortag alles verraten? Oder hatte Anna einen vagen Verdacht geäußert?

»Sie antworten nicht …«

Was ihn ermutigte, trotz allem, war die Haltung seiner Tante. Sie wirkte ruhig und ein bisschen wehleidig. Das war nicht die Haltung einer Frau, die eben erfahren hat, dass unter ihrem Dach ein Betrüger wohnt, der sich noch dazu an ihrer Tochter vergangen hat.

»Also?«

»Ich werde tun, was Sie für richtig halten, Tante!«

Er blieb in Deckung.

»Ist Ihnen eigentlich bewusst, was Sie sind?«

»Mir ist bewusst, dass ich keine Wahl hatte und dass mein Leben so verlaufen ist, wie es verlaufen musste …«

Das hieß alles und nichts. Es erlaubte ihm, unbekümmert zu bleiben, ihr sogar trotzig ins Gesicht zu sehen. Das hatte sie davon, dass sie einen solchen Ton anschlug!

»Hören Sie, Hans …«

Das kam schon etwas verhaltener.

Schauen wir mal, was sie Tolles vorzuschlagen hat, dachte Hans.

Denn sie würde etwas vorschlagen! Wozu sonst dieser Auftritt? Tatsächlich war die Lage seiner Tante noch misslicher als seine. Deshalb hatte sie ihre Brille aufgesetzt: um selbstsicher zu wirken, um ihre Angst und Unschlüssigkeit zu verbergen.

»Hören Sie …«

Sie zögerte noch, sah zu Boden.

»Monsieur Schoof könnte Klage gegen Sie einreichen … Ihretwegen, weil Ihre Papiere nicht in Ordnung sind und wir Sie nicht bei der Polizei gemeldet haben, müssen wir schon jetzt eine hohe Buße zahlen, das hat mir gestern der Kommissar mitgeteilt … Und was Lisbeth betrifft: Sie ist minderjährig, und sollte die Sache Folgen haben …«

Sie musste den Kopf abwenden und sah nur noch verschwommen, da ihre Brillengläser sich beschlagen hatten.

»Das wird sie nicht!«, sagte er hastig.

Da war er sich sicher. Und diese Sorge wollte er ihr wirklich nehmen.

Sie ließ das Thema fallen.

»Jedenfalls müssen Sie weg von hier ... Sie können nicht einmal in Frankreich bleiben, denn dafür müssten Sie arbeiten gehen, und der Kommissar hat gesagt, Sie bekommen keine Arbeitsbewilligung ...«

Bei diesen letzten Worten konnte Hans sich ein Lächeln nicht verkneifen. Er fühlte sich wieder wohl in seiner Haut.

»... und dass Sie hier nicht bleiben können. Das muss Ihnen doch klar sein ... Selbst wenn nichts passiert wäre ... Wir können Sie nicht ewig durchfüttern ... Wir sind nicht reich ... Die Leute schauen uns auch so scheel an ...«

»Ich weiß ...«

Aber das war noch nicht alles. Sie gab nicht nach, und dafür musste es einen Grund geben. Sie sprach langsam, als hätte sie Angst, den Faden zu verlieren.

»Obschon wir eingebürgert worden sind, behandelt man uns wie Ausländer ... Ohne die Leute vom Kanal müssten wir den Laden aufgeben ... Und dann kommen Sie aus Deutschland und versuchen gar nicht erst, im Hintergrund zu bleiben – im Gegenteil ...«

Er lächelte wieder. Sie hatte recht! Er hatte diebische Freude daran, als Ausländer wahrgenommen zu werden, Deutsch zu sprechen, in den Straßencafés etwas zu bestellen, das niemand sonst bestellte, ohne Hut und mit offenem Kragen durch die Straßen zu gehen, was niemand hier im Viertel tat.

»Was habe ich gerade gesagt?«

»Dass ich gar nicht erst versucht habe, im Hintergrund zu bleiben ...«

Sie drehte sich zum Fenster um. Madame Guérin fegte nebenan den Gehsteig und sah neugierig zum Haus Krull hinüber. Maria Krull fragte sich, ob wieder etwas vorgefallen war, aber im Laden blieb es ruhig, und sie beruhigte sich.

»Sie wissen so gut wie ich, was in den letzten Tagen geschehen ist ... Jedes Mal, wenn etwas Ungutes passiert, fällt es auf uns zurück ... Als einmal eine Typhusepidemie ausbrach und Joseph auch krank wurde, behaupteten die Frauen hier im Viertel, er hätte alle anderen angesteckt ...«

Seelenruhig, als befände er sich in einer geschäftlichen Besprechung, drückte Hans seine Zigarette im Aschenbecher aus und steckte sich eine neue an.

»Wegen der Geschichte mit dieser Kleinen hat sich die Stimmung wieder gegen uns gewandt ...«

Er reagierte mit einem Wimpernschlag: *Die Geschichte mit dieser Kleinen!* Es handelte sich immerhin um eine Gewalttat. Sidonie war ausgezogen, vergewaltigt, erwürgt und in den Kanal geworfen worden ...

»Der Kommissar hat anonyme Briefe bekommen ... Wenn man keinen Schuldigen findet, ist es für manche Leute eben ganz automatisch ein Krull ...«

Ihre Stimme wurde unsicher.

»Ich habe das vom ersten Tag an verstanden ... Ich habe vorhergesehen, was passiert ist und was noch passieren wird ... Gestern haben wir einen Tag Ruhe gehabt, aber jetzt wird es wieder losgehen.«

»Was hat Joseph gesagt?«

Er ging zum Angriff über. Tante Maria verlor zwar nicht die Fassung, war jedoch sichtlich getroffen.

»Joseph hat mit dieser schmutzigen Geschichte nichts zu tun ... Da bin ich mir sicher ... Er hat es mir gestern geschworen ...«

Also hatte auch sie ihn in Verdacht gehabt! Sie traute ihm so etwas zu! Sie kannte ihn!

Mit gesenktem Blick genoss Hans seinen kleinen Sieg, und Tante Maria hielt es für nötig weiterzumachen:

»Nachdem ich beim Kommissar gewesen war, wollte ich wissen, woran ich bin ... Joseph mag Fehler haben, aber gelogen hat er nie ... Ich brauche ihm nur in die Augen zu schauen und weiß Bescheid ... Was wollen Sie sagen, Hans?«

Denn er hatte das Gesicht verzogen.

»Nichts, Tante!«

»Ich wiederhole: Joseph hat damit nichts zu tun. Und wenn gewisse Aussagen gegen ihn vorliegen, dann deshalb, weil er immer zu redlich gewesen ist, und vielleicht auch, weil wir ihn zu streng erzogen haben ...«

Sie schniefte und hätte beinah ihr Taschentuch aus der Schürze gezogen. Aber das wäre einer Niederlage gleichgekommen.

»Was für Aussagen?«

»Dummes Zeug ... Mädchen, wie diese Kleine mit dem roten Hut, die ihrer Fantasie freien Lauf lassen ...«

»Sie hat gesagt, dass Joseph Sidonie und ihr hinterhergelaufen ist, an dem Abend auf dem Jahrmarkt, nicht wahr?«

»Solche Mädchen glauben immer, dass ihnen jemand hinterherläuft ... Aber das ist unwichtig, Hans! Was zählt, sind die Leute ... Der Kommissar weiß schon, wie viel Glauben man solchem Getratsche schenken soll ...«

»Glauben Sie?«

»Das hat er mir versichert …«

»Ich wette, er untersucht die Sache peinlich genau …«

Es juckte ihn, die Morgenzeitung zu holen und seiner Tante den aufschlussreichen Artikel unter die Nase zu halten.

»Darum geht es nicht!«, entgegnete sie hartnäckig. »Die können so viel untersuchen, wie sie wollen, sie werden nichts gegen Joseph finden, oder jedenfalls nur unwichtiges Zeug … Was mir Angst macht, das sind die Leute … Die werden uns das Leben sauer machen … Es sei denn …«

Schweigen. Sie hatte den Höhepunkt erreicht und stolperte nun, von Schwindel gepackt, der Schlussfolgerung entgegen.

»Da Sie sowieso weggehen müssen, können Sie doch auch gleich gehen: ins Ausland, nach Deutschland oder sonst wohin. Und wenn Sie die Stadt heimlich verlassen, wird der Verdacht unweigerlich auf Sie fallen …«

Hoffnungsvoll hob sich ihre Brust unter dem Korsett. Tante Maria sah ihn eindringlich an, als wollte sie ihn in ihren Bann ziehen, ihm ein Ja entreißen.

»Sie haben nichts zu verlieren! Wenn Sie erst über die Grenze sind …«

Darauf also wollte sie hinaus! Hans, der nicht leicht aus der Fassung zu bringen war, war doch erstaunt. Er bewunderte seine Tante dafür, wie sie diese Rede aufgebaut hatte, um ihm schließlich ins Gesicht zu schleudern:

»Wir könnten Sie wegen Betrugs ins Gefängnis stecken lassen! Sie haben Lisbeth missbraucht. Sie haben

Unruhe und Unordnung in dieses Haus gebracht – aber all das soll vergessen sein, wenn Sie die Rolle des Sündenbocks übernehmen und den Verdacht von Joseph ablenken!«

Joseph wurde aufgewertet durch diesen Plan, den sie sich nur für ihn ausgedacht hatte, während er oben am offenen Fenster über seinen Heften saß!

In der Küche warteten Anna und Lisbeth.

»So wie ich die Leute kenne, werden sie uns dann bestimmt in Ruhe lassen …«, schloss Maria matt und wandte sich wieder dem Fenster zu.

Das Wort *Leute*, das in ihren Ausführungen und den Gesprächen der Familie unablässig wiederkehrte, hatte im Hause Krull einen besonderen, beinah furchterregenden Klang. Die Leute, das war die ganze übrige Menschheit, der Ozean, der die kleine Insel der Familie umschloss. Er begann bei den Guérins und reichte bis ans Ende der Welt.

»Die Leute werden uns in Ruhe lassen …«

Das bedeutete, dass das Gewitter mit Hans abziehen würde …

»Was genau hat Ihnen Joseph gesagt, Tante?«

Er war nicht mehr der Angeklagte. Er musste nichts mehr vorspielen. Nun war es an ihm, mit schneidender Stimme Fragen zu stellen.

»Sehen Sie nur, Hans …«

Die Tante zeigte durch die Gardine auf den Quai, die Schleuse. Bei den arbeitslosen Schiffern herrschte nach wie vor dumpfer Aufruhr. Unter ihnen die schamlose Pipi, die große Reden schwang. Man glaubte fast, ihre Stimme zu hören. Zweifellos erzählte sie ihrem neuen

Publikum die Geschichte ihrer Tochter, und zuweilen zeigte sie mit dem Finger auf das Haus der Krulls.

»Ich sehe es ...«

»Sogar die Stilllegung des Kanals werden sie uns noch anlasten! ... Aber wenn Sie gehen ...«

»Was hat Ihnen Joseph gestanden?«

»Warum soll er mir etwas gestanden haben?«

»Weil er geweint hat, weil er sich vor Ihnen auf die Knie geworfen hat, weil er einen Nervenzusammenbruch gehabt hat und sich aufs Bett legen musste ...«

Sie schwieg.

»Er hat Sidonie gekannt, nicht wahr?«

»Er hat sie zweimal auf der Straße angesprochen ... Das hat ihre Freundin dem Kommissar erzählt ... Sie behauptet, sie hätten sich über ihn lustig gemacht, weil er im Umgang mit Frauen so ungeschickt ist ...«

»Und an jenem Abend?«

»Was haben Sie, Hans? Warum schauen Sie mich so an?«

»Weil ich Bescheid wissen will!«

»Glauben Sie ...«

»Nichts glaube ich! Ich weiß, dass Joseph anders als andere Männer ist ... Ich frage mich, was er abends auf der Straße gemacht hat. Vorher ist er doch jeden Abend ausgegangen, oder?«

»Er hat frische Luft geschnappt!«

»Und er hat keine Freunde, nicht einmal an der Universität ...«

»Weil man ihm vorwirft, Deutscher zu sein!«

»Er hatte auch keine Freundin ...«

»Er ist zu schüchtern ...«

Sie antwortete ihm gegen ihren Willen und ärgerte sich darüber. Er saß nach wie vor lässig auf der Tischkante und zerknitterte dabei ein Zierdeckchen.

»Was hat er Ihnen noch gesagt?«

»Ich versichere Ihnen ... Wenn Sie so weitermachen ...«

Sie blickte zur Tür, zur Decke. Als wollte sie ihren Sohn zu Hilfe rufen.

»Sie müssen schon verstehen, Tante, auf den Kopf gefallen bin ich nicht ... Ich habe es gesehen, als Joseph und ich an einer Gaslaterne vorbei kommen sind und da ein Liebespaar stand, eng umschlungen ... Seine Hände haben gezittert. Eine Zeit lang hat er kein Wort hervorgebracht ... Und das Gleiche passiert, wenn er hinter einer Frau geht, deren Nacktheit man unter ihrem Kleid erahnt, oder wenn er ein Fenster betrachtet, hinter dem sich die Silhouette einer Frau abzeichnet ... Ich hatte in Deutschland einen Freund, der ...«

»Schweigen Sie, Hans!«

»Bei meinem Freund reichte ein nacktes Bein ... Es war erst vorbei, als er ...«

»Hans!«

»Ich wette, Joseph hat sich in irgendwelchen Ecken rumgedrückt, um zuzuschauen, wie sich Paare küssen ...«

Sie musste sich setzen. Jetzt zog sie wirklich ihr Taschentuch heraus, aber nur um sich die Stirn zu trocknen.

»Er hat niemanden umgebracht!«, betonte sie. »Er hat es mir geschworen ...«

»Warum hat er dann solche Angst?«

Sie sah ihn lange an, ganz anders als vorher. Sie war praktisch besiegt.

Kann ich Ihnen vertrauen?, schien sie ihn zu fragen.

Das Unwahrscheinliche war geschehen: Tante Maria, das Misstrauen in Person, erlag dem Einfluss von Hans und stieß schließlich hervor:

»Er hat mir nichts verheimlicht ... Er ist ihr nachgegangen ... Er wollte noch einmal mit ihr sprechen, ohne dass die Freundin dabei war, die sich über ihn lustig gemacht hat ... Er hat mir gestanden, dass er sich von ihr angezogen fühlte, weil sie Tuberkulose gehabt hatte wie er ...«

Hans hörte zu, mit ernster Miene, wie ein Arzt.

»Erst auf dem Quai hat er gemerkt, dass ihr noch ein anderer folgte, ein gedrungener Mann mit einem Filzhut ...«

»Weiter, Tante!«

Sie hielt kurz inne, um in kleinen Stößen zu weinen, eher vor Erschöpfung als vor Trauer, dann blickte sie flehend zu ihm auf.

»Warum wollen Sie, dass ...«

»Was hat er gesehen?«

»Ich bin schuld! Hätte ich ihm erlaubt, mit Mädchen zu gehen, wie die anderen, wäre das nicht passiert. Ich habe doch nur an seine Gesundheit gedacht! Er war ganz schwächlich als Kind, in der Schule ist er immer krank gewesen ...«

»Er hat sich versteckt, nicht wahr?«

»Der Mann hat Sidonie angesprochen und auf sie eingeredet. Zuerst hat sie ihn nicht abgewiesen. Sie ist mit ihm zum Kanal hinuntergegangen. Das war bei einem

Haufen Backsteine, der immer noch da ist. Sie haben sich geküsst. Der Mann wurde zudringlich, und die Kleine hat sich gewehrt …«

Mit welchen Worten hatte Joseph seiner Mutter diese Szene geschildert?

»Sie haben sich am Boden gewälzt … *Er* hat nicht gesehen, dass der andere sie gewürgt hat … *Er* hat geglaubt …«

»Ist er bis zum Schluss geblieben?«

»Als er begriff, was passierte, war es zu spät. Der Mann zerrte die Leiche zum Kanal. Sein Gesicht hat Joseph nicht gesehen. Er sagt, er habe nach einem Herumtreiber ausgesehen. Er sei angezogen gewesen wie ein Landstreicher …«

»Und die anonymen Briefe?«

»Immer die gleiche Geschichte … Mädchen, die ihren Eltern erzählt haben, dass Joseph ihnen nachgelaufen ist, sie angesprochen hat. Aber tun das nicht alle jungen Männer? … Wenn Joseph der Polizei gestehen würde, dass er da war … Hans! Wir haben schon so viel Kummer Ihretwegen … Meine arme Lisbeth, was soll jetzt …«

Sie weinte noch ein bisschen und sagte dann mit vom Taschentuch gedämpfter Stimme:

»Sie müssen Joseph retten! … Sie müssen einfach, hören Sie? … Sie müssen weggehen, damit die Leute sich nicht mehr um uns kümmern …«

Einen Augenblick lang glaubte er, Tante Maria werde sich vor ihm auf die Knie werfen, so wie es Joseph bei ihr getan hatte.

Sie hörten schwere Schritte. Ein Schiffer in Pantinen hatte den Laden betreten.

9

Wie hatte Maria Krull gespürt, dass dies nicht die Schritte eines wohlgesinnten Kunden waren, sondern dass sie Gefahr bedeuteten? Das Klacken der Pantinen genügte, und schon wandte sie sich von dem einen Drama ab und mit gespitzten Ohren dem nächsten zu. Ihr Blick wurde schärfer, sie vergaß Hans, hastete in Gedanken hinüber und tat es im nächsten Augenblick wirklich. Nie sollte Hans dieses Bild von ihr vergessen, starr, unveränderlich wie ein Porträt in einem Familienalbum: Sie stand in der Küche hinter dem einen Flügel der Glastür. Sonnenlicht fiel durch die Gardine und ließ ihr graues Haar aufleuchten, während ihr Gesicht im Gegenlicht härter und klarer modelliert wirkte.

Der andere Türflügel stand halb offen. Mit leicht geneigtem Kopf beobachtete Tante Maria den Feind, bereit, Anna jederzeit zu Hilfe zu eilen.

Wenige Minuten vorher hatte sich der Schiffer aus der Gruppe rund um die geifernde Pipi gelöst. Schon in der Dorfschule musste er ein Angeber gewesen sein, einer, der Applaus und Gelächter einzuheimsen suchte, indem er dem Lehrer oder der Lehrerin mit dem Blick eines stolzen Dummkopfs trotzte.

»Ihr werdet schon sehen!«, hatte er den anderen zugerufen mit Bierschaum im Schnurrbart und leuchtendem Blick.

Und während er den Grünstreifen überquerte, plusterte er sich auf unter den Blicken, wandte sich dann noch einmal um und signalisierte seinem Publikum:

Keine Angst! Ihr werdet schon sehen!

Doch je näher er dem Haus kam, desto langsamer wurde sein Schritt, bis er den Laden fast wie ein gewöhnlicher Kunde betrat.

Anna stand hinter dem Tresen. Lisbeth hielt sich in einer Ecke des Ladens auf, weil sie nicht in der Küche oder in ihrem Zimmer allein sein wollte. Die Gesichter der beiden waren blass und von Unruhe gezeichnet.

»Was darf es sein?«, fragte Anna, der nichts aufgefallen war.

Sie wunderte sich nur, dass der Polizist, der sich sonst fünfzig bis hundert Meter entfernt hielt, direkt vor dem Schaufenster stand und in den Laden hineinblickte.

»Einen Pernod!«

Anna suchte die Flasche. Das war der Moment, da Tante Maria sich hinter die Tür stellte.

Sowie Anna eingeschenkt hatte, ergriff der strahlende Dummkopf das Glas mit spöttischem Blick, kippte es in hohem Bogen aus und stellte es zurück auf die Theke.

Er war zufrieden! Er sah Anna starr in die Augen, stolz darauf, einem jungen Mädchen die Stirn zu bieten, wischte sich den Schnurrbart ab und erklärte schließlich:

»Es täte mir schaden, im Haus eines Mörders zu trinken!«

Unwillkürlich drehte Anna den Kopf zur Küche und sah ihre Mutter hinter der Tür stehen. Sah der Mann sie vielleicht auch? Jedenfalls ging er hinaus. Der Polizist zögerte und brummte dann bloß:

»Los! Abhauen! … Machen Sie keinen Ärger!«

Wann war Hans in den ersten Stock gegangen? Es ließ sich nicht genau sagen. Lautlos verschwand er, lautlos tauchte er wieder auf, ja, ohne die Luft zu bewegen. Maria Krull stellte fest, dass er weder in der Küche noch im Wohnzimmer war, ging zum Fuß der Treppe und hörte ihn leise den Knauf von Josephs Tür drehen.

Hans war nicht darauf aus, seinen Cousin zu überrumpeln. Die Tür knarrte einfach nicht, genauso wenig wie der Dielenboden unter seinen Sohlen.

Er war überrascht über die Stille in dem Zimmer, das er zunächst leer glaubte. Vor dem Fenster lag ein aufgeschlagenes Heft, daneben ein Fläschchen mit grüner Tusche und ein Federhalter mit zerkautem Griff. Aber niemand war auf dem Stuhl, niemand in diesem Teil des Zimmers, wo der Spiegelschrank das Grün der Bäume reflektierte und die Zeiger der marmornen Stutzuhr seit einer Ewigkeit auf zehn vor zwölf standen.

Doch Joseph war da, angezogen lag er ausgestreckt auf seinem Bett, länger denn je, mit gelben Pantoffeln an den großen Füßen. Eine Hand hing herab auf den rot gemusterten Bettvorleger. Josephs Mund stand offen, sein Atem ging regelmäßig.

Das war der einzige Raum des Hauses, der nach Mann roch, nach Schweiß, kaltem Tabakrauch. Hans warf einen Blick auf das Heft, dessen Seiten mit Josephs kleiner Schrift bedeckt waren. Ein Titel lautete:

Der anatomische Typus der Läsionen.

Darunter stand noch nichts, da waren nur Fingerabdrücke auf dem gewellten Papier, vor dem ein Mann wohl lange und verbissen ein Problem gewälzt hatte.

An den Rand hatte Joseph mit Bleistift und in einer anderen Schrift geschrieben: *Vielleicht würde es genügen, auf der Straße einen Polizisten zu ohrfeigen, lügen zu können, ohne rot zu werden, oder*

Darunter eine Zeichnung, die nichts darstellte, eine jener komplizierten Kritzeleien, die man macht, wenn man in Gedanken ganz woanders ist.

Danach hatte Joseph sich, trübsinnig, wie er war, auf dem Bett ausgestreckt, ohne die Tagesdecke zu entfernen. Hatte er in den vergangenen Nächten viel geschlafen? Wahrscheinlich nicht. Der Schlaf hatte ihn endlich überwältigt, ein schwerer Tagesschlaf. Sein weißes Hemd, dessen Kragen offen stand, war nass geschwitzt.

Hans setzte sich auf den Stuhl neben dem Nachttisch und betrachtete seinen Cousin. Er rührte sich nicht. Man konnte ihn nicht hören, und doch spürte Joseph im Tiefschlaf die Anwesenheit von etwas Fremdem und kam langsam an die Oberfläche; ein Zittern lief über seine schweißnasse Haut, sein Adamsapfel ruckte, und schließlich drang zwischen den Wimpern ein Blick hervor.

Als er Hans erkannte, strengte er sich an, um rascher zu sich zu kommen, fuhr sich mit den Händen über das Gesicht und fragte mit belegter Stimme:

»Was wollen Sie?«

Hans musste lächeln, wenngleich nur andeutungsweise, beinahe mitleidig und leicht spöttisch.

Joseph richtete seinen langen Oberkörper auf, setzte die Füße auf den Boden. Er blieb noch einen Augenblick auf dem Bettrand sitzen.

»Sind Sie jetzt zufrieden?«

Hans hätte beim besten Willen nicht sagen können, warum immer so ein fröhliches Leuchten auf seinem Gesicht lag, wie ein Widerschein des Morgens, des blank geputzten Himmels, der klaren Luft, die sich in die Unendlichkeit erstreckte, voller Töne, voller Leben.

Eben hatte Joseph noch geschlafen, jetzt saß er da – benommen, eingeschüchtert und duckmäuserisch.

»Dummkopf!«, entfuhr es Hans.

Und er blickte seinen Cousin unverwandt an. Es war großartig, diesen Joseph zu betrachten, der jetzt aufstand – voller Unruhe, Eifersucht, Bitterkeit –, und all das zu erkennen, auch die kleinsten Regungen, deren Joseph sich nicht einmal selbst bewusst war!

Ja! Hans hätte Joseph sein können! Er war fähig, gleichzeitig Joseph und Hans zu sein! Er hätte ganz allein beide Rollen spielen können, die Texte des einen wie des anderen sprechen können in dem Dialog, der sich nun anbahnte.

Wohingegen Joseph einfach nur Joseph war!

Er stand jetzt in voller Länge da und überragte die elektrische Lampe, die über dem Tisch hing. Sein Gesicht glänzte noch vom Schweiß des Schlafs, und sein Hemd war im Rücken zerknittert.

»Ich habe mich eben lange mit Tante Maria unterhalten«, begann Hans, stand ebenfalls auf und ging zum Fenster.

Er setzte sich auf das Fensterbrett und steckte sich eine Zigarette an.

»Was hat meine Mutter gesagt?«

»Alles! Sie möchte, dass ich weggehe, damit man

mich verdächtigt und Sie dafür in Ruhe lässt. Was für ein Blödsinn!«

Und Joseph, mit gesenktem Kopf und matt:

»Die haben kein Recht, uns so zuzusetzen! Ich habe nichts getan ...«

Wäre er weniger groß gewesen, sein Anblick wäre weniger erbärmlich gewesen. Aber er war riesig, und als er seinen Kopf neigte, sah dieser aus, als baumelte er am Ende seines langen Halses.

Joseph war Hans bislang mit Hass und Misstrauen begegnet. Es war der Hass desjenigen, der sich unterlegen fühlt, der diese Unterlegenheit als ungerecht empfindet, in Wut gerät, aber nicht fähig ist, sich Luft zu machen.

Ein Hass, der auf ungewollter Bewunderung beruhte, auf Neid!

Und nun stand er vor Hans, der alles wusste und überlegen lächelte, und konnte bloß stammeln:

»Ich habe nichts getan ...«

»Das ist ja lächerlich!«

Hans' Stimme klang sarkastisch, ob er wollte oder nicht. Er sah hinaus. Pipi hatte sich aus der Gruppe gelöst und kam auf das Haus zu.

Und Joseph kämpfte gegen sich selbst, gegen seine Schüchternheit, seine Unterwürfigkeit, die neiderfüllte Bewunderung, die er für seinen Cousin hegte, für dessen Unverfrorenheit und Zynismus.

»Aber wenn ich dieses Mädchen doch gar nicht umgebracht habe ...«

»Sie verdächtigen dich, und das werden sie auch weiterhin tun ...«

Er hatte Joseph zum ersten Mal geduzt: Aber nicht

aus Verachtung oder einem Gefühl der Überlegenheit, sondern weil sie einander plötzlich nähergekommen waren.

»Nur schon, weil ich Ausländer bin!«, antwortete Joseph. »Es ist immer das gleiche Lied! Jedes Mal, wenn im Viertel irgendwas passiert, macht man uns dafür verantwortlich …«

Hans war gleichzeitig drinnen und draußen. Er folgte Pipi mit dem Blick und sah Tante Maria vor sich, wie ihre Stirn und ihre grauen Augen über der Auslage auftauchten, wie sie ihre Feindin beobachtete.

Und genauso wenig entging ihm, wie Joseph nach und nach den Schlaf abschüttelte.

»Es liegt nicht daran, dass ihr Ausländer seid …«, erklärte er im Tone dessen, der im Besitz der Wahrheit ist und keinerlei Zweifel kennt. »Ihr seid es zu wenig! … Oder vielleicht auch zu sehr …«

Man hörte die Ladenglocke. Lisbeth und Anna waren wohl in der Küche und schauten durch die Gardine. Der Polizist näherte sich wieder dem Schaufenster.

»Wir sind zu wenig ausländisch?«, wiederholte Joseph und runzelte die Stirn.

»Oder zu sehr! … Ihr steht nicht dazu … Ihr seid verschämte Ausländer … So wie ihr verschämte Protestanten seid … Ihr lasst euch hier nieder und wollt so sein wie alle anderen … Ihr ahmt die Leute unbeholfen nach, dabei wisst ihr genau, dass es nie hinhauen wird … Und das spüren die auch … Ich wette, am 14. Juli hisst ihr mehr Fahnen als die anderen, und an Fronleichnam verstreut ihr Rosenblätter auf der Straße … Das verübeln euch die Leute mehr, als wenn ihr gar nichts tun und die Fensterläden einfach geschlossen halten würdet …«

Er schwieg einen Augenblick. Von unten war nichts zu hören. Es wurmte ihn, dass er einen Teil des Schauspiels verpasste, nicht wusste, was zwischen seiner Tante und Pipi geschah.

»Wenn wir aggressiv wären, wäre alles noch viel schlimmer!«, wandte Joseph ein.

Er war beinah umgänglich geworden. Sowie es nicht mehr gegen ihn ging, konnte er sich wieder beherrschen und nachdenken über die Ideen, die Hans äußerte.

»Es geht nicht darum, aggressiv zu sein, sondern selbstsicher! Wie die Juden, wenn sie sich irgendwo niederlassen. Die schämen sich weder für ihren Namen noch für ihre Nase. Sie schämen sich auch nicht für ihre Geschäfte und ihre Raffgier. So ist es und nicht anders! Sie pfeifen auf die Leute und auf das, was sie denken! Die bleiben unter sich, und wenn ihnen die Kinder auf der Straße Fratzen schneiden, scheren sie sich nicht drum …«

Er zuckte zusammen. Wieder die Ladenglocke. Der Polizist war nicht mehr auf dem Gehsteig zu sehen. Er hatte den Laden betreten und die Tür offen gelassen.

»Genug jetzt!«, sagte er mit gespielter Strenge. »Gehen Sie …«

»Die hat angefangen!«, keifte Pipi. »Sie hat mir vorgehalten, dass sie mir die Babywäsche gegeben hat, als meine arme Tochter zur Welt kam … Abgetragene Babywäsche, die schon ihre drei Kinder getragen hatten …«

»Raus mit Ihnen! Kommen Sie! Machen Sie keinen Ärger!«

»Mache ich vielleicht Ärger?«

Der Polizist zog sie hinaus auf den Gehsteig, wo sie weiterzeterte.

Hans wandte sich wieder seinem Cousin zu.

»Siehst du!«

»Was?«

»Immer das Gleiche! Deine Mutter hat gejammert und immerzu von ihren guten Taten geredet! Sie ist großherzig, aber nicht großherzig genug, um ihre milden Gaben zu vergessen. Ihr seid zu sehr und gleichzeitig zu wenig …«

Erstaunlich, dass man ihm ungewollt das Recht zugestand, solche Urteile zu fällen! Joseph hörte ihm zu! Joseph, der ihn noch am Vortag hatte rausschmeißen wollen, diskutierte mit ihm!

Er kicherte sogar und sagte:

»Mit anderen Worten: Wir sollten ehrlich unehrlich sein!«

»Das ist am besten! Oder ehrlich ehrlich … Aber man läuft nicht nachts verschämt auf dem Quai herum, um den Leuten beim Schmusen zuzugucken, in der Hoffnung, dass man irgendwo ein Stück nackte Haut zu sehen bekommt …«

Joseph wandte den Kopf ab und ließ seine langen Finger knacken. Er zögerte.

»Und meine Schwester?«, sagte er schließlich.

»Lisbeth?«, fragte Hans unschuldig.

»Ja, Lisbeth …«

Joseph wurde wieder von seinen Gefühlen übermannt, den wirren, ungesunden Gefühlen, die seine Finger zittern ließen, wenn gewisse Dinge zur Sprache kamen.

»Es gefällt ihr!«, behauptete Hans.

»Und nachher? Und später?«

»Die heiratet bestimmt einmal. Und dann ist eh alles egal ...«

»Was? Das Heiraten?«

»Das Heiraten und der ganze Rest ...«

»Und wenn ihr Mann davon erfährt?«

Hans zuckte mit den Schultern, warf seine Zigarette aus dem Fenster, steckte sich eine neue an und betrachtete den Polizisten, der Pipi weggebracht hatte und jetzt allein zurückkam.

Es musste gegen elf Uhr morgens sein. Die Hämmer der Werft Rideau schlugen in rascher Folge, und alle drei Minuten hielt eine Straßenbahn.

Joseph wusste nicht mehr, was er sagen, wie er sich verhalten sollte. Verstohlen beobachtete er seinen Cousin, dessen Selbstsicherheit er bewunderte.

Ihm war schwer ums Herz. Wenn er gekonnt hätte, hätte er geweint, aus Traurigkeit, aber auch aus Ekel vor sich selbst, vor allem, den Leuten, dem Leben, vor dem, was er getan hatte, und dem, was er gern getan hätte, Ekel davor, entweder zu viel oder zu wenig zu sein, wie Hans es ausgedrückt hatte.

Es gab da eine schreckliche, deprimierende Ungerechtigkeit, denn immer schon, so weit er zurückdenken konnte, hatte er alles richtig machen wollen, hatte er sich angestrengt, so zu sein wie die anderen, besser zu sein als sie, in der Schule der beste Schüler zu sein, zu Hause ein braves Kind, seine Kleider sauber zu halten und seine niederen Instinkte zu unterdrücken.

Und jetzt stand er hier, als Angeklagter, vor diesem

Hans, der in seinem Alter war, ihn spöttisch ansah, ihm überlegen war in seiner zynischen Gelassenheit.

Wie ein Fisch an der Angel fühlte er sich. Schritt für Schritt folgte der andere seinen Gedanken – zog ihn, wann immer er wollte, zu sich heran.

Es gelang Joseph nicht mehr, Hans zu hassen. Beinahe hätte er ihn um Rat gefragt!

»Warum hast du deiner Mutter all das erzählt?«, fragte Hans und sah sich im Zimmer um, als wollte er sich die Szene vom Vortag vergegenwärtigen.

»Der Kommissar hatte es ihr gesagt …«

»Was?«

»Alles!«

»Was genau?«

»Die Sache mit den Mädchen, denen ich abends manchmal hinterhergelaufen bin … Ich habe es nie fertiggebracht, sie anzusprechen … Ich wusste nicht, was sagen … Ich spürte, sie würden beim ersten Wort in Gelächter ausbrechen …«

»Und jetzt?«

»Wie, jetzt?«

»Was wirst du tun?«

Hans sah seinen Cousin an. Er bemitleidete ihn nicht, verstand ihn aber. Er dachte nach, versuchte, beide Rollen zu spielen, so zu empfinden wie Joseph, seine Reaktionen vorauszusehen.

»Wenn der Kommissar mich verhört, sag ich ihm die Wahrheit!«

»Dann bist du geliefert!«

»Warum?«

»Weil dir keiner glauben wird.«

Hans hatte keinerlei Bedürfnis, das Gespräch rasch zu Ende zu bringen. Er fühlte sich wohl auf seinem Fensterbrett, die Sonne im Rücken.

Joseph wiederum wäre gänzlich hilflos gewesen, wenn sein Cousin ihn plötzlich sich selbst überlassen hätte. Seit Hans hereingekommen war, hatte sich etwas verändert. Joseph war nicht mehr allein mit seiner Schmach, seinen Gewissensbissen, seiner Wut, seiner Entrüstung, mit all den Gedanken und Empfindungen, die ihn seit Tagen plagten.

Mit Hans im Zimmer bekamen die Worte eine andere Bedeutung, eine geradezu luftige; die Tatsachen verloren ihre Härte, ja ihr Gewicht. Sie beide hätten sogar ganz nüchtern über Sidonie reden können, darüber, wie das Drama abgelaufen war!

»Man wird dir nicht glauben, weil es nicht wahrscheinlich ist. In der Vorstellung der Leute hat ein junger Mann Freundinnen und begnügt sich nicht damit, den anderen dabei zuzuschauen. Als du durchs Schlüsselloch zugeguckt hast, wie ich mit deiner Schwester …«

Joseph sah Hans ins Gesicht, wartete auf die Frage.

»Ich möchte wetten, dass du nicht nur wütend warst, nicht wahr?«

Hans zeigte sich gnädig. Er war derjenige, der entschied, ob etwas gut oder schlecht war, schändlich oder nicht. Er spielte damit wie mit seiner Zigarette, die von einem Mundwinkel in den anderen wanderte und jederzeit herunterzufallen drohte.

»Aber ein bisschen eklig bist du trotz allem … Und deine Mutter auch: Sie weiß, dass ich mit ihrer Tochter im Bett gewesen bin, und bittet mich trotzdem um einen Gefallen …«

Joseph widersprach nicht. Er war in ein Räderwerk geraten: Dadurch, dass er manche Sätze, manche Urteile akzeptiert hatte, musste er auch alles andere über sich ergehen lassen.

»Ihr seid wirklich komische Leute, und wenn ich hier im Viertel wohnen würde, wärt ihr mir auch nicht ganz geheuer … Tante Maria hält Pipi Predigten, schenkt ihr aber Alkohol aus. Wenn ihr niemand Schnaps verkaufen würde, könnte sie sich auch nicht besaufen!«

Was die unten wohl denken mochten? Bestimmt schauten Lisbeth und Anna immer wieder zur Decke und fragten sich, wie Hans und Anna am Vortag, was sich da oben für ein Drama abspiele.

Allerdings fand gar kein Drama statt. Da war das gewöhnliche Zimmer eines jungen Mannes. Da war Joseph, der auf und ab ging, dabei jedes Mal den Kopf einzog, um nicht gegen die elektrische Lampe zu stoßen, und ab und zu vor seinem Cousin stehen blieb.

Und da war Hans, der redete.

Und wie er redete; er betrachtete Joseph und sprach alles aus, was ihm gerade einfiel.

»Wirst du Marguerite heiraten?«

Genau! Marguerite und das Häuschen, das Monsieur Schoof ihnen kaufen wollte!

Ein schmucker goldener Käfig! Von dem aus Joseph alles beobachten konnte, worauf er Lust hatte.

Und er hatte auf alles Lust!

So wie Hans.

Aber Hans, der bediente sich! Er hatte Lust gehabt,

eine Weile in einem Haus wie dem der Krulls zu wohnen, die guten Gerüche einzuatmen, Anna zu schockieren, Tante Maria zu erschrecken, Joseph zum Äußersten zu treiben und Lisbeth im Bett die obszönsten Praktiken beizubringen.

Er hatte Lust darauf gehabt, und er hatte es getan!

Und wenn er mal Lust hätte, anderswohin zu gehen …

»Verstehst du, Joseph, meiner Ansicht nach wirst du immer unglücklich sein …«

»Weil ich anders bin als die anderen!«, erregte sich Joseph. »Weil ich überall fremd bin! Weil ich anders rieche! Weil ich kein Vaterland habe, keine Landsleute, niemanden, der so denkt wie ich! Weil ich auf einer Art Insel geboren wurde und meine Familie unfähig ist, mich zu verstehen … Wie soll ich meinem Vater erklären, was …?«

Hans lächelte. Die Vorstellung, dem alten Cornélius die Sache mit den kleinen Mädchen zu erklären, war wirklich lustig.

Auch Joseph war lustig mit seiner monumentalen Gutgläubigkeit, seiner fixen Idee, ein Paria zu sein, seinem Konformitätsdrang, seinem Bedürfnis, sich einer bestimmten Ordnung zu unterwerfen, sich einer Menge anzuschließen und in ihr aufzugehen.

»Seit dem Kindergarten schneidet man mich …«

»Ich tue das absichtlich!«, sagte Hans mit Nachdruck.

»Was?«

»Anders sein als die anderen! Deshalb werde ich respektiert … Hätte ich brav um eure Gastfreundschaft bitten und zugeben sollen, dass ich keinen Heller habe und mir nicht zu helfen weiß? Und hätte ich Lisbeth sagen sollen, dass sie hübsch ist, dass ich in sie verliebt bin, statt sie einfach herzunehmen?«

Er schaute auf die Straße:

»Soso! Da kommt die andere …«

Gemeint war Germaine, die immer noch ihren grässlichen roten Hut trug. Noch eine, die sich wichtig nahm, die glaubte, ihr großer Augenblick sei gekommen! Gleich nach Ladenschluss schnappte sie sich ein, zwei Freundinnen und lief zum Haus der Krulls, um sie wieder zu überwachen.

Sie gehörten ihr ja ein bisschen. Dank Germaines Aussage hatte man Ermittlungen eingeleitet. Sie genoss ihre Rolle, und während sie vor dem Haus auf und ab ging, wackelte sie mit dem Hintern, lachte nuttig und flüsterte ihren Begleiterinnen Gott weiß was zu.

Sidonie war tot, Germaine hatte ihr Erbe angetreten und sich damit verpflichtet, sie zu rächen. Geerbt hatte sie auch die dünnbeinigen kleinen Freundinnen, die sich bei ihr einhängten und denen sie mehr oder weniger zutreffende Ratschläge für den Umgang mit Männern zuraunte.

»Wahrscheinlich wärst du der auch hinterhergelaufen …«, sagte Hans, der immer noch auf dem Fensterbrett saß. »Der gehört mal so richtig der Hintern versohlt, vielleicht sollte ich mich darum kümmern …«

Er musste laut auflachen, als er den Gesichtsausdruck seines Cousins sah.

»Nein, Joseph!«, entgegnete er. »Du darfst dich nicht so aufregen, sobald es um eine Frau oder einen Hintern geht …«

Joseph war mehr denn je zum Heulen zumute. Seine

Finger hatten gezittert, und er war rot geworden. Er wusste nicht mehr weiter. Er wollte Hans anflehen, wegzugehen, und ihn gleichzeitig dabehalten.

Er fürchtete sich vor ihm, und er brauchte ihn. Seit sie zu zweit in diesem Zimmer waren, seit Worte genügten, um die Nebel zu lichten, Ängste zu zerstreuen, kompliziert Gedankengänge einfach erscheinen zu lassen, graute ihm vor der Einsamkeit.

Doch geschlagen gab er sich nicht. Er beobachtete seinen Cousin, suchte nach Argumenten, versuchte verzweifelt, ihn trotz allem zu verabscheuen.

Die drei Frauen unten und Cornélius mit dem Gehilfen in der Werkstatt hatten sie beide vergessen.

Das Zimmer war beinah zu einer Studentenbude geworden. Hans schnipste seinen Zigarettenstummel aus dem Fenster, sah Germaine hinterher und zog die Schultern hoch.

»Sobald man sich ernst nimmt …«, begann er.

Er brach ab, sah, dass Joseph wissen wollte, wie der Satz weiterging.

»Und?«

»Ach, nicht so wichtig …«

Diesmal war es Hans gewesen, der gezögert und den Blick gesenkt hatte.

Sobald man sich ernst nimmt … Und dann? Warum war jetzt er verwirrt? Warum hatte er eben an das neue Häuschen gedacht, das Monsieur Schoof für Joseph und Marguerite bestimmt hatte?

»Es gibt trotz allem Dinge, die man ernst nehmen muss!«, seufzte Joseph. »Zum Beispiel, wenn man eine kranke Lunge hat …«

Sie spitzten die Ohren. Ein Geräusch auf der Treppe. Das Rascheln eines Rocks? Jemand war hinter der Tür. Der Knauf drehte sich.

»Da seid ihr«, murmelte Tante Maria und betrachtete einen nach dem anderen.

Sie hatte Mühe, ihre Überraschung zu überspielen. Oder war es Besorgnis? Eine solche Stimmung hatte sie im Zimmer ihres Sohns wohl kaum erwartet.

Hans hatte beide Füße auf dem Fensterbrett und war im Profil zu sehen. Joseph hatte den Ellbogen auf dem Kaminsims aufgestützt, neben der Stutzuhr, die wie immer zehn vor zwölf zeigte.

Beide waren ernst, aber auf eine Weise, die nichts Tragisches an sich hatte, es war der Ernst junger Männer, die in Ruhe die großen Fragen der Menschheit erörtern.

Tatsächlich sah Joseph seine Mutter so verblüfft an, als gingen ihm manche Dinge zum ersten Mal auf.

»Was ist?«, fragte er.

»Nichts … Ich wollte nur schauen, ob ihr zum Essen kommt … Es ist halb eins …«

Sie hätte gern Bescheid gewusst. Das Gesicht ihres Sohns verriet ihr nichts. Joseph war undurchdringlich, abweisend und gleichzeitig viel ruhiger als sonst.

Also wandte sie sich Hans zu, in der Hoffnung auf eine Geste, ein Zeichen, das sie beruhigen würde.

Hans jedoch sah bloß aus dem Fenster.

»Kommt ihr gleich runter?«

»Wir kommen schon …«, sagte Joseph.

Der Blick seiner Mutter fiel aufs Bett.

»Hast du geschlafen?«, fragte sie verblüfft.

»Ich habe mich ausgeruht …«

Nun hatte sie wirklich das Gefühl zu stören. Sie zog sich zurück.

»Also, kommt ihr gleich, ja?«

Sie ließen sie gehen und hörten ihre Schritte auf der Treppe verklingen. Dann suchte Joseph den Blick seines Cousins.

»Irgendwas müssen wir tun«, sagte er zögernd.

Auch er bekam nicht mehr als eine ausweichende Geste zur Antwort. Bevor sie hinuntergingen, beugte sich Hans über das immer noch auf derselben Seite geöffnete Heft und zeigte auf die am Rand hingeschriebenen Worte:

Vielleicht würde es genügen …

Er lächelte freundlich, fast ohne Ironie.

Sie gingen hintereinander die Treppe hinab.

Als sie sich zu Tisch setzten, beobachteten die drei Frauen sie mit einer gewissen Beunruhigung, als spürten sie, dass es zwischen den jungen Männern eine Verbindung gab, die alle anderen nichts anging und die beiden gegen sie vereinte.

Cornélius aß bereits und hielt mit der Linken seinen Bart fest.

10

Zum ersten Mal seit Langem herrschte in der Küche etwas wie Alltagstrott. Joseph aß mit natürlichen Bewegungen; er, der seit Tagen niemanden anzusehen gewagt hatte, warf neugierige Blicke auf Anna, Lisbeth und seinen Vater, wie nach einer längeren Abwesenheit.

Es gab Sauerkraut, was selten genug vorkam und noch eine Rolle spielen sollte.

Anna wollte sich ein Kleid nähen, und ihre Mutter unterhielt sich mit ihr darüber.

»Mit zwei Meter sechzig, großzügig gerechnet, hast du genug …«

»Es braucht zwei Höhen, Mama. Und wenn der Rock etwas weiter sein soll …«

Stoffmuster lagen auf dem Tischtuch zwischen ihnen, kleine helle Lappen. Lisbeth hatte sie befühlt, eine Weile ins Licht gehalten und hin und her gewendet.

Sie machte sich kaum noch Gedanken darüber, was Joseph und Hans so lange miteinander geredet hatten.

Die Ladenglocke ging. Tante Maria blickte auf, ebenso wie Hans, der immer neben ihr saß.

Sowie sie durch die Gardine gesehen hatten, wechselten sie einen Blick. Das bemerkten die anderen und schauten jetzt auch hinüber.

»Ich geh!«, sagte Tante Maria, als Anna ihren Stuhl zurückschob.

Einer der beiden Männer, die eingetreten waren, war der Kommissar. An diesem Morgen trug er einen flachen Strohhut und ein Jackett aus seidiger Alpakawolle. Der kleine dicke Mann war der Inbegriff des Kleinbürgers, der am Ufer spazieren geht und den anderen beim Angeln zuschaut. Sein Begleiter war ähnlich gebaut, aber weniger pausbäckig, dafür mürrischer, vielleicht weil er es mit dem Magen und der Leber hatte.

Sie zeigten keine Hemmungen. Als Maria Krull das Geschäft betrat, schnüffelte der Kommissar gerade an einer Flasche, die er vom Tresen genommen und geöffnet hatte. Einfach so, aus Neugier! Man konnte sich vorstellen, dass er zu seinem Begleiter gesagt hatte:

»Sie werden sehen, was das für ein komischer Laden ist und mit was für komischen Leuten!«

Er verhielt sich, als befände er sich in einem fremden Land und empfände alles als ungewöhnlich, selbst die alltäglichsten Dinge.

»Sie wünschen?«

»Entschuldigen Sie die Störung, Madame Krull. Dieser Herr ist der Hauptkommissar. Er ist mit der Untersuchung des Ihnen bekannten Falls betraut. Und da er ein paar Fragen an Ihren Sohn hat ...«

Durch die Gardine sah man die Familie wie erstarrt am Tisch sitzen.

»Mit meinem Sohn wollen Sie sprechen?«, wiederholte Tante Maria misstrauisch.

Die beiden Männer machten einander ein Zeichen. Daraufhin holte der Hauptkommissar, der mit dem Magenleiden, ein Schriftstück aus der Tasche und hielt es Madame Krull wortlos hin.

»Was ist das?«

»Lesen Sie!«

»Ich habe meine Brille nicht dabei.«

»Ein Durchsuchungsbeschluss …«

»Was wollen Sie denn durchsuchen?«

»Das Zimmer Ihres Sohns, zunächst einmal …«

Sie brauchte einen Moment, um sich zu fassen. Dann stürzte sie zur Tür, die in den Flur führte.

»Hier entlang, Messieurs … Ich sage meinem Sohn sofort Bescheid … Wenn Sie bitte ins Wohnzimmer kommen wollen …«

Ein Wohnzimmer, das nichts Ungewöhnliches an sich hatte. Geblümte Tapeten, Regale mit Nippsachen, manche aus gesponnenem Glas, ein bestickter Tischläufer, ein Klavier …

Und doch schnupperten die beiden Kommissare weiterhin, als hätten sie ein völlig fremdes Land entdeckt, und wegen des Sauerkrauts erklärte der mit dem Magenleiden:

»Hier riecht's nach Saudeutschland!«

Als Tante Maria in die Küche zurückkam, galt ihr erster Blick Cornélius und nicht Joseph. Cornélius wischte sich den Mund ab, als hätte er nichts mitbekommen, stand gemächlich auf und ging zum Pfeifenhalter, um seine lange Porzellanpfeife zu holen.

»Da ist jemand für dich, Joseph … Ich habe ihn ins Wohnzimmer gebeten … Vielleicht solltest du noch ein Jackett anziehen …«

Joseph erhob sich. Er wirkte erstaunlich ruhig, warf einen kurzen Blick in die Runde, als wollte er sich dieses Bild der Familie gut einprägen, und verschwand ins Wohnzimmer.

Weil Cornélius immer noch in der Küche war, konnten die anderen nichts sagen.

Sie mussten warten. Gewöhnlich dauerte es zehn bis zwölf Minuten, bis er wieder in die Werkstatt ging. Spürte er, dass er störte? Er sagte nichts, schlurfte aber, die Pfeife zwischen den Zähnen, hinaus in den Hof.

Die Wohnzimmertür öffnete sich wieder. Joseph sagte:

»Hier entlang … Ich zeige Ihnen den Weg …«

Gewaltig war der Lärm, den die drei Männer erst auf der Treppe, dann oben im Flur verursachten.

Lisbeth versuchte vergeblich, einen Blick von Hans zu erhaschen, um ihn zu fragen, was hier vor sich ging. Anna hatte resigniert mit dem Abwasch begonnen. Tante Maria war verschwunden.

Hans steckte sich eine Zigarette an, dann ging auch er, stürzte die Treppe hinauf und öffnete eine Tür, deren Schwelle er noch nie überschritten hatte: die zum Schlafzimmer seines Onkels und seiner Tante. Er wusste, dass dieses Zimmer und das von Joseph durch eine Tür verbunden waren. Und schon nach zwei Schritten sah er Tante Maria an dieser Tür stehen, den Zeigefinger gegen die Lippen gedrückt. Der Boden knarrte nicht ein Mal, als er zu ihr ging. Er stellte sich neben sie, so nah, dass ihre Gesichter sich beinahe berührten.

»… die Kleidungsstücke, die Sie am Siebzehnten getragen haben …«

»Ich besitze nur diese hier.«

Joseph hatte den Spiegelschrank geöffnet; dort hingen seine beiden stahlgrauen Anzüge, die ihm viel zu weit waren, weswegen sein Gang oft unsicher wirkte und er selbst so schlaksig.

»Wann ist jeweils Waschtag?«

Das war die Stimme des Hauptkommissars. Der andere hatte sich auf das Fensterbrett gesetzt – wie Hans am Vormittag.

»Montags«, antwortete Joseph.

Obschon er zwei Polizisten gegenüberstand, klang seine Stimme ganz normal.

»Natürlich …«, brummte der eine, der die grauen Anzüge genauestens untersucht hatte.

Was bedeutete, dass da nichts war und dass er nichts zu finden erwartet hatte.

Zwischen der Nase von Hans und der von Tante Maria lagen keine zehn Zentimeter. Sie waren umgeben von einer Einrichtung, die Hans noch nicht kannte, schwer und endgültig wie nirgends sonst im Haus. Noch der nichtigste Gegenstand hatte hier erst nach Monaten oder Jahren seinen Platz gefunden.

In diesem Zimmer war Joseph geboren worden. Und seither hatte sich bestimmt nichts verändert! Seine ganze Kindheit, seine ganze Jugend hindurch hatte er nichts als diese unbeweglichen, ewig gleichen Dinge gesehen, Möbel, die schon so lange existierten, dass nichts mehr zu spüren war von der Arbeit, die in ihnen steckte, nichts mehr vom Hobeln und Sägen. Sie waren bloß noch *das* Bett, *der* Schrank, *das* Buffet, *der* Sessel des Vaters.

»Ich habe noch ein paar Fragen an Sie … Sie können sich setzen …«

Jetzt zieht der Mann einen Zettel aus der Tasche, dachte Hans. Und so war es.

Der Hauptkommissar hatte seinen Schlapphut aufbehalten. So kurz nach dem Essen waren seine Beschwerden besonders schlimm, und manchmal verzog er das Gesicht.

»Kennen Sie einen gewissen Cloasquin?«

Damit bewegte man sich außerhalb dessen, was Hans bekannt war, doch er sah, wie seine Tante erbleichte und sich kaum beherrschen konnte.

Hatte nicht schon der Name etwas Bedrohliches? Cloasquin? Émile Cloasquin?

»Mit dem bin ich zur Schule gegangen«, antwortete Joseph. Seine Finger zitterten.

»Die Schule, der Sie verwiesen wurden, nehme ich an?«

Worauf der Kommissar nach einem Blick auf seinen schmuddeligen Zettel fortfuhr:

»Sie haben Cloasquin gehasst, dessen Eltern ein Lebensmittelgeschäft an der Place Saint-Léonard besaßen. Er war kleiner als Sie und schwächer. Sie haben ihm wochenlang aufgelauert, und eines Abends, als er an einer Brache vorbeiging, haben Sie sich auf ihn gestürzt, ihn umgeworfen, ihm Ihr Knie auf die Brust gedrückt und ihn gewürgt ...«

»Da war ich elf!«, sagte Joseph, dessen Stimme zu hören erstaunte.

»Und dann erkrankte Cloasquin an Gelbsucht und war einen Monat lang bettlägerig. Er musste das Jahr wiederholen ...«

Ein seltsamer Junge war das gewesen, schmächtig,

strohblond, mit riesigem Mund und winzig kleinen Augen.

»Er hat alle Schüler gegen mich aufgehetzt und mich einen Saudeutschen geschimpft ...«

Das stimmte. Der schmächtige Cloasquin wusste die anderen auf seiner Seite; er hatte sich mit Joseph angelegt, obwohl der fast einen Kopf größer war, und ihn in jeder Pause gepiesackt.

Monatelang hatte Joseph still gelitten. Dann aber hatte er, wie der Kommissar eben geschildert hatte, seinem Feind aufgelauert, ihn überwältigt, ihn gewürgt und ständig wiederholt:

»Bitte um Verzeihung! Ich will, dass du mich um Verzeihung bittest und versprichst, mich in Ruhe zu lassen!«

Der Magenkranke sagte ruhig:

»Festzuhalten bleibt: Sie haben ihn an der Kehle gepackt, und er ist ohnmächtig geworden. Sie waren elf Jahre alt, Monsieur Krull!«

Schweigen. Ein Auge von Maria war ganz nah an seinem, und Hans sah die Poren ihrer Wange wie durch eine Lupe.

»Noch etwas ...«

Der Zettel wurde wieder zu Hilfe genommen.

»Kennen Sie die Marcotte?«

Keine Antwort. War Joseph zusammengezuckt? Diesmal wusste Tante Maria nicht, wovon die Rede war; sie wartete gespannt.

»Sie leugnen es nicht? Sie kennen diese Frau, die jeden Abend an zur Ecke zur Rue des Carmes auf den Strich geht. Sie haben sie wiederholt, und, wenn ich mich nicht täusche, ziemlich regelmäßig angesprochen ...«

Joseph war im Umgang mit diesen beiden aggressiven Männern viel ruhiger und gelassener als mit seiner Mutter oder mit Hans. Er studierte seinen Feind, den mit dem Schlapphut, ließ sich mit den Antworten Zeit, wartete die Anschuldigungen ab.

»Die Marcotte hat uns gegenüber erklärt, dass Sie spezielle Wünsche haben. Normalerweise nimmt sie ihre Freier mit zu sich nach Hause in die Impasse des Forgerons. Aber das wollten Sie nicht. Sie sagt, Sie hätten darauf bestanden, dass die Sache draußen stattfindet, in irgendeinem dunklen Winkel. Und zwar jedes Mal! Soll ich Ihnen die Aussage vorlesen?«

»Nicht nötig.«

»Sie geben es zu?«

Ein Nicken. Joseph stand noch immer vor ihnen. Er wirkte nicht trotzig, wurde aber auch nicht rot. Er schien nur nachzudenken und versuchte wohl zu erraten, in welche Ecke man ihn treiben wollte.

»Punkt zwei! Kennen Sie Jeanne Aubray?«

Er versuchte sich zu erinnern.

»Dieser Name sagt mir nichts ...«, murmelte er schließlich.

»Das ist die Angestellte der Familie Rideau ...«

Eine tolle junge Frau, deren Blusen immer weit geöffnet waren und nach der sich alle Männer umdrehten.

»Dreimal wöchentlich trifft Jeanne Aubray ihren Freund auf dem Quai, in der Nähe vom Haus ihrer Arbeitgeber. Stimmt es, dass Sie sich jedes Mal in einer Ecke versteckt haben und der Freund, ein Maurer, Sie wegscheuchen musste und Ihnen Prügel angedroht hat, wenn er Sie weiter beim Spannen erwischt?«

Keine Antwort. Joseph gab es somit zu, und Hans hatte noch immer Tante Marias starres Auge vor sich.

»Das ist nicht alles ... Kommen wir zu Sidonie. Sie war in Begleitung ihrer Freundin Germaine, als Sie sie zum ersten Mal angesprochen haben. An einem regnerischen Abend. Sie waren den beiden Mädchen schon längere Zeit gefolgt. Die beiden machten sich darüber lustig, dass Sie ihnen ständig auf den Fersen waren. Plötzlich machten die Mädchen kehrt. Das hat Sie kurz aus der Fassung gebracht. Dann haben Sie ihnen einen Fünfzig-Franc-Schein hingehalten, stimmt's?«

Keine Antwort. Der andere Kommissar rauchte seine Pfeife, die großen Augen amüsiert auf den jungen Mann gerichtet.

»Das war nicht das einzige Mal, dass Sie mit kleinen Mädchen so was gemacht haben. Immer haben Sie ihnen Geld gezeigt ...«

Josephs Stimme kam von weit her, aber sie klang klar, wenn auch etwas traurig.

»Weil ich mich nicht getraut habe, sie anzusprechen!«

»Sagen Sie doch einfach, dass Sie ihnen nicht den Hof machen wollten wie andere junge Männer, sondern gleich zur Sache kommen wollten. Fassen wir zusammen: Sie sind nach Einbruch der Nacht über den Quai gestreift auf der Suche nach Paaren und haben sie dann aus irgendeinem dunklen Winkel beobachtet. Und wenn danach ein Mädchen vorbeikam, haben Sie sich vor ihm aufgebaut, ohne recht zu wissen, was Sie sagen sollten, wie ein Verrückter, hat eine gesagt, und mit einem Geldschein gewedelt. Und wenn das nicht geklappt hat, sind Sie zur Marcotte gegangen. Wie alt sind Sie?«

»Fünfundzwanzig …«

»Schämen Sie sich nicht, in Ihrem Alter …«

»Ich war immer allein«, stammelte Joseph, als spräche er mit sich selbst.

Und zur Verblüffung seiner Mutter und von Hans sprach er weiter mit dieser monotonen Stimme.

Er senkte den Blick nicht, sondern schaute dem Kommissar ernst ins Gesicht.

»Als ich klein war, habe ich auch schon hier geschlafen. Das Haus rechts stand noch nicht. Da war Brachland und gleich neben unserem Haus eine Böschung, die zur Straße hin von einem Bretterzaun verdeckt war. Da kamen eigentlich jeden Abend Paare hin. Außerdem gab es eine Frau, so ähnlich wie die Marcotte, die beim Kanal die Schiffer ansprach und dann hierherbrachte. Von meinem Fenster aus habe ich gesehen, wie …«

»Und deshalb müssen Sie immer so weitermachen?«

»Ich weiß nicht … Vielleicht, wenn man sich nicht über mich lustig gemacht hätte … Auf jeden Fall habe ich nie etwas Verbotenes getan.«

»Am Abend des Siebzehnten waren Sie auf dem Jahrmarkt, nicht wahr?«

»Ich bin da durchgekommen.«

»Sie sind Sidonie und ihrer Freundin gefolgt …«

»Ich habe sie von Weitem gesehen …«

»Was haben Sie dann getan?«

»Nichts. Ich bin herumgeschlendert.«

Tante Maria fasste nach Hans' Arm und umklammerte ihn.

»Wann sind Sie nach Hause gekommen?«

»Gegen elf. Ich habe nicht auf die Uhr geschaut, aber um elf bin ich bestimmt zu Hause gewesen …«

»Dann muss ich Ihnen jetzt die Aussage Ihrer Nachbarin Madame Guérin vorlesen, der Frau des Tischlers.«

Tante Maria verspannte sich, und einen Augenblick lang schien es, als würde sie die Tür öffnen und ins Zimmer platzen, um ihren Sohn zu verteidigen.

»… hatte ich wieder mal meine Nervenschmerzen, wie ungefähr alle zwei Wochen. Beim Datum bin ich mir sicher, weil es der Besuchstag meiner Schwester war, die in Tilly wohnt … Um halb elf habe ich eine Tablette genommen, weil ich nicht schlafen konnte, und habe mich ans Fenster gesetzt. Eine halbe Stunde später habe ich mich wieder hingelegt … Auf dem Nachttisch steht ein Wecker mit Leuchtziffern, drum habe ich gesehen, wie spät es war. Ich hatte immer noch Schmerzen. Um zehn nach elf habe ich noch eine Tablette genommen und bin wieder zum Fenster gegangen … Von dort aus konnte ich das Kanalufer nicht sehen, wegen der Schatten. Außerdem hat der Mond nicht geschienen … Der Cousin der Krulls ist als Erster heimgekommen. Er war auf dem Gehsteig und kam aus der Stadt … Erst viel später, es hatte gerade Mitternacht geschlagen und ich wollte wieder ins Bett, habe ich Joseph Krull gesehen, und der kam vom Kanal her.«

Die nun folgende Stille war beängstigend. Tante Marias Hand umklammerte Hans' Arm noch fester.

»Sie bleiben dabei, dass Sie um elf heimgekommen sind?«

»Ja.«

»Würden Sie das unter Eid bekräftigen?«

»Ja.«

Dann aber im selben Ton:

»Nein.«

Die Finger um Hans' Arm lockerten sich, und Tante Maria verließ kurz ihren Horchposten, da ihr die Beine den Dienst versagten.

»Ich sage Ihnen besser gleich die Wahrheit. Ich bin Sidonie und ihrer Freundin gefolgt. Vielleicht hätte ich es noch einmal probiert? In solchen Momenten hofft man jedes Mal, dass ...«

»... dass der Fünfzig-Franc-Schein seine Wirkung tut?«, unterbrach ihn der Kommissar grob.

»... dass ein Wunder geschieht. Dass Wirklichkeit wird, was man sich vorstellt, während man stundenlang herumläuft ...«

Er schämte sich nicht. Er stellte richtig. Er wusste es besser als die beiden anderen und sagte, was der Fall war.

»Ich glaube, das kann jedem passieren, dass er eine Frau auf der Straße vorbeigehen sieht und ein Verlangen spürt und sich vorstellt, wie er es stillt, sich alles bis ins kleinste Detail ausmalt ...«

»Nur dass es einem normalen Mann nicht bei jeder Frau so geht, die an ihm vorbeiläuft!«

»Stimmt!«, räumte Joseph ein. »Vielleicht weil die meisten Leute auf etwas anderes ausweichen können. Ich hingegen ...«

Nein! Er konnte es ihnen nicht begreiflich machen! Zumal die beiden Kommissare die Dinge anders sahen als er, ihnen ging es nur um die sogenannten harten Fakten.

»An diesem Abend hat sich Sidonie ein Mann genähert …«

»Wie sah der aus?«, erkundigte sich der Magenkranke in ironischem Ton.

»Ich konnte ihn nicht gut sehen … Ziemlich groß, ziemlich kräftig … Schlecht gekleidet, glaube ich … Ich bin ihnen gefolgt …«

»Na so was!«

»Was?«

»Nichts, nichts. Fahren Sie fort.«

»Ich habe nicht gleich begriffen, was da los war. Ich habe gesehen, dass Sidonie sich gewehrt hat, aber ich habe nicht geglaubt, dass es was Ernstes ist. Erst danach …«

»Wie weit entfernt waren Sie?«

»Ich weiß nicht … Zwanzig Meter vielleicht …«

»Und Sie haben gesehen, wie der Mann die Leiche zum Kanal geschleift hat?«

»Ja!«

»Und Sie haben nicht eingegriffen?«

»Nein!«

»Und sind auch nicht auf die Idee gekommen, die Polizei zu alarmieren? Sie haben sich in aller Ruhe ins Bett gelegt?«

»Nicht in aller Ruhe!«

»Und auch am nächsten Tag haben Sie nichts gesagt, niemandem, nicht einmal Ihrem Cousin?«

Joseph schüttelte den Kopf. Tatsächlich war er selten so ruhig gewesen. Er fühlte sich befreit, als hätte er ein Abführmittel genommen. Befreit und ein bisschen leer, ein bisschen schwebend …

»Sind Sie sich bewusst, wie schwer Ihre Aussage wiegt?«

»Ich habe die Wahrheit gesagt. Ich habe noch nie lügen können.«

»Warum haben Sie nicht die Polizei informiert?«

»Weil die Polizei uns hasst, wie das ganze Viertel, wie meine Kommilitonen, einfach alle …«

Der Hauptkommissar warf seinem Kollegen einen Blick zu; der zuckte nur mit den Schultern.

»Und zwar wegen nichts und wieder nichts. Wenn wir den Laden eine Minute zu spät schließen, müssen wir schon eine Buße zahlen …«

»Haben Sie dem nichts hinzuzufügen?«

»Nein.«

»Würden Sie den Mann wiedererkennen, der Sidonie umgebracht hat?«

»Ich weiß nicht.«

»Haben Sie niemandem erzählt, was Sie gesehen haben?«

Joseph zögerte. Tante Maria, die wieder an der Tür stand, schien ihm die Antwort soufflieren zu wollen.

»Niemandem.«

Wieder eine Stille, diesmal eine sehr lange. In der Fensternische berieten sich die beiden Kommissare im Flüsterton.

»Wir können im Augenblick nichts entscheiden. Das ist Sache des Untersuchungsrichters, und der ist auf dem Land. In der Zwischenzeit bitten wir Sie, das Haus nicht zu verlassen. Es wird übrigens unter Bewachung gestellt …«

Die Tür zum Flur öffnete sich.

»Bringen Sie uns zurück ins Wohnzimmer.«

Erneut lärmten die Schritte der drei Männer auf der Treppe. Hans und seine Tante warteten, bis sie unten waren, dann gingen sie ebenfalls hinunter. Die Tür zum Wohnzimmer öffnete sich. Joseph stand vor ihnen.

»Die wollen Sie, Hans!«, sagte er zu seinem Cousin.

Der Kommissar im Alpakajackett spielte mit den Nippsachen in den Regalen herum, banale Sächelchen, wie man sie bei einer Tombola gewinnt. Zwischen seinen Wurstfingern wirkten sie aber geradezu exotisch.

Überhaupt betrachteten die beiden Männer das Haus, als hätten sie noch nie dergleichen gesehen, als wäre hier alles zwielichtig, Menschen wie Gegenstände.

»Sie sind besagter Hans Krull aus Emden?«

»Ja, Herr Kommissar …«

»Geben Sie mir Ihren Pass. Danke. Den nehme ich mit …«

»Aber …«

»Sie sind ohne Visum eingereist, und ich bin verpflichtet, Ihre Unterlagen an die Sûreté Nationale weiterzuleiten. Bis eine Entscheidung vorliegt, ist Ihnen untersagt, die Stadt zu verlassen.«

»Gut, Herr Kommissar.«

»Rufen Sie Madame Krull.«

Tante Maria hatte an der Tür gelauscht und trat schon ein.

»Was Sie betrifft«, erklärte der Hauptkommissar und sah sie mürrisch an, »so rate ich Ihnen, vorsichtiger zu sein und Vorfälle wie den von heute Morgen zu vermeiden …«

»Aber, Herr Kommissar, das war doch diese Frau, die …«

»Ich bitte Sie, solche Vorfälle zu vermeiden … Wenn diese Frau Ärger macht, sobald sie betrunken ist, schenken Sie ihr eben nichts mehr aus.«

Er suchte den Ausgang, erwischte die falsche Tür und stand in der Küche, wo Anna das Schnittmuster für ihr Kleid auf dem Tisch ausgebreitet hatte. Lisbeth saß neben ihr und flüsterte ihr etwas ins Ohr.

Worauf der Kommissar erneut zu denken schien:

Komische Leute!

Joseph war in sein Zimmer zurückgekehrt. Die beiden Männer gingen durch den Laden. Tante Maria folgte ihnen und suchte vergebens nach besänftigenden Worten.

Der Hauptkommissar blieb kurz vor der Theke stehen und schnippte gegen den Zinnaufsatz einer Flasche.

»Wer keinen Ärger will, betreibt eben keinen Ausschank …«

Weshalb Maria Krull, nachdem die beiden gegangen waren, ihr Haus mit neuen Augen betrachtete und nach einem Makel Ausschau hielt. Sogar an der Küche hatten die Polizisten Anstoß genommen, Gott weiß, warum! Am Geruch! Am Wohnzimmer!

Es fehlte nicht viel, und sie hätte in den Spiegel geschaut, um herauszufinden, warum die beiden Männer so schroff gewesen waren.

»Was haben sie gesagt?«, fragte Anna mit Stecknadeln zwischen den Lippen.

»Nichts ... Mach dir keine Sorgen ... Wo ist Vater?«

»In der Werkstatt.«

»Hat er nichts gesagt?«

Sie schürte den Ofen. Es gab viel zu tun, aber nicht sofort. Erst musste sie sich beruhigen. Auch Joseph brauchte Ruhe. Und Hans war anzusehen, dass er nicht gleich eine Erklärung brauchte.

Das Haus wirkte plötzlich kalt, beinahe leblos, als wäre ein gewaltiger Windstoß hindurchgefegt. Die gemütlichen Winkel, die vertrauten Gegenstände waren nicht wiederzuerkennen.

Was war so besonders an ihrer Familie, warum löste sie solche Aggressionen aus?

Vor allem anderen brauchten sie jetzt Zeit, um die gewohnte Atmosphäre wiederherzustellen, um in ihr altes Leben zurückzufinden.

»Übst du heute nicht Klavier, Lisbeth?«

Das sagte sie bewusst, ganz bewusst! Sobald Musik erklang wie sonst ... Aber war das richtig? Würden die Leute es als Provokation verstehen oder doch als Beweis ihrer Unschuld?

»Soll ich wirklich, Mama?«

Tante Maria schaute zu Hans.

»Klar. Natürlich«, sagte er.

Man musste sich beschäftigen, durfte nicht kopflos herumlaufen, einander anrempeln oder unheilvolle Blicke wechseln. Joseph hatte gesagt, was er zu sagen hatte. Vielleicht hatte er recht gehabt. Nun galt es abzuwarten, was sich daraus entwickeln würde.

Nicht zum Quai schauen! Einfach ignorieren!

»Soll ich dir helfen, Anna?«, fragte Maria Krull. »Hol doch mal meine Brille. Sonst misst du schon wieder falsch …«

Klavierakkorde erfüllten das Haus, wie an jedem anderen Tag. Hans nahm die Zeitung und wollte sich damit im Hof in die Sonne setzen. Als er gerade einen Stuhl vor die Tür zog, trat der Gehilfe zu ihm:

»Der Chef will Sie sprechen.«

Das war ein Schock. Man konnte sich kaum vorstellen, dass der schweigsame Cornélius jemanden in seine Werkstatt beorderte.

Doch so war es! Cornélius saß auf seinem Stuhl mit den abgesägten Beinen, einen halb fertigen Korb vor sich. Auch der Gehilfe setzte sich wieder, als wäre seit Urzeiten klar, dass er niemals fehl am Platz sei. Dass er bucklig war, dass der Onkel dem heiligen Joseph glich, die Stille und Kühle in der Werkstatt, der von der Sonne beschienene Türrahmen – all dies verlieh der Szene eine seltsame Feierlichkeit.

»Hans, Sie müssen gehen«, sagte der Onkel, während der junge Mann sich auf den Stuhl setzte, den er sich bei seinen häufigen Besuchen zu eigen gemacht hatte.

»Gehen? Aber warum?«

»Sie müssen gehen …«

Darauf geschah Folgendes: Hans, der alle um den Finger wickelte, wurde vor diesem undurchdringlichen Greis zu einem Jungen, der unbeholfen um sich schlug.

»Wo soll ich denn hin? Nach Emden? Was soll ich meinem Vater sagen?«

Warum spürte er, dass diese letzte Bemerkung ein

Fehler gewesen war? Ohne mit der Wimper zu zucken, griff Cornélius in die Tasche seines blauen Kittels, zog eine alte Postkarte hervor und hielt sie seinem Neffen hin. Sie war auf Deutsch geschrieben und fünfzehn Jahre alt. Unten klebte ein Ausschnitt aus der *Emdener Zeitung*. Darin ging es um das dramatische Ableben von Peter Krull.

Cornélius würdigte seinen Neffen keines Blicks. Hans' Reaktion interessierte ihn nicht. Der Gehilfe dagegen sah den jungen Mann unverwandt an, wie ein Erzengel, der damit betraut ist, den Willen des Herrn geschehen zu lassen. Hans rang sich ein Lächeln ab.

»Verzeihen Sie … Ich will Ihnen ja alles gestehen … Ich wusste nicht, wohin … Man hat mich wegen meiner politischen Überzeugungen verfolgt, mir drohte das Konzentrationslager … Weil Sie mich nicht kannten, habe ich von meinem Vater erzählt … Ich habe gelogen …«

»Sie müssen gehen«, wiederholte der Onkel mit der steinernen Ruhe einer gotischen Heiligenfigur.

»Aber, Onkel Cornélius …«

Zum ersten Mal seit Langem verlor Hans die Fassung. Seine Wangen waren gerötet. Soeben hatte er bei seinem Onkel etwas von seinem Vater wiedergefunden, etwas Undefinierbares, eine Art stoischer Beharrlichkeit, die den anderen Krull in seinen ausgeklügelten Selbstmord getrieben hatte.

Als Hans klein war, hatte sein Vater in ebendiesem Ton zu ihm gesagt:

»Iss deinen Spinat!«

Er war nicht laut geworden. Er hatte nicht gedroht,

war nicht böse geworden. Er hatte seinen Satz wiederholt, wenn nötig dreimal, und schließlich gehorchte man.

Hatte man je gewusst, was er dachte? Wusste man jetzt, was hinter Cornélius' Stirn vor sich ging, die aussah wie vergilbtes Elfenbein?

Die Karte, die er Hans gezeigt hatte, stammte von Bischoff, dem Puppenmacher, der in Emden gleich neben dem Haus der Krulls gewohnt hatte, dem mit der kleinen Schusterwerkstatt. Seit fünfzehn Jahren wusste Cornélius also schon Bescheid!

Und hatte nichts gesagt! Niemandem. Warum hätte er seiner Familie vom Selbstmord seines Bruders erzählen sollen? Sie kannten ihn ja nicht.

Und auch zu Hans hatte er nichts gesagt, als der hier eingetroffen war ...

Was wusste er noch? Was dachte er den ganzen Tag, wenn er mit seinem buckligen Erzengel in der Werkstatt hockte?

Wie viel hatte er mitbekommen von dem Drama, das sich im Haus abspielte und von dem alle glaubten, es entgehe ihm?

»Sie müssen gehen ...«

»Ich kann nicht. Nicht sofort ... Die Polizei hat meinen Pass ...«

»Sie müssen gehen ...«

»Ich habe kein Geld ... Hören Sie, Onkel ...«

Hans klammerte sich an das Haus. Er wollte nicht weg! Er geriet in Panik, suchte nach Argumenten, versteifte sich darauf, diesen unerschütterlichen Mann zu erweichen. Er verlor jegliche Selbstachtung und ignorierte den Buckligen, der alles mit anhörte.

»Wenn Sie mich vor die Tür setzen, bringt man mich an die deutsche Grenze … Dann komme ich ins Gefängnis … Das habe ich Ihnen noch nicht gestanden. Ich werde von der Polizei gesucht …«

Das stimmte nicht. Er erfand seine Argumente, wie er sie gerade brauchte.

»Sie wollen doch nicht, dass der Sohn Ihres Bruders wegen Diebstahls ins Gefängnis kommt … Hören Sie, Onkel …«

»Sie müssen gehen …«

»Aber wann? Ich sag's Ihnen noch einmal: Man wird mich nicht gehen lassen, der Kommissar hat meinen Pass … Ich habe Sie belogen, das stimmt … Aber was habe ich Ihnen sonst zuleide getan?«

»Sie müssen!«

Die allgemeinen Gesetze der Logik waren außer Kraft gesetzt. Und Mitleid suchte man hier vergebens. Cornélius hatte seine eigene Logik, die ebenso rätselhaft war wie die von Hans' Vater. Und nicht nur seine Logik! Wie konnte er es ertragen, sein ganzes Leben in dieser Werkstatt zu verbringen, stärker abgeschieden von der Welt als in einem Kloster, fast schon fremd in seiner eigenen Familie, die kaum das Wort an ihn zu richten wagte?

»Ich muss Ihnen noch etwas gestehen, Onkel. Wenn Sie mich rauswerfen, dann stürzen Sie Lisbeth ins Unglück …«

Keine Antwort. Dann eben nicht! Hans würde bleiben. Die Stunde des Abschieds war noch nicht gekommen, das Drama war noch nicht an sein Ende gelangt. Und er wollte wissen, wie es ausging.

Wie damals in Düsseldorf, er hatte kürzlich davon erzählt, bei seiner Cousine, die eine Parfümerie hatte. Ihr Mann war bei der Eisenbahn und trug eine dunkelblaue Uniform. Und dann war da noch ein Stehgeiger, der in einer Konditorei aufspielte und jeden Tag zur gleichen Zeit vorbeikam …

Hans mochte die Atmosphäre in dem rosa und blau gestrichenen Geschäft und das feminine Flair des Nebenraums, wo eine Maniküre mit feurigem Blick arbeitete.

Die hatte er übrigens nie gehabt. Sie war verschossen in einen Streifenpolizisten, der oft an der nächsten Straßenecke stand. Sonntags gingen die beiden tanzen.

Hans war glücklich gewesen. Er hatte als Vermittler zwischen der Cousine, einer ziemlich faden Blondine, und dem Musiker fungiert. Er hatte Botschaften überbracht. Das hatte die beiden scharf gemacht. Es war Winter gewesen, und es hatte viel geschneit.

Der Geiger war mehrmals nachmittags gekommen, und Hans hatte in sich hineingelächelt, wenn er ihn verstohlen in die Wohnung hochgehen sah.

Dann eines Nachts war seine Cousine plötzlich erwacht, weil ihr Mann dabei war, ihr das Haar abzuschneiden. Sie hatte nicht verstanden. Einen Augenblick lang hatte sie geglaubt, er sei verrückt geworden, denn eigentlich war er ein friedlicher Mann.

»Halt still!«, hatte er ihr befohlen und auf den Revolver auf dem Nachttisch gezeigt.

Keinen Fingerbreit Haar hatte er ihr gelassen.

»Wirst schon sehen, wie er dreinschaut, dein Liebhaber, wenn er dich so sieht … Zieh das Hemd aus! Los, zieh es aus!«

Das hatte er wohl ungefähr so gesagt, wie Onkel Krull wiederholte:

»Sie müssen gehen!«

Dann:

»Und jetzt runter! ... Mach die Tür auf! Ich hab gesagt, mach die Tür auf! Gut! Geh nur zu ihm. Hau ab!«

Er hatte sie vor die Tür gesetzt, in einer Dezembernacht, splitternackt und kahl geschoren. Dann war er zu Hans gegangen, der ein Stockwerk höher im ehemaligen Dienstmädchenzimmer schlief.

»Steh auf!«

Er hatte ihm zwei Ohrfeigen gegeben, nicht wütend, nur verächtlich.

»Und jetzt geh!«

»Hören Sie, Onkel ... Lisbeth und ich, wir lieben uns ...«

Cornélius sagte kein Wort, sondern flocht weiter seine makellosen Weidenruten.

»Wenn ich gehe, wird sie sehr unglücklich sein, sie wird daran zerbrechen ...«

Egal! Er würde bis zum Äußersten gehen. *Er wollte das Haus nicht verlassen!*

»Ich sag Ihnen alles ... Lisbeth und ich, wir sind ein Paar ... Das heißt, wir ...«

Er hätte schwören können, dass der Onkel Bescheid wusste. Wusste er eigentlich alles?

»Gehen Sie ...«

»Heute?«

»Gehen Sie ...«

»Geben Sie mir wenigstens Zeit bis morgen ... Ich

muss beim Kommissariat meinen Pass verlangen … Sie sind einverstanden, nicht wahr? Morgen, das verspreche ich Ihnen …«

Er war klein, ein ganz kleiner Junge. Er schaute weg. Er war ein Nichts.

»Ich verspreche Ihnen, dass ich morgen …«, wiederholte er, ohne genau zu wissen, was er sagen wollte.

Er stand auf. Er hatte dem Alten nicht ins Gesicht sehen können. Er ging rückwärts Richtung Tür und warf einen hasserfüllten Blick auf den Gehilfen.

Im Flur schüttelte er sich. Dann, als er auf die Küchentür zuging, versuchte er, ein Liedchen zu pfeifen. Er trat erst ein, als seine Selbstsicherheit wiederhergestellt war.

11

Alle waren hellwach, seit mehreren Tagen wurde noch der banalste Vorgang bemerkt, beinahe schien es so, als belauerten sie einander – doch das folgende Ereignis wurde kaum wahrgenommen. Auf jeden Fall ahnte niemand seine Tragweite.

Die Ladenglocke läutete. Maria Krull, die in der Küche war, hatte einen Blick durch die Gardine geworfen, die Schere auf den Tisch gelegt und war hinübergegangen. Anna, die mit ihr schneiderte, hatte einen Blick auf eine Kundin erhascht, eine Schiffersfrau. Ein Kind trug sie auf dem Arm, die anderen hingen an ihren Rockschößen. Anna hatte nicht weiter auf sie geachtet und sich wieder ihrer Arbeit zugewandt.

»Was möchtest du, Louise?«, seufzte Maria Krull, während sie sich hinter den Tresen stellte.

Ihr Ton war wieder traurig und etwas wehleidig, wie vor den Dramen der vergangenen Tage. Während sie die Kundin betrachtete, schien sie zu sagen:

Armes Ding! Du siehst nicht gut aus! Und deinen Kindern geht es auch nicht besser …

Was auch stimmte. Louise war die Frau des Schiffers mit dem feuchten Schnurrbart und dem arroganten Blick, des Mannes, der am Morgen seinen Pernod durch den Laden gespritzt hatte.

Er machte ihr jedes Jahr ein Kind. Zehn Kinder hatten überlebt, und alle wirkten wie geschlagene Hunde, sprachlos vor Resignation. Bei der Mutter hatte sich eine Schulter nach oben verschoben, weil sie ständig einen Säugling auf dem Arm trug.

»Stimmt es, dass er hier Krach gemacht hat?«, fragte sie als Erstes, weil sie nicht drum herumkam.

»Du weißt ja, wie er ist. Er war schon blau …«

Tante Maria kannte die meisten vom Kanal. Manche ließen ihre Post zu den Krulls schicken; neben dem Tresen hing ein Glaskasten voller Briefe. Sie wusste, wohin sie fuhren und was sie geladen hatten. Sie wusste auch, wann sie ausbezahlt wurden.

»Gib mir fünf Kilo Mehl.«

Maria Krull zögerte nicht. Sie wog das Weißmehl in einer großen Papiertüte und holte aus der Schublade das dicke Buchführungsheft mit dem Gummiband drum herum.

»Außerdem fünf Kilo Bohnen und fünf Kilo Trockenerbsen …«

Maria Krull runzelte die Stirn. Trotzdem wog sie weiter ab und gab sogar jedem der Kinder ein Bonbon.

»Zahlst du gleich?«

»Nein! Wir laden nächste Woche aus …«

Mit dem violetten Buntstift trug Tante Maria das Mehl, die Bohnen und die Erbsen am Ende einer langen Liste ein.

»Und noch zehn Büchsen Sardinen …«

Das war der Auslöser all des darauf folgenden Übels. Mechanisch tat Maria Krull, was sie an jedem anderen Tag auch getan hätte. Sie hob überrascht den Kopf und sagte knapp:

»Ich habe keine mehr, meine Liebe.«

Sie war bereit, Louise Kredit zu geben für das Mehl und die Hülsenfrüchte, aber nicht für Delikatessen, die sie selbst nicht aß!

»Da sind noch welche im Regal.«

»Das sind Muster.«

»Das sagst du nur, weil du mich nicht bedienen willst, stimmt's?«

Louise war nicht böse, aber dumm. Von ihrem Mann ließ sie sich alles gefallen. Auch diesmal hatte sie sich nicht zur Wehr gesetzt. Sie zog einen Zettel aus dem Portemonnaie.

»Ich hab da eine ganze Liste, die er mir gegeben hat: Kerzen, Wäschestärke, drei Kannen Petrol …«

»Schon gut! Sag deinem Mann, wenn er Vorräte anlegen will, muss er erst seine Schulden begleichen.«

Eine Zeit lang verharrte Louise im Laden und schaute Maria Krull an, als ob sie auf etwas wartete. Dann ging sie zur Tür und sagte halblaut:

»Das gibt wieder Schläge!«

Tante Maria sah sie über den Grünstreifen schlurfen. Grummelnd zog sie das Gummiband über das Heft und legte es zurück in die Schublade.

Wenige Augenblicke später waren Anna und ihre Mutter wieder über das Schnittmuster gebeugt; Lisbeth spielte weiter Klavier. Hans musste in sein Zimmer gegangen sein, denn er war nicht zu sehen.

Auf dem Quai standen ein paar Männer zusammen, wie immer, wenn mehrere Schiffe nahe beieinander vertäut lagen. An Bord eines großen Motorschiffs nutzte man die freie Zeit zum Wäschewaschen.

Louise und ihre Kinder näherten sich der Gruppe. Ihr Mann, der dabeistand, herrschte sie an:

»Und? Wo sind die Vorräte?«

»Sie wollte mich nicht bedienen …«

»Wie? Was? Sie hat dich nicht bedient?«

»Hör zu …«

Nein, er hörte nicht zu! Er wusste, dass sie von Geld reden würde, und darauf konnte er verzichten. Er rief die anderen als Zeugen an.

»Habt ihr das gehört? Jetzt weigern sie sich auch noch, einen zu bedienen!«

Hans stand an seinem Fenster. Er sah die Szene von Weitem, maß ihr aber keine Bedeutung bei. So etwas gab es hier jeden Tag zu sehen: Männer in Holzpantinen, Frauen auf den Kähnen, Kinder, die neben einem Haufen Backsteine herumtollten wie junge Hunde – all das inmitten der grünen Bäume mit der bimmelnden gelben Straßenbahn im Vordergrund.

Eher erstaunte ihn, dass er unten auf dem Gehsteig Monsieur Schoof und Marguerite kommen sah. Er hatte vergessen, dass Donnerstag war, ihr Besuchstag. Ihm war auch nicht bewusst, dass es schon nach sechs war; donnerstags schlossen die Schoofs ihr Geschäft früher, um ihre Freunde, die Krulls, zu besuchen.

Auch Anna war überrascht. Sie hatte die Ladenglocke gehört und durch die Gardine gesehen.

»So was! Schon zehn nach sechs. Und das Gemüse ist noch nicht auf dem Herd!«

Sie ging ins Treppenhaus.

»Joseph! Joseph! Marguerite ist da!«

Und vom Kanalufer her gingen drei aufgebrachte

Männer, darunter Louises Mann, auf das Haus Krull zu.

Zum einen hatte Louise nicht gesagt, dass sie deshalb nicht bedient worden war, weil sie seit über drei Monaten in der Kreide stand. Außerdem hatte sie verschwiegen, dass man ihr Mehl, Bohnen und Erbsen abgewogen hatte.

Es war ein schlechter Tag. Die Schiffer waren ohnehin verärgert, weil der Kanal stillgelegt war und sie vielleicht wochenlang auf dem Trockenen sitzen würden. Besonders vergrätzte sie, dass das Unglück bei der Schleuse von Tilly passiert war, wie sie schon lange vorausgesagt hatten.

Noch dazu schuldeten sie alle den Krulls Geld – die einen mehr, die anderen weniger. Jeder von ihnen wusste, dass sein Name mit violettem Buntstift in dem Heft mit dem Gummiband eingetragen war.

»Sie hat kein Recht, die Leute nicht zu bedienen ...«

Sie vertrieben sich die Zeit damit, einander aufzustacheln. Die drei Männer lösten sich von der Gruppe und überquerten den Grünstreifen, wie es Louises Mann am Morgen schon getan hatte. Mit Genugtuung stellten sie fest, dass die anderen ihnen hinterherstarrten.

Ein Polizist, der dreißig Meter vom Haus entfernt Wache schob, sah sie kommen und näherte sich wie von ungefähr. Er war jung und sehr blass; die Mütze war ihm zu groß und verdeckte sein halbes Gesicht.

Die drei Männer und er kamen gleichzeitig vor der Tür an.

»Sagen Sie mal«, wandte sich einer von ihnen an den

Schutzmann, »haben die das Recht, einen Kunden nicht zu bedienen?«

Statt zu antworten, brummte der Polizist:

»Los! Weitergehen! Keine Geschichten …«

»'tschuldigung! Wie wär's mit einer höflichen Antwort? Die Straße ist für alle da, und wenn ich Sie um eine Auskunft bitte, müssen Sie mir die geben.«

»Kein Geschrei! Weitergehen …«

Man hatte ihn angewiesen, Zusammenrottungen vor dem Haus zu verhindern.

»Weitergehen tun wir nachher … Wir, wir müssen einkaufen, und wenn man uns nicht bedient, dann wollen wir, dass Sie …«

»Seien Sie so gut, gehen Sie weiter …«

Passanten blieben stehen. Sie hielten die Männer für betrunken, und das war auch nicht ganz falsch. Die anderen Schiffer, die die Szene von Weitem verfolgten, rückten unmerklich näher. Potut lag auf einer Bank, in seinem dicken Mantel, den er sommers wie winters trug. Er hatte den Kopf auf den angewinkelten Arm gelegt und schlief.

»Was ist da los?«, fragte Monsieur Schoof, der Geräusche hörte, in der Küche.

»Ich weiß nicht … Mal wieder Männer, die zu viel getrunken haben …«

Hans lehnte sich oben aus dem Fenster.

»Sie können mich nicht daran hindern, in den Laden zu gehen!«, erklärte Louises Mann. »Ein Laden ist das Gleiche wie die Straße. Wenn man einkaufen will, darf man auch reingehen.«

Und er versuchte, sich vorbeizudrängen.

Jetzt machte der Polizist einen Fehler. Er steckte die Trillerpfeife in den Mund und stieß einen schrillen Pfiff aus, um seinen Kollegen an der nächsten Kreuzung zu alarmieren.

Als der wohlbekannte polizeiliche Pfiff ertönte, tauchten Neugierige an den Fenstern auf, einige von ihnen auch auf der Straße.

Der Kollege kam wie vorgeschrieben im Laufschritt herbei. Und wenn man einen uniformierten Polizisten rennen sah, konnte man annehmen, dass es um etwas Ernstes ging, eine Straftat, Diebstahl zum Beispiel. Dass vielleicht jemand festgenommen würde.

»Los! Weitergehen! Sonst bringe ich Sie auf die Wache …«

»Das möchte ich mal sehen!«

»Das werden Sie gleich!«

Der andere Polizist kam, außer Atem.

»Lös mich bitte hier ab, damit ich diesen Kerl auf die Wache bringen kann …«

»Erst mal bin ich kein Kerl!«

»Los! Komm mit, sonst gibt's eine Geldstrafe!«

Madame Guérin stand vor ihrer Tür. Louise kam erneut über den Grünstreifen, den Säugling auf dem Arm, zwei andere Kinder an den Rockschößen.

»Komm mit, Désiré!«, forderte ihr Mann einen seiner Begleiter auf. »Dem stoß ich Bescheid, diesem Kommissar …«

Die beiden entfernten sich mit dem Polizisten, und dessen Kollege, der nicht im Bilde war, leierte wenig überzeugend:

»Weitergehen! … Hier gibt es nichts zu sehen …«

Anna hatte eben den Tisch gedeckt und rief in den Flur:

»Essen ist fertig!«

Monsieur Schoof war verblüfft, als Hans herunterkam und sich an den Tisch setzte. Der kleine Mann rutschte unruhig auf seinem Stuhl herum und sah fragend in die Runde. Maria Krull schaute bloß hinaus.

»Wir machen besser zu ...«, murmelte Cornélius in seinem Korbsessel.

Noch war nichts Konkretes passiert. Man sah von hinten einen uniformierten Polizisten. Man ahnte, dass Passanten stehen geblieben waren. Die meisten hatten keine Ahnung, worum es ging. Sie fragten:

»Was ist da los?«

»Weiß auch nicht ...«, war die Antwort.

Oder:

»Die haben sich geweigert, einen Schiffer zu bedienen ...«

Mit sorgenvoller Miene fragte Tante Maria:

»Glaubt ihr, wir sollten die Läden runterlassen?«

Sie hatte das Gefühl, das wäre ein Fehler. Sie hätte nicht sagen können, warum. Unwillkürlich wandte sie sich Hans zu, als wollte sie ihn um Rat fragen.

Worauf Cornélius – und das geschah nur selten – gleichsam klagend wiederholte:

»Wir machen besser zu ...«

Tante Maria stand auf und band ihre Kittelschürze neu. Hans kam ihr zuvor und sagte hastig:

»Ich mach schon, Tante ...«

»Aber ...«

Er war bereits drüben. Der Rollladen des Schaufensters wurde von innen heruntergelassen. Die Kurbel quietschte.

Monsieur Schoof nutzte die Gelegenheit, um Maria Krull ins Ohr zu flüstern:

»Was machen Sie jetzt mit ihm?«

Er meinte Hans. Er verstand nicht, dass der junge Mann, der ihn belogen und um fünftausend Franc betrogen hatte, immer noch mit den anderen am Tisch saß. Mühe machte ihm auch die Antwort von Tante Maria:

»Ja, was machen wir jetzt mit ihm?«

Schoof war nicht von morgens bis abends hier im Haus. Er wusste nicht Bescheid. Er fühlte sich weiterhin unbehaglich und sah die anderen an, in der Hoffnung, eine Erklärung zu erhalten.

Das Rattern des Rollladens, der ungewöhnlich früh heruntergelassen wurde, hatte eine ähnliche Wirkung wie die Trillerpfeife des Polizisten. Es dramatisierte die Sache. Man wusste zwar nicht, was los war, aber nun wusste man, *dass* etwas los war. Selbst Leute, die zehn Häuser weiter wohnten, kamen herbei.

Man hatte nicht bedacht, dass man noch die Worte *Bringt sie um!* auf dem Rollladen lesen konnte, auch wenn sie übermalt worden waren.

Der Laden vor der Eingangstür ließ sich nicht von innen schließen, man musste ihn von der Fassade loshaken. Als Hans deshalb hinausgehen wollte, reagierte Maria Krull reflexartig und rief:

»Hans!«

Im selben Moment krachte es. Ein von der Straße aus geworfener Stein brach mitten durch die Bleu-Reckitt-Reklame.

Joseph sprang auf, ganz bleich, verharrte ein paar Sekunden mit zitternden Händen und setzte sich wieder, ohne dass jemand darauf geachtet hätte. Cornélius war über seinen Teller gebeugt. Monsieur Schoof stammelte:

»Was haben die denn?«

Und draußen kreischte eine Kinderstimme:

»Räuber!«

Bemerkenswerterweise blieb man am Tisch sitzen, nicht absichtlich, sondern weil niemand ein Zeichen zum Aufstehen gegeben hatte.

Ein zweiter Stein flog ins Geschäft und knallte gegen die Küchentür. Hans hatte inzwischen den Laden eingehängt und schloss rasch die Tür, sodass nur noch ein dumpfes Rumoren zu hören war und das Rasseln einer Straßenbahn, die gerade vorbeifuhr.

In der Küche war es plötzlich dunkel geworden. Anna stand automatisch auf und sammelte die Teller ein.

Jetzt fiel Maria Krull Cornélius' Verhalten auf. Cornélius rührte sich immer noch nicht. Ausdruckslos starrte er aufs Tischtuch. Er schien schlagartig gealtert. Er saß da, schweigend und reglos, und niemand wusste, was er dachte.

»Wo gehen Sie hin, Hans?«

»Nachsehen … von oben …«

Man ließ ihn ziehen. Als er auf der Treppe war, ertönte zum allgemeinen Erstaunen die Stimme von Cornélius:

»Ich habe ihm gesagt, er soll gehen …«

Joseph war leichenblass. Seine schweißnassen Hände zitterten. Er sah alle an. Ihn grauste. Vielleicht war er der Einzige, der die Geräusche draußen richtig deutete.

Maria Krull fuhr zusammen.

»Was ist …«

»Im Wohnzimmer …«, stammelte Lisbeth.

Man hatte die Läden vor den Wohnzimmerfenstern vergessen. Eben war eine Scheibe zerborsten. Tante Maria ging hinüber. Ein halber Backstein lag auf dem Tisch.

»Anna! Hilf mir!«

Man hätte erwartet, dass Joseph, als Mann, jetzt aufstehen würde, um seiner Mutter zu helfen. Und das wollte er auch. Er versuchte es, blieb dann aber doch sitzen, schweißgebadet und mit ruckendem Adamsapfel.

»Ich komme, Mama.«

In der kurzen Zeit, ehe die Rollläden heruntergelassen waren, sahen Anna und ihre Mutter hinter den Vorhängen nur ein paar Schemen und Gesichter.

Der Polizist verlor allmählich die Nerven. Ungeduldig erwartete er die Rückkehr seines Kollegen. Er wagte nicht, telefonieren zu gehen, um Verstärkung anzufordern. Er hielt sich dicht vor der Tür, gegen diese gedrängt.

»Weitergehen!«, sagte er immer wieder. »Hier gibt es nichts zu sehen!«

Wie viele Menschen mochten vor dem Haus sein? Um die dreißig! Andere schauten aus der Entfernung zu.

Den größten Teil der Menge machten Schiffer aus, und viele von ihnen wussten auch nicht mehr als die Passanten, die zufällig vorbeikamen.

Die Arbeiter der Werft Rideau hatten Feierabend. Sie kamen auf ihren Rädern angefahren, stiegen ab und fragten unverblümt:

»Was machen wir mit denen?«

Sie blieben da, versperrten mit ihren Rädern die

Straße und betrachteten die Fassade. Zwischen den Beinen der Erwachsenen rannten Kinder herum. Schon jetzt hätte niemand mehr sagen können, wer die Steine geworfen hatte.

»Mir wäre lieber, die Schoofs würden gehen …«, gestand Maria Krull ihrer Tochter, als sie noch im Wohnzimmer waren.

»Man muss es ihnen sagen …«

Sie saßen noch immer zu fünft am Küchentisch: Cornélius, Joseph, Monsieur Schoof, seine Tochter und Lisbeth. Es schien, als wagten sie nicht aufzustehen, aus Angst vor dem, was geschehen würde, sowie sie sich aus ihrer Erstarrung lösten.

Anna kam zurück. Tante Maria war in den ersten Stock gegangen. Hans stand in Josephs Zimmer hinter der Gardine.

Sie trat zu ihm, sah aber nur verstreute Grüppchen, die auf etwas zu warten schienen.

»Was hat Ihnen Cornélius gesagt?«, fragte sie halblaut.

»Dass ich gehen muss …«

»Sie haben uns auch genug zuleide getan!«, sagte sie, unverwandt den Blick auf die Straße gerichtet.

Plötzlich drehte sie sich um:

»Was tust du hier, Lisbeth?«

»Aber, Mama …«

»Geh runter … Bleib bei deinem Vater …«

Sie waren zu viele. Anna hatte recht. Man sollte die Schoofs nach Hause gehen lassen und sie nicht auch in diese ungute Geschichte hineinziehen.

Monsieur Schoof brachte es schließlich doch fertig, Cornélius zu sagen:

»Ich habe immer schon gefunden, es war ein Fehler von Ihnen, diesen Jungen aufzunehmen …«

Cornélius antwortete natürlich nicht, rührte sich nicht. Marguerite sah Joseph verblüfft und hilfesuchend an.

Und während Tante Maria die Gardine bewegte, sagte sie zu Hans:

»Ich frage mich, was passieren wird …«

Das wussten die Leute auf der Straße auch nicht. Manche lachten. Andere gingen nach einer Weile schulterzuckend davon.

Vielleicht wäre gar nichts passiert, wäre nicht jemand zu Pipi gelaufen, die in einem Bistro in der Rue Saint-Léonard saß und schon reichlich getrunken hatte.

Man sah sie von Weitem, das Hemd weit aufgeknöpft, und sie war ganz aus dem Häuschen. Sie war die Hauptperson! Mit den Ellbogen bahnte sie sich einen Weg durch die Menge, pflanzte sich mittendrin auf, stemmte eine Hand in die Hüfte und kreischte dann, die Faust schwingend:

»Stimmt es, dass die jetzt eingebuchtet werden? Diese Banditen! Diese Mörder!«

Ein gut gekleideter Herr mit Melone, der sie für eine gewöhnliche Säuferin hielt, hieß sie offenbar schweigen, worauf sie sich mit ihm anlegte. Sie brauchte einen Partner für ihren Auftritt, und sie hatte ihn gefunden.

»Was? … Keinen Krach? … Sie haben gut reden! … Haben diese Leute vielleicht Ihre Tochter umgebracht? … Nein! … Dann halten Sie Ihr Maul!«

Es wurde noch gelacht, gelächelt, aber bereits weniger. Die Leute kamen näher, um Pipi besser zu hören und zu sehen.

»Da! Direkt vor ihrem Haus ist es passiert ... Dem Haus von diesen Deutschen, die man nie hätte reinlassen sollen ... Und dann dieses lange Elend, dieser Joseph, der allen kleinen Mädchen hier im Viertel nachgestiegen ist ... Wenn ich nur dran denke, dass seine Mutter mir Geld geboten hat, damit ich nichts sage!«

Und, trotzig um sich blickend:

»Jawohl! Geld hat sie mir geboten! ... Fragen Sie sie doch selbst, wenn Sie's nicht glauben! Dabei habe ich das sogar dem Kommissar gesteckt ...«

Hans sah seine Tante an. Sie war bleich. Sie protestierte nicht.

Es stimmte, dass sie Pipi angefleht hatte, ihre Familie nicht mehr anzuschwärzen. Sie hatte sie an die Babywäsche erinnert, die sie ihr geschenkt hatte, an all die Kredite, die sie ihr gewährt hatte, die Weihnachtsgeschenke ...

Und schließlich hatte sie gestammelt:

»Du weißt, ich bin ein guter Mensch, ich werd's dir nie vergessen ...«

Draußen auf der Straße sagte die andere gerade:

»Sie hat gesagt, sie ist ein guter Mensch, und sie wird's mir nie ...«

Der Polizist, der gegen die Tür gedrängt stand, wagte nicht einzugreifen und hielt weiter nach seinem Kollegen Ausschau. Als er ihn zusammen mit einem Brigadier kommen sah, brachte er nicht mehr hervor als:

»Weitergehen! ... Los! ... Weitergehen!«

Niemand mehr schenkte ihm Beachtung. Eine Mutter schickte ihre Tochter weg, wegen Pipis grober Ausdrucksweise:

»Geh spielen! Das ist nichts für kleine Mädchen …«

Der Brigadier wollte sich sogleich wichtigmachen und drang in die Menge ein.

»Seid ihr bald fertig? … Und du, Pipi, wenn du nicht das Maul hältst, kommst du in den Knast … Los! … Ich will niemanden mehr auf diesem Gehsteig sehen!«

Ein Rückzug war spürbar, aber nur ein paar Sekunden lang, dann folgte ein Vorstoß, wurden Proteste laut, vor allem als der Brigadier Pipi am Arm packte.

»Lassen Sie los! … Sie tun mir weh!«, schrie sie. »Lassen Sie los, Sie Saukerl!«

»Loslassen!«, knurrte ein Schiffer, der alle anderen um einen halben Kopf überragte.

»Halt die Schnauze!«

»Was? Die Schnauze? … Sag das noch mal …«

Worauf Pipi loslegte:

»Was haben die wohl mit der Polizei gemacht? Die beschützt die ja! … Deutscher müsste man sein!«

Oben fragte Hans:

»Wo ist Joseph?«

»In der Küche …«

»Was sagt er?«

»Nichts.«

Letzteres stimmte. Er hatte sich ins Wohnzimmer geflüchtet. Marguerite war ihm gefolgt.

»Was wollen die?«, fragte sie ihn. »Ich verstehe nicht, was die haben …«

Er vermochte ihr nicht zu antworten. Panik hatte ihn ergriffen. Er wollte reagieren, so wie er vorhin auch die Läden hatte schließen wollen, ehe Hans sich darum gekümmert hatte. Aber es ging nicht.

Er hatte Angst! Und zwar körperlich. Sein großer Körper war von kaltem Schweiß überströmt, fast hätte er sich übergeben, vor Marguerites Augen.

Lisbeth war nicht in der Küche. Niemand wusste, wo sie war. Nur die beiden Alten saßen noch am Küchentisch, Cornélius reglos wie zuvor, Monsieur Schoof beunruhigt. Anna reichte ihnen wie jeden Donnerstag den Kaffee, vielleicht dachte sie sich nichts dabei.

»Soll ich Licht machen?«, fragte sie.

Ihr Vater antwortete nicht. Monsieur Schoof sagte:

»Nicht nötig ...«

Der Brigadier war nicht mehr so überheblich und bereute, keine Männer mitgebracht zu haben. Er flüsterte einem der beiden Polizisten zu:

»Geh den Kommissar anrufen ...«

»Ist er im Büro?«

»Nein! Zu Hause ... Sag ihm ... Sag ihm, er muss kommen ...«

Ihm schwante Ungutes, dabei war noch nichts Konkretes passiert. Aber es war, als ob der Himmel bleiern würde: Noch stach die Sonne, aber die ersten Gewitterwolken zogen schon auf.

Die Straßenbahnen fuhren weiterhin. Nachbarn schwatzten vor ihren Häusern, sie dachten nicht, dass die Sache eine tragische Wendung nehmen könnte. Man lachte noch immer, rief sich etwas zu.

»He, Marcel! Abendessen!«

Und eine schrille Frauenstimme:

»Émile! ... Émile! ... Deine Mutter ruft nach dir ...«

Allerdings wichen die Leute nicht mehr vor den Uniformierten zurück. Manche Blicke waren härter geworden. Und Pipi, die den Rückhalt spürte, reckte die Fäuste, steigerte sich in ihrer Betrunkenheit ins Pathos.

»Seit Wochen schon ist er ihr nachgelaufen …«, erklärte sie unter echten Tränen. »Und sie, die arme Kleine, wollte nicht, auch wenn der ein Studierter war … Geld hat er ihr geboten … Bei denen geht's immer nur ums Geld … Als er gesehen hat, dass nichts zu machen ist, hat er sich auf sie gestürzt, unten am Kanal, erwürgt hat er sie …«

Eine Frau schnäuzte sich. Pipi ließ den Blick über ihr Publikum schweifen und entdeckte in den hinteren Reihen einen roten Hut.

»Komm her, Germaine! Sag ihnen, was du weißt! Sag ihnen, dass er an dem Abend die ganze Zeit hinter euch hergelaufen ist …«

Sie hatte ihre Rede nicht vorbereitet. Die Trunkenheit verlieh Pipi den Instinkt einer Schauspielerin. Sie beugte sich vor und umarmte das Mädchen mit den dicken Brüsten und dem dicken Hintern, das prompt ebenfalls zu weinen begann.

»Kommt schon … Bleibt ruhig, ihr beiden …«, murmelte der Brigadier versöhnlich.

Doch nun wandte man sich gegen ihn:

»Schnauze!«, rief einer.

»Nieder mit den Bullen!«, ein anderer, weiter hinten.

Monsieur Schoof hatte die kurzen Beine ausgestreckt und wie gewohnt seine Meerschaumpfeife angezündet.

»Ich verstehe nicht, dass Sie diesen jungen Mann dabehalten haben …«, wiederholte er sanft, aber hartnäckig.

Joseph zog nervös an seinen Fingern, dass die Gelenke knackten.

»Lass mich …«, flehte er Marguerite an.

»Nein, Joseph! Wenn du traurig bist, musst du mit mir reden …«

Hörte sie denn nicht, was draußen los war? Begriff sie denn gar nichts?

»Was sagen die? Auf wen sind sie so wütend?«

Und oben standen Tante Maria und Hans noch immer stocksteif am Fenster und spitzten die Ohren …

»Wann wird der endlich verhaftet?«

»Wer?«, fragte jemand, der eben dazugekommen war.

»Der Mörder!«

»Welcher Mörder?«

»Der Mörder von Sidonie …«

Als sie den Namen ihrer Tochter hörte, brach Pipi erneut in Tränen aus und warf sich vor Verzweiflung zu Boden.

»Meine Kleine! … Meine Kleine! …«, stammelte sie. »Ich will sie zurückhaben! … Ich will mein kleines Mädchen zurück, meinen Engel …«

Zustimmendes Schniefen. Die meisten wussten nicht, dass Pipi betrunken war.

»Stehen Sie auf! … Seien Sie so gut, und stehen Sie auf …«, bat der Brigadier. Aber mehr zu tun, traute er sich angesichts der wütenden Blicke nicht.

Der junge Polizist kam vom Telefonieren zurück und verkündete:

»Er kommt!«

Der Himmel über dem dunklen Grün der Bäume hatte einen kupfernen Schimmer angenommen, sich dann rot verfärbt und leuchtete jetzt in sommerabendlichem Violett.

Die Bewohner des Viertels, die sonst um diese Zeit am Kanal spazieren gingen, näherten sich zaghaft; vor allem diejenigen, die Kinder dabeihatten. Sie bildeten Grüppchen, dreißig, vierzig Meter vom Haus entfernt.

»Bleib hier, Jojo! Du sollst nicht …«

Es gab auch Liebespaare.

»Gehen wir …«, sagte er.

Und sie:

»Nur noch ein Weilchen …«

Vielleicht passierte ja endlich etwas!

»Was ist hier los?«

»Deutsche …«

»Was haben sie getan?«

»Wie es aussieht, haben sie ein kleines Mädchen umgebracht …«

Auch der Tischler nebenan ließ die Rollläden runter; er schien zu glauben, sein Haus sei ebenso gefährdet wie das der Krulls.

In den hinteren Reihen wurde gescherzt. Manche Leute waren nur da, weil andere auch da waren, sie stellten sich auf die Zehenspitzen und entschuldigten sich, wenn sie jemanden anrempelten.

Um Pipi herum begannen die Leute zu murren. Der Mann von Louise stand auch dabei, man hatte ihn freigelassen. Er baute sich vor dem Brigadier auf.

»Und, willst du mich jetzt auch noch verhaften? Bist wohl auch im Dienst der Deutschen, was?«

Das waren die Wörter, die am häufigsten fielen: *die Deutschen*!

Manche, die neu dazukamen, hörten nichts anderes als diese beiden Wörter.

Plötzlich drängte alles nach vorn, vielleicht nur, weil jemand das Gleichgewicht verloren hatte.

»Zurück! Zurück!«, rief der Brigadier, Hand in Hand mit den zwei Polizisten versuchte er, eine Sperre zu bilden.

»Geh du doch zurück!«, entgegnete der riesenhafte Schiffer.

Von der Menge gestoßen, prallten die Polizisten gegen die Rollläden, wodurch die kaputten Fenster erzitterten und Scherben ins Geschäft regneten.

»Es ist besser, wir gehen jetzt«, verkündete Monsieur Schoof und erhob sich.

Und Cornélius echote:

»Es ist besser ...«

Schatten hatten sich in der Küche ausgebreitet. Anna trocknete sich die Augen. Ihr Vater saß noch immer reglos da und schien mehr und mehr mit dem Dämmerlicht zu verschmelzen.

12

Ein paar absurde Momente gab es auch. So kam Maria Krull mit sorgenvoller Miene in die Küche. Als sie aber merkte, dass Monsieur Schoof aufbrechen wollte, setzte sie unwillkürlich ihr Gastgeberinnengesicht auf und fragte höflich:

»Sie wollen schon gehen?«

Es war nur ein Ausrutscher gewesen. Schon war sie wieder wie vorher, wie die anderen, blickte sich um, runzelte angestrengt die Stirn, bemüht, sich zu orientieren:

»Ist Marguerite gegangen?«

Denn das Merkwürdigste war, dass man nicht mehr wusste, wo die anderen waren. Im ganzen Haus standen die Türen offen, wie Schleusentore. Die Luft zirkulierte frei. Man begegnete einander, ohne sich zu sehen. Eben noch war Anna in der Küche gewesen. Jetzt war sie fort. Und Joseph? Alle trieben hier- und dorthin, nur die beiden Alten schienen in der Küche verankert.

Aber jetzt war Monsieur Schoof aufgestanden, suchte seinen Hut und rief:

»Marguerite!«

Ja! Sie kam! Noch war sie im Wohnzimmer bei Joseph, der vor Ungeduld mit den Zähnen knirschte. So liebevoll wie dumm versuchte sie ihm seit fünf Minuten die Würmer aus der Nase zu ziehen.

»Was hat er getan? Warum will mir keiner etwas sagen?«

Denn für alles, was passierte, machte sie Hans verantwortlich! Noch nie war sie so rosig gewesen, von einer so unwahrscheinlichen Rosigkeit, dass man an saftige Rinderweiden denken musste. Beinahe erwartete man, sie Milch geben zu sehen wie eine Kuh!

»Ich komme, Papa ... Gute Nacht, Joseph ... Versprich mir, dass du dich beruhigst ...«

Sie hielt ihm ihre geröteten Wangen hin und eilte mit vorgeschützter Leichtigkeit aus dem Wohnzimmer.

»Wo ist Lisbeth? ... Lisbeth! Komm und sag Monsieur Schoof auf Wiedersehen ...«

Vielleicht umarmte nicht jeder jeden. Am Schluss jedenfalls ging alles ganz schnell. Monsieur Schoof drängte zur Tür. Tante Maria hatte bereits die Hand am Riegel, lauschte und murmelte:

»Machen Sie schnell ...«

Sie schlüpften hinaus. Ihr Auftauchen wurde mit einem Pfiff begrüßt. Ein fünfzehnjähriger Junge in den hinteren Reihen hatte dafür vier Finger in den Mund gesteckt. Der schrille Ton hatte die gleiche Wirkung wie die Trillerpfeife des Polizisten. Er sorgte für Aufruhr. Weitere Pfiffe folgten. Viele Leute machten mit, aus Spaß oder einfach, um sich selbst zu hören. Monsieur Schoof, der Marguerite an der Hand hielt, drückte sich an den Häusern entlang.

Manche, die nur dageblieben waren, weil sie sonst nichts zu tun hatten, glaubten, jetzt sei es vorbei, zumal einige missglückte Pfiffe schon mit Gelächter quittiert wurden. Doch das war in den hinteren Reihen. Vorne scharte man sich um Pipi, die von ihrem Unglück erzählte, und selbst jene, die sie kannten, hatten an diesem Abend Mitleid mit ihr.

In der Nähe der Straßenbahnschienen erklärte eine Schiffersfrau:

»Sogar beim Zucker schlägt die fünf Centime drauf! Diese Leute nutzen aus, dass wir nicht immer bar bezahlen können!«

Das stimmte. Bei den Krulls war alles ein bisschen teurer als anderswo. Aber wie viele Rechnungen aus dem dicken schwarzen Heft blieben unbeglichen!

»Einmal haben sie dem Kapitän der Belle Hélène Geld geliehen, und als er nicht zurückzahlen konnte, haben sie ihn pfänden lassen.«

Niemand achtete darauf, wer kam und wer ging. Vor allem Kleinbürger aus der Umgebung, die zufällig vorbeigekommen waren oder ihren Abendspaziergang gemacht hatten, entfernten sich wieder.

An ihrer Stelle kamen immer mehr junge Leute, junge Männer, die mit ihren Schiebermützen gefährlich auszusehen hofften.

Einer von ihnen glaubte, hinter einer Gardine im ersten Stock eine Silhouette zu entdecken.

»Da! Schau dir den da oben an!«

Er hob einen Backstein auf und warf ihn mitten ins Fenster. Hans konnte gerade noch ausweichen.

Das war das Signal. Der Haufen mit den Backsteinen war in nächster Nähe. Andere Halbstarke bedienten sich, warfen die Steine aufs Geratewohl gegen die Fassade, von wo sie auf den Gehsteig fielen, den man daraufhin räumen musste.

Eine Straßenbahn schrillte zwei Minuten lang vergeblich, um sich einen Weg durch die Menge zu bahnen, die sich wie durch einen Zauber verdichtet hatte. Die Jacken der Polizisten waren von Backsteinstaub gerötet.

Noch viel wilder gepfiffen wurde, als vier Polizisten auf Fahrrädern ankamen und hinter ihnen der Kommissar, der nach wie vor seinen Strohhut trug.

»Tod dem Saudeutschen! Tod dem Mörder!«

Es war aufregend, Backsteine gegen diese Fassade zu werfen, hinter der nichts zu sehen war. Manche fielen in die Zimmer des ersten Stocks.

Eine Stimme sagte:

»Wer weiß? Die sind imstande und schießen …«

Manche hörten nur das letzte Wort:

»Vorsicht … Die schießen …«

Hinter den zerbrochenen Fenstern glaubte man Schatten zu erkennen. Lange wurde auf eine flatternde Gardine gezielt, hinter der man einen Feind vermutete.

Der Kommissar wischte sich den Schweiß ab, stellte sich auf die Schwelle und versuchte, die Menge zum Schweigen zu bringen, um das Wort an sie zu richten. Ein Backsteinbrocken riss ihm den Strohhut vom Kopf. Hohngelächter mischte sich in das Johlen.

Es war wie bei einem Brand, wenn das Feuer an einer Stelle nur noch flackert, beinahe erlischt und dann an einer anderen umso heftiger aufflammt.

Der Grünstreifen gegenüber war fast menschenleer. Nur auf einer Bank saß ein Mann. Es war Potut in seinem dicken Mantel, die Hände in den Taschen, eine erloschene Pfeife im bartumstandenen Mund. Er schaute zu, gelassen, gleichgültig.

In Scharen kamen jetzt Leute aus den dicht besiedelten Vierteln. Ihr Auftreten war aggressiv und unverfroren.

»Nieder mit den Bullen!«

Den Nachbarn dämmerte, dass es ernst wurde. Wie hatte es so weit kommen können? Vorsichtig hielten sie sich im Abseits. Die Kinder hatten sie ins Bett gesteckt, ab und zu warfen sie einen Blick aus dem Fenster und fragten sich, wo das noch enden sollte.

»Die sind auch selber schuld: Immer mussten die anders sein als alle anderen!«

Aus einem Haus in der Nähe versuchte der Kommissar, telefonisch den Staatsanwalt, den Richter oder den Bürgermeister zu erreichen. Vergeblich. Alle waren auf dem Land!

Schließlich rief er die Gendarmerie an.

»Ja … Schicken Sie Leute … So viele Sie entbehren können … Zurzeit kann ich für nichts garantieren …«

Hasserfüllte Stimmen riefen:

»Wann wird der endlich verhaftet?«

In der Küche saß Cornélius ganz allein auf seinem Sessel, beinahe von der Dunkelheit verschluckt. Manchmal kam jemand herein oder ging hinaus. Wer es war, konnte man nur am Rascheln eines Kleids oder am Schritt erahnen.

Joseph war noch im Wohnzimmer. Im Schutz der Rollläden lauschte er, leichenblass und mit verstörtem Blick.

Zwei-, dreimal war seine Mutter zu ihm gekommen. Sie hatte ihm die Hand auf die Schulter gelegt.

»Das wagen die nicht … Die Polizei ist da …«

Aber er konnte nicht antworten. Er sah sie an, als würde er sie nicht erkennen, als hätte er sie nicht gehört. Er zitterte. Sein ganzes Wesen war von Panik ergriffen, jeder Lebensmut war versiegt.

»Es ist schon spät … Die Leute gehen bald zu Bett …«

Warum hatte Joseph im Geiste gesehen, wie die Meute das Haus anzündete? Er hatte es deutlich vor Augen gehabt. Er war durch ein Flammenmeer gerannt, in alle Richtungen, und hatte nicht hinausgefunden.

»Bleib ruhig …«

Wo ging sie hin? Warum herrschte auf der Treppe ein dauerndes Auf und Ab? Und warum taten alle so, als sähen sie einander nicht?

Mittlerweile knallten die Backsteine weniger häufig gegen die Fassade. Man hatte sich etwas anderes einfallen lassen. Dutzende von Stimmen skandierten wie unter Anleitung eines Dirigenten:

»Mör-der! … Mör-der! … Mör-der!«

Der Kommissar hatte sich auf die Zehenspitzen gestellt und versuchte sie zu überbrüllen.

»Messieurs!«

»Mör-der! …«

»Messieurs!«

Etwas Schmutziges traf ihn ins Gesicht, weich und nass, vielleicht ein Lappen, den man aus dem Rinnstein gefischt hatte.

»Mör-der! … Mör-der!«

Der Chor schwoll an. Der Rhythmus wurde perfektioniert.

»Ich muss vom Fenster aus zu ihnen reden …«, sagte der Kommissar zum Brigadier.

Er überquerte den von Backsteintrümmern übersäten Gehsteig und klopfte an die Tür. Auch das war ein Fehler. Die Stimmen wurden drängender.

»Im Namen des Gesetzes ...«

»Mama!«, rief Anna im Laden.

Sie glaubte, ihre Mutter sei weit weg, vielleicht im ersten Stock. Da hörte sie das Rascheln ihres Rocks.

»Was ist los?«, fragte Maria Krull, den Kopf zur Eingangstür gewandt.

»Der Kommissar ...«

Die Menge brüllte weiter.

»Hören Sie, Herr Kommissar«, sagte sie eindringlich. »Wenn ich aufmache, dringt die Meute hier ein ... Sie müssen vom Nachbarhaus her kommen ...«

Offenbar hatte er sie verstanden, denn man hörte nichts mehr von ihm. Dagegen ertönte Protestgeheul, vermischt mit Pfiffen. Der Lärm wurde bösartiger.

Eben waren nämlich die Gendarmen eingetroffen. Sie rückten vor, bedrohlich, unaufhaltsam. In den vorderen Reihen wurde geschubst, steckten Leute Schläge ein. Die dahinter wurden mehrere Meter zurückgedrängt gegen die Straßenbahnen, von denen sich schon eine ganze Reihe angestaut hatte.

Manchmal ein einzelner Schrei, wie eine besonders hoch schießende Rakete bei einem Feuerwerk:

»Bringt ihn um!«

Derweil blieb Maria Krull neben dem Sessel ihres Mannes stehen und murmelte:

»Sie sollten zu Bett gehen, Papa!«

Nur sein Gesicht und sein weißer Bart waren noch zu sehen. Er nickte und sagte:

»Ich geh schon ...«

Doch er rührte sich nicht.

Lisbeth kniete betend vor dem großen Kruzifix aus Ebenholz im Schlafzimmer ihrer Eltern.

Hans irrte durchs Haus. Niemand schien ihn zu sehen oder auch nur zu vermuten, dass er noch da war. Er war es, der durch das Fenster auf dem Treppenabsatz als Erster den Kommissar im Nachbargarten entdeckte, begleitet vom Tischler. Der lehnte eine Leiter an die Mauer. Der Kommissar stieg hoch und rief:

»He, da drinnen!«

Hans wollte hinlaufen. Im Flur stieß er mit seiner Tante zusammen.

»Ich mache das!«

Gleich danach kam der Kommissar herein. Tante Maria ließ ihn vorgehen. Er blickte noch misstrauischer als am Nachmittag um sich, als fürchtete er sich vor dem kleinsten Schatten.

»Wo ist er?«

»Im Wohnzimmer ...«

»Ich glaube, es ist besser, wenn ich ihn vorübergehend in Haft nehme ... Ich erreiche niemanden, der mir Anweisungen geben könnte ... Wenn ich ihn hierlasse, schlagen die Ihnen noch die Tür ein ...«

Ihr Schicksal kümmerte ihn nicht. Zu diesem Zeitpunkt teilte er die Feindseligkeit der Meute den Krulls gegenüber und ihren Abscheu gegenüber Joseph.

Draußen hatte ein Gendarm, der nicht Bescheid wusste, Pipi hart angefasst, was die Wut neu anfachte.

»Ich geh hoch, um zu ihnen zu sprechen ...«

Maria Krull folgte dem Kommissar so leise, dass sie

wie sein Schatten wirkte. Im ersten Stock stand eine Tür offen. Sie sahen Lisbeth im Schlafzimmer der Eltern knien und streiften Anna, die im Flur an einem Sims lehnte.

»Am besten lege ich meine Schärpe um ... Zum Glück habe ich sie immer dabei ...«

Er machte sich im Halbdunkel zu schaffen, holte tief Atem und stürzte dann zum Fenster, wo er plötzlich wie ein Kasperle auftauchte und mit seinen zu kurzen Armen herumfuchtelte.

»Messieurs! ... Messieurs! ... Ich bitte um Ruhe!«

Er erntete vor allem Gelächter und dann einen Hagel von Geschossen, die bis ins Treppenhaus kollerten.

»Ich werde Joseph Krull verhaften ... Bitte bewahren Sie Ruhe ...«

Er hatte sich nicht überlegt, was er sagen wollte, entsetzt, wie er war, über das Schauspiel vor seinen Augen, die lange Reihe der gelben Straßenbahnen – im Gewimmel kaum noch zu sehen –, all die Gesichter, die zu ihm hochblickten.

»Sie können nach Hause gehen ... Joseph Krull ist verhaftet.«

Nun gab es doch einen Augenblick der Stille, der Unentschlossenheit, den er für seinen Rückzug nutzte. Aber noch ehe er, gefolgt von Maria Krull, den Fuß der Treppe erreicht hatte, schrien sie draußen von Neuem:

»Bringt ihn um! ... Bringt ihn um!«

Er wusste sich nicht mehr zu helfen, verlor die Nerven und hörte sich zu seiner Verwunderung sagen:

»Sie sind auch selber schuld! ... Wo ist er?«

Joseph stand vor ihm.

»Ich verhafte Sie, ohne Sie zu verhaften. Wenn ich Sie jetzt ohne Haftbefehl ins Gefängnis bringe, dann deshalb, weil es das einzige Mittel ist, die Menge zu beruhigen.«

Joseph sagte nichts. Sein Adamsapfel hüpfte. Seine Finger waren ineinander verhakt. Mechanisch folgte er dem Kommissar in den Laden, aber vor der Tür, die erneut erbebte, vermochte er endlich hervorzustoßen:

»Die bringen mich um ...«

Er hatte Angst. Sie übermannte ihn: Seine Zähne klapperten! Sein Fleisch hatte Angst, sein Fleisch gab nach, und eine Zeit lang schien es, als würde er in Ohnmacht fallen.

»Wir können ihn nur über den Nachbargarten wegbringen«, sagte eine Stimme. »Da gibt es eine Tür, die auf die Straße dahinter führt.«

Es war Hans' Stimme. Im Halbdunkel wurden Blicke getauscht. Man wartete die Entscheidung des Kommissars ab, der schließlich erklärte:

»Versuchen können wir's ...«

Tante Maria umarmte ihren Sohn, doch sein Körper, zeigte keinerlei Reaktion.

»Nur Mut!«, sagte sie.

Lisbeth kam nicht herunter. Anna machte es wie ihre Mutter und sagte:

»Nur Mut, Joseph!«

Er ließ sich führen, ging wie ein Schlafwandler. Den Vater hatte man vergessen. Zusammengesunken saß er in seinem Sessel und sah nur kurz auf, als der sonderbare Zug dicht an ihm vorbeikam.

Jedermann hätte über die Trennmauer steigen können, doch Joseph musste man schieben und stützen, so ungeschickt stellte er sich an. An den Fenstern hingen Leute. Man zeigte auf ihn. Aber die Nachbarn riefen nicht, hielten sich zurück.

Rasch kam Tante Maria in die Küche zurück und wischte sich die Augen.

»Sie müssen ins Bett, Papa! Kommen Sie …«

Sie half Cornélius aufzustehen.

»Es ist besser so …«, sagte sie ohne Überzeugung. »Morgen lassen sie ihn frei … So ist er immerhin in Sicherheit …«

Er ging allein hoch. Als Lisbeth ihn kommen sah, verließ sie das Zimmer der Eltern.

Draußen herrschten immer noch gleich viel Geschrei und Aufruhr, doch es wirkte jetzt, da Joseph fort war, weniger bedrohlich.

Der Tischler kam aus seinem Haus und bewegte sich zwischen den Gruppen hindurch.

»Man hat ihn gerade weggebracht«, verkündete er mit wichtiger Miene.

»Wen?«

»Den Mörder! Der ist bei mir durch den Garten! Der Kommissar hat ihn hinten rausgebracht …«

»Wer ist hinten raus?«, rief eine hasserfüllte Stimme.

»Der Mörder!«

»Ist er abgehauen?«

Zwei verschiedene Gerüchte kamen in Umlauf: Joseph Krull sei geflüchtet (es hieß sogar, er habe sich beim Sprung aus dem Fenster das Bein gebrochen); er sei ins Gefängnis gebracht worden, sagten die besser Informierten.

Maria Krull war so erschöpft, als hätte sie ganz allein die Wäsche von zwei Wochen gemacht. Doch sie hielt sich auf den Beinen! Als hätte sie Angst, sich hinzusetzen.

Sie ging ins Wohnzimmer, dann die Treppe hinauf, stieß die Tür zu ihrem Zimmer auf und hörte eine Stimme sagen:

»Hans muss gehen ...«

Der alte Cornélius war nicht zu sehen, denn das Zimmer war völlig dunkel. Vielleicht erhielten seine Worte deshalb einen besonderen Klang und ein Gewicht wie die Sätze der Propheten in der Bibel.

»Versuchen Sie zu schlafen, Papa!«

Seit sie Kinder hatten, nannte sie ihn so, und nie wäre ihr in den Sinn gekommen, ihn zu duzen.

»... muss gehen!«, wiederholte er.

»Ja ... Morgen ...«

Sie schloss die Tür, ging nach nebenan, in Josephs Zimmer, und stellte fest, dass draußen noch keine Ruhe eingekehrt war.

Lautlos glitt sie über das gebohnerte Parkett. Dann ging sie wieder hinunter. Sie zögerte, Licht zu machen, aus Angst, der geringste Lichtschein könnte die Menge noch mehr anstacheln.

»Bist du da, Anna?«

»Ja, Mama ...«

»Und Lisbeth?«

»Das weiß ich nicht ... Vielleicht im Wohnzimmer?«

Maria Krull ging nachsehen. Lisbeth sollte nicht mit Hans allein sein. Aber er war nicht im Wohnzimmer. Ratlos ging er von Zimmer zu Zimmer und suchte nach seinem Platz, obwohl er spürte, dass selbst die Mauern ihn abwiesen.

»Komm, Lisbeth ... Trink noch was, bevor du dich schlafen legst ...«

Der Kommissar war zurückgekehrt. Geschäftig eilte er vor dem Haus hin und her, gestikulierte, brüllte, drängte sich in Gruppen hinein.

»Wenn ich's Ihnen doch sage: Ich habe ihn ins Gefängnis gebracht! ... Fragen Sie den Tischler von nebenan ... Auf jeden Fall gibt es hier nichts mehr für Sie zu tun ...«

Das Mädchen mit dem roten Hut war schon vor einer ganzen Weile von der Mutter abgeholt worden und hatte dann zu Hause im Bett einen Wutanfall gehabt, weil es nicht bis zum Schluss dableiben durfte.

»Wenn Sie sich nicht freiwillig zerstreuen, hole ich die Feuerwehr, und dann werden Sie nass gespritzt.«

Empörung, aber auch viel Gelächter. Der Fahrer der vordersten Straßenbahn hatte die gute Idee, hartnäckig seine Klingel schrillen zu lassen und langsam loszufahren, wodurch ein Teil der Menge zum Grünstreifen gedrängt wurde.

»Er ist in Haft!«, brüllten die Polizisten durch die zu Trichtern geformten Hände. »Gehen Sie nach Hause, sonst kommt die Feuerwehr und spritzt Sie nass!«

Maria Krull entschloss sich, in der Küche Licht zu machen, schürte mechanisch den Ofen und schüttelte die Kaffeekanne. Etwas lauwarmer Kaffee war noch da.

»Hol den Rum, Anna ...«

Schnaps gab es bei den Krulls nur dann, wenn jemand krank war. Doch Tante Maria goss jetzt ihren Töchtern

Rum in den Kaffee, und der ungewohnte Geruch waberte durch die Küche.

Hans stand da, an den Türrahmen gelehnt. Ihm wurde kein Kaffee angeboten. Man nahm ihn gar nicht wahr.

»Es scheint ruhiger zu werden …«, murmelte Anna.

»Es ist fast Mitternacht!«

In diesem Haus kam es selten vor, dass irgendwer die Uhr eine solch späte Stunde anzeigen sah!

Ihre Nerven waren so zerrüttet, dass sie ganz benommen dasaßen. Sie dachten an nichts. Sie horchten auf die Geräusche von draußen, die sich nicht mehr unterscheiden ließen. Nur das Schrillen der Straßenbahnen stach hervor. Es verhieß die baldige Rückkehr in den Alltag.

Aus lauter Verlegenheit steckte Hans sich eine Zigarette an. Die drei Frauen hatten die Ellbogen auf den Tisch gestützt.

»Er ist nicht wirklich verhaftet worden!«, murmelte Tante Maria gleichsam als Antwort auf manche Gedanken.

Denn Joseph war im Gefängnis!

»Hoffentlich ängstigt er sich nicht zu sehr …«, sagte Anna.

Alle hatten qualvolle Bilder von Joseph im Kopf. Man hätte ihn gern aufgerichtet, ihm Mut zugesprochen.

Anna wechselte das Thema:

»Ich habe mich die ganze Zeit gefragt, wann die Schoofs gehen würden … Marguerite hat nichts kapiert …«

Seit Stunden schon hätte Lisbeth weinen wollen, doch vor lauter Nervosität ging das nicht.

Der Mond schien. In Gruppen und laut redend ging

man nach Hause. Es war wie an einem Feuerwerksabend, wenn die halbe Stadt sich an einem Ort versammelt.

Die Gendarmen blieben vor dem Haus ebenso wie die Polizisten. Einige Gruppen waren noch da, vor allem junge Männer, die faule Sprüche klopften.

In der Küche war die Stimmung lastend. Sogar das Licht schien schwer zu wiegen. Als an die Ladentür geklopft wurde, zuckten alle zusammen. Maria Krull stand auf.

»Was ist?«

»Der Kommissar … Sie können aufmachen …«

Als die Tür endlich wieder aufging, bot sich ein sonderbarer Anblick: Das Mondlicht fiel auf die Unordnung im Laden und die auf dem Fußboden verstreuten Glassplitter.

»Ich bin gekommen, um Ihnen zu sagen, dass es vorbei ist … Sie sehen, das war die einzige Möglichkeit, die Leute zu beruhigen … Ich lasse trotzdem ein paar Männer da, die das Haus über Nacht bewachen …«

Gern hätte er gesehen, was drinnen geschah. Das Licht in der Küche machte ihn neugierig. Er versuchte über Maria Krulls Schulter hineinzulinsen, doch die wollte die Tür gleich wieder schließen und sagte nur:

»Ich danke Ihnen.«

Sie schob den Riegel vor, kehrte zu den anderen zurück und sagte:

»Wir müssen schlafen gehen.«

Niemand war müde, doch man musste wenigstens so tun, als ginge man zu Bett! Man musste vom Tisch aufstehen, die Treppe hochgehen, einander gute Nacht wünschen wie an anderen Tagen auch, denn trotz allem ging das Leben weiter.

Hans zählte immer noch nicht. Man wollte ihn nicht wahrnehmen. Lisbeth hatte ihn kein einziges Mal angesehen.

»Gute Nacht, Anna!«

»Gute Nacht, Mama.«

»Gute Nacht, Lisbeth!«

Man war im ersten Stock angelangt, Maria Krull stieß die Tür zum Schlafzimmer auf und drehte geräuschlos den Lichtschalter.

»Wo ist euer Vater?«

Die anderen hielten inne, sahen das leere, unberührte Bett.

»Anna! … Lisbeth! … Euer Vater!«

Tante Maria rannte die Treppe hinab und stürzte zunächst zum Wohnzimmer.

»Vater! … Vater!«, rief Lisbeth.

Alle hatten das Gefühl, von einem kalten Hauch gestreift zu werden. Im Haus herrschte eine neue Leere. Sie liefen von Raum zu Raum, machten Licht, auch im Laden, und sahen nichts als Unordnung und Zerstörung.

»Das ist nicht möglich!«

Als Tante Maria zuletzt der Werkstatt zustrebte, sah sie Hans deren Tür öffnen. Er war instinktiv dorthin gegangen. Er ließ seine Tante den Lichtschalter drehen.

Ein dumpfes Geräusch. Maria Krull war auf die Knie gefallen. Dann schrie Lisbeth durchdringend.

»Was ist los?«, fragte Anna verstört.

Die Werkstatt war der einzige Raum, der von Unordnung verschont geblieben war. Die nackte Glühbirne beleuchtete grell die weißen Wände, die angefangenen Körbe, den Stuhl des Gehilfen und den von Cornélius.

Und gleich neben diesem Stuhl baumelte ein Schatten, der einen noch längeren Schatten auf die Wand warf.

»Papa! … Papa!«

Man hatte ihn nicht hinuntergehen sehen. Man wusste nicht, wann er das Zimmer verlassen hatte.

Aber schließlich gehörte es zu seinen Gewohnheiten, lautlos durchs Haus zu huschen. Und nichts zu sagen.

Er hatte sich erhängt, warum genau, das wusste man nicht. Aber wusste man denn, warum er, der so lange auf Wanderschaft gewesen war, sich ausgerechnet hier am Stadtrand niedergelassen und all die Jahre schweigend in dieser Werkstatt gelebt hatte, zusammen mit seinem buckligen Gehilfen?

Was wusste man überhaupt von ihm?

Er war gekommen, ganz allein. Er war geblieben, allein unter den Seinen mit seinem Patriarchenbart und seiner geheimnisvollen, in sich gekehrten Miene. Und allein war er wieder gegangen. Er hatte sich in seiner Ecke erhängt, neben dem Stuhl mit den abgesägten Beinen, neben einem Korb aus weißen Weiden, der nie vollendet werden würde.

Er hatte nichts gesagt. Und man fragte sich jetzt entsetzt, was er gewusst hatte.

Man war versucht zu denken, er sei nicht nur aus Emden gekommen und als Geselle durch Deutschland und Frankreich gezogen, sondern von viel weiter her in Raum und Zeit, aus einer Welt, die festgehalten war in Bibelillustrationen, auf Kirchenfenstern und in Heiligenstatuen.

»Nein!«, sagte Tante Maria nur, als Hans den Knoten lösen wollte.

Von einer Nervenkrise gepackt, warf Lisbeth sich zu Boden. Ihre Schreie erinnerten an die von der Straße.

»Pst! … Sei still …«, entfuhr es Anna, deren Nerven ebenfalls stark angegriffen waren.

Hans wich zurück. In diesem Raum mit den zu weißen Wänden und der einzigen Glühbirne brachte man unwillkürlich Schatten zum Tanzen.

Tante Maria hatte sich auf den niedrigen Stuhl gestellt.

»Gib mir ein Messer, Anna.«

Lisbeths Schluchzer klangen, als würden sie ihr die Brust zerreißen.

»Wo ist es, Mutter?«

»Es muss eines auf der Werkbank liegen.«

Die Worte waren notwendig und klangen doch hohl!

»Achtung … Halt ihn fest …«

Hans presste sich gegen die Wand, als hätte er Angst, seine Hände lagen flach auf den gekalkten Backsteinen.

»Lass ihn nicht fallen …«

Gott weiß, wie sie es anstellten: Die Leiche kam langsam herunter, der Kopf neigte sich, legte sich auf den angefangenen Korb wie auf ein Kissen.

Maria Krull hatte keine Träne vergossen. Die strengen Linien ihres Oberteils und die Falten ihres schwarzen Rocks verliehen ihr den Anschein einer Skulptur.

Sie wandte sich an Hans:

»Sie müssen gehen …«

»Aber …«

»Sie müssen gehen, Hans … Sofort!«

Da bekam er wirklich Angst. Er betrachtete sie alle

drei. Spürte er vielleicht, dass jetzt *er* der Fremde war, die Ursache allen Übels?

»Das Geld von Monsieur Schoof ...«, setzte er an.

»Gehen Sie!«

»Lisbeth!«

Sie antwortete nicht, wandte nicht den Kopf.

Da rannte er in den Laden, zerrte am Riegel, öffnete die Tür, stieß beinah mit den beiden Wachen zusammen, die einander Geschichten erzählten.

»Was ist los?«, fragten die Gendarmen.

»Nichts! Ich gehe nur raus ...«

Er musste sich zusammenreißen, solange sie ihn noch sehen konnten, um normal zu gehen.

Vielleicht schämten sich die Leute am anderen Morgen ein bisschen? Aber neugierig waren sie auch. Sie schauten von Weitem herüber, und die Nachbarn taten, als hätten sie etwas vor der Tür zu tun.

Madame Krull war früh in die Stadt gegangen, um halb neun sah man sie zurückkommen. Sie trug ihr schwarzes Kleid, den Hut mit dem Schleier. Die Gendarmen hielten sich in diesem Augenblick etwas abseits.

Sie ging hinein und kam gleich wieder heraus, den Hut noch auf dem Kopf. Sie hielt einen Hammer in der Hand und zog einen Stuhl hinter sich her.

Und so nagelte sie auf einen Fensterladen, der dabei erdröhnte wie tags zuvor von den Backsteinen, ein weißes Schild mit schwarzem Rand, das sie eben bei einem Drucker gekauft hatte:

Wegen Todesfall geschlossen

13

Jahre später in Stresa in der größten Augusthitze. Das erlösende Gewitter würde erst am Abend kommen. Der Lago Maggiore lag bleiern da. Das Wasser wirkte so dickflüssig, dass die Boote darin festzustecken schienen.

Auf der Promenade schmolz der Asphalt. In den blendend weißen Hotels wirkten die schattigen Löcher der zahllosen Fenster wie Waben.

Bei der Anlegestelle, wo zwei Reisebüros einander mit bunten Plakaten und Lautsprechern Konkurrenz machten, hielten Busse, blaue, gelbe, schwarze, vollgestopft, staubbedeckt, aus der Schweiz, aus Belgien und aus Frankreich. Sie spien Unmengen von Menschen in hellen Anzügen und weißen Kleidern aus, ermattet nach zu vielen Etappen, Ankünften, Abfahrten, heruntergeschlungenen Mahlzeiten; sie schleppten Kinder, Mäntel, Fotoapparate, Koffer und wagten nur durch getöntes Glas in den italienischen Himmel zu blicken.

»Joseph! Nimm den Kleinen …«

Drei Busse waren gleichzeitig vorgefahren. Die Passagiere würden jedoch nicht im selben Hotel zu Mittag essen, weshalb ein großes Durcheinander herrschte. Mit Megafonen rief man:

»Reisende aus dem blauen Bus! … Reisende aus dem blauen Bus! … Mittagessen im Albergo delle Grotte. Weiterfahrt punkt 13.45 Uhr.«

»Reisende aus Genf! … Reisende aus Genf! … Essen im Albergo del Lago … Weiterfahrt …«

Man suchte sich, man verlor sich, manche wollten wissen, wo es Postkarten zu kaufen gebe.

Joseph trug einen grauen Anzug, einen Panamahut, ein Hemd mit offenem Kragen. An der Hand hielt er einen mageren blonden Siebenjährigen mit dürren Beinen.

»Sag, Papa …«

»Joseph! Schimpf mit der Kleinen: Sie weigert sich, zu Fuß zu gehen …«

Das Mädchen war drei Jahre alt, kugelrund und rosig wie seine Mutter.

»Anna, wenn du jetzt nicht …«

Menschen gingen vorbei, die schon seit Wochen dort wohnten und belustigt zuschauten, wie Leute aus den Bussen stiegen.

Ein Paar blieb stehen. Der Mann rief:

»Joseph!«

Die Luft flirrte, und die Sonne schien so hell, dass man kaum etwas sehen konnte; selbst die Geräusche verschwammen.

»Hat da nicht jemand nach dir gerufen?«, fragte Marguerite.

»Das weiß ich nicht …«

Sie drehten sich um und sahen eine nicht mehr ganz junge, stark geschminkte Frau mit lackierten Finger- und Zehennägeln. Ihre Füße steckten in sonderbaren Sandalen.

Doch nicht sie hatte gerufen. Sie war ebenso erstaunt wie Joseph und Marguerite.

Ihr Begleiter hatte sie plötzlich stehen gelassen. Es

war Hans, sonnengebräunt, in einer weißen Hose, auch er barfuß in Sandalen.

»Joseph! Was für eine schöne Überraschung!«

Die Kinder, insbesondere der Junge, betrachteten ihn erschrocken.

»Darf ich vorstellen: Lady Bramson, eine gute Freundin … Mein Cousin Joseph und seine Frau … Und, Joseph?«

»Und nichts!«, antwortete Joseph kalt.

»Ist alles gut herausgekommen? Ich bin ja damals gleich ins Ausland. In der Zeitung habe ich nichts gesehen …«

Marguerite, die Hans erkannt hatte, zog ihren Mann am Arm. Der Junge zog am anderen.

»Immer noch dort?«

»Immer noch …«

»Und Tante Maria?«

»Immer noch …«

»Ihr Laden?«

Joseph nickte unwillkürlich, während er nach einer Fluchtmöglichkeit Ausschau hielt.

»Anna?«

»Ist bei ihr …«

»Und Lisbeth?«

»Die ist verheiratet … Entschuldigen Sie … Aber unser Bus …«

»Machen Sie eine Italienreise?«

Josephs kleiner rötlicher Schnurrbart veränderte sein Aussehen stark.

Lady Bramsons Foxterrier zerrte an der Leine, und sie wurde ungeduldig.

»Arzt?«

»Ja …«

»In dem Haus, das …«

Glücklicherweise hatte der Reiseleiter der französischen Gruppe Joseph entdeckt und rief jetzt durchs Megafon:

»Reisende aus dem blauen Bus, bitte zu Tisch … Weiterfahrt in zwanzig Minuten …«

»Ich«, versuchte Hans noch zu sagen, »ich bin hier mit einer Freundin, die …«

Ein schwacher Händedruck.

»Ja … Auf Wiedersehen …«

»Auf Wiedersehen … Ist vielleicht …«

Aber die Krulls waren bereits in der Menge auf der Terrasse verschwunden, wo jetzt im Eiltempo das Essen serviert wurde.

»Wer ist das?«, fragte Hans' Begleiterin.

»Ein komischer Kauz … Das ist eine lange Geschichte …«

Er nahm die Hundeleine und ging schweigend ein paar Schritte. Lady Bramson steckte sich mit einem goldenen Feuerzeug eine Zigarette an.

»Es musste so kommen!«

»Was musste so kommen?«, fragte sie, ohne sonderliches Interesse.

»Nichts … Joseph … Alles eigentlich …«

Sie gingen englische Zeitungen kaufen beim Kiosk an der Anlegestelle.

»Wer war das?«, fragte Josephs Sohn, dessen Beine vom Stuhl baumelten.

»Niemand! … Stell nicht immer so viele Fragen …«

»Iss!«, sagte seine Mutter noch.

Alles um ihn herum flirrte, knisterte und klirrte, die Menschen, die Dinge, die hellen Kleider, die Teller, die Platte mit dem Lammbraten, der See und die Sonne, ein gleißendes, chaotisches Universum, in welchem der Junge, der ungeschickt mit der Gabel hantierte, den außergewöhnlichen Mann suchte, der so plötzlich aufgetaucht und gleich wieder verschwunden war.

La Rochelle, 27. Juli 1938

Julian Barnes

Die Welt von ›Chez Krull‹ ist nicht verschwunden

Ungefähr ein Jahr nach Anita Brookners Tod am 10. März 2016 rief ich mir unsere Begegnungen und Gespräche in Erinnerung. Worüber wir gesprochen hatten: Kunst, Bücher, die Literaturwelt, Frankreich, gemeinsame Freunde. Worüber wir nicht gesprochen hatten: ihre Kindheit und Jugend, ihr Privatleben, Politik (ich habe nie herausgefunden, ob sie wählen ging und, wenn ja, wen oder was), praktische Dinge. Rezepte. Sport. Die Frage: »Anita, wie siehst du Irlands Chancen bei den Six Nations«, kam mir nie über die Lippen.

Ich kann mich erinnern, dass sie mir sagte, sie habe gerade einen Roman fertig geschrieben und könne deshalb zurzeit »genau das tun, worauf ich Lust habe«. Ich neckte sie mit dem Satz: »In deinem Fall heißt das vermutlich, mal wieder Proust zu lesen.« Beunruhigt riss sie die Augen auf: »Wie hast du das erraten?«

Bei anderer Gelegenheit sprachen wir über Simenon. Ich hatte vor allem die Maigrets gelesen; sie hatte vor allem die *romans durs* gelesen, die sie sehr bewunderte. Ich bat sie, mir einen zu empfehlen. Sie war wie in allem sehr entschieden: *Chez Krull*. Dieses Gespräch muss vor 2002 stattgefunden haben, denn auf dem FNAC-Preisschild des Buchs, das ich bei meinem nächsten Paris-Aufenthalt gekauft habe, steht ein Betrag in Franc: 37.70 (Empfehlung des Verlags: Fr 39.90). Ich erinnere mich, das Buch ein paarmal in die Ferien mitgenommen, es aber nie gelesen zu haben. Etwas am Titel stieß mich ab: dass auf das gemütliche französische *Chez* ein harter, extrem fremder Familienname folgte. Dennoch musste ich es einmal angefangen haben, denn am Schluss des ersten Kapitels steckte der Abschnitt einer Bordkarte. Jetzt, zwanzig Jahre später, war es Zeit, Anitas Rat zu befolgen.

Der harte, dissonante Titel ist Programm. Der Roman spielt in einer nordfranzösischen Kleinstadt nahe der belgischen Grenze, und zwar wohl Ende der dreißiger Jahre. Der älteste Krull, Cornélius, ist Deutscher, hat aber vier Fünftel seines Lebens in Frankreich verbracht und sich noch vor dem Ersten Weltkrieg einbürgern lassen; er spricht allerdings kaum Französisch, und gleichzeitig kommt ihm sein Deutsch abhanden. Er ist Korbflechter und war lange unterwegs, bevor er sich, wie das Männer so tun, scheinbar grundlos in einer Hütte inmitten eines Weidenfelds niederließ. Er baute sich eine Existenz auf, indem er Körbe flocht; das tut er nach wie vor, meist stumm seine Pfeife rauchend, zusammen mit einem ebenso stummen buckligen Gehilfen. Er hat die uneheliche Tochter einer »Frau aus dem Süden« geheiratet, die eine Schenke am Kanal führte und von einem Durchreisenden aus dem Elsass geschwängert wurde. Die Krulls – mittlerweile gibt es zwei Töchter, Anna (30) und Elisabeth (17) sowie den Sohn Joseph (25), die vor und nach dem Ersten Weltkrieg geboren wurden – haben die Schenke nach und nach zu einem Lebensmittelladen und Ausrüstungsgeschäft für Kanalschiffer ausgebaut.

Sie wohnen am äußersten Rand der Stadt bei einer Schleuse, wo die gelben Straßenbahnen wenden. Die komplexe Genealogie, der rechtliche Status und der zeitliche Ablauf sind wichtig. Obschon die Krulls seit Jahrzehnten eine untadelige Existenz führen – Joseph hat sogar bei der französischen Armee Dienst geleistet –, werden sie nach wie vor als Außenseiter betrachtet. Diesen Status bestätigen sie selbst, indem sie in der katholischen Stadt jeden Sonntag in die protestantische Kirche gehen. Sie verdanken ihren Lebensunterhalt im Wesentlichen den Kanalschiffern, die zwar auch nicht von Vorurteilen frei sind, aber doch in höherem Maß als die Städter und deshalb vor der nächsten Etappe gern *chez Krull* ihre Vorräte aufstocken. Die prekäre Existenz der Krulls wird in Gegensatz zu derjenigen ihrer einzigen Freunde gesetzt, der Schoofs – ebenfalls deutsche Einwanderer, die ein Geschäft für Butter und Käse führen. Sie haben sich besser assimiliert: Im Geschäft wird nur Französisch gesprochen, und es scheint, dass die Städter – wohl auch des

Namens wegen – beschlossen haben, die Schoofs seien Holländer. Solche Nuancen können existenziell entscheidend sein.

Gleich auf der ersten Seite des Romans trifft Cousin Hans aus Deutschland ein, angekündigt durch einen Brief seines Vaters. Hans sieht sich als »reinen« Krull und ist alles, was die unreinen Krulls nicht sind: Er ist zynisch, verlogen, ein Schmarotzer und ein Großmaul. Gleich nach seinem Einzug verführt er unsanft die minderjährige Elisabeth. Er borgt sich Geld bei seiner Tante und piesackt den schüchternen Joseph, der auf sein Staatsexamen als Mediziner büffelt. Er geht zu Pierre Schoof, verhält sich unangemessen, indem er laut Deutsch spricht und, nachdem man ihn schleunigst ins Hinterzimmer gedrängt hat, auch noch um einen Kredit bittet: Ein Großteil des väterlichen Vermögens, enthüllt er, sitze in Belgien fest. Nun sei der Vater verhaftet worden und werde vielleicht erschossen. Nur Fluchthelfer könnten ihn retten, aber denen müsse er sofort 5000 Franc überweisen. (Heute laufen solche Betrügereien über E-Mail und funktionieren immer noch; wie schön, hier die ursprüngliche Version lesen zu können, bei der die Beteiligten sich von Angesicht zu Angesicht gegenüberstehen.) Es gibt natürlich kein Geld in Belgien; Hans gibt das geliehene Geld in der Stadt aus, ohne jede Absicht, es zurückzuzahlen. Sein Verhalten beunruhigt die französischen Krulls. Hans lügt lässig und gesteht diese Lügen mit der gleichen Lässigkeit; den Brief, in dem sein Vater die Ankunft von Hans ankündigt, hatte er ebenfalls gefälscht: Sein Vater ist seit fünfzehn Jahren tot. Doch schlimmer als all dies ist, dass Hans unverfroren und absichtlich gegen das erste Gebot aller Einwanderer verstößt: »Du sollst keine Aufmerksamkeit auf dich ziehen.« Und indem Hans Krull Aufmerksamkeit auf sich zieht, zieht er auch Aufmerksamkeit auf seine »unreinen« Verwandten, die am Kanal wohnen, da, wo die Stadt ausfranst.

Mit schonungsloser Genauigkeit zeigt Simenon auf, wie Bescheidenheit, Gastfreundschaft und Anstand ausgenutzt werden durch egoistische, gewissenlose Gier – ein Thema, das, wie mir beim Formulieren gerade aufgeht, in Anita Brookners Werk häufig vorkommt. Ebenso wie die Überzeugung, dass Menschen, die, wie Hans, das Leben weniger ernst nehmen, es auch leichter bewältigen.

Doch wir haben es mit Simenon zu tun, weshalb es hier weniger Innenansichten gibt als bei Brookner und dafür mehr Gewalt: Ich kann mich nicht erinnern, dass in Anitas Werk je die Leiche eines vergewaltigten und ermordeten Mädchens aus einem Kanal gefischt würde. Doch obschon dies ein *roman dur* ist, sind wir nie fern vom Brookner-Land: der Welt des Einwanderers, des vorsichtigen Navigierens in einem fremden Land – fremd auch dann, wenn man wie Joseph Krull dort geboren wurde und Militärdienst geleistet hat.

Anita wird Simenon dafür bewundert haben, wie gut er die rastlose Dynamik zwischen Eingeborenen und Einwanderern, vor allem dann, wenn etwas schiefgeht, erfasst. Eine Typhusepidemie? Obschon Joseph ein Opfer der Krankheit ist, wird er als deren Auslöser betrachtet. Tugend wird in Laster verkehrt: Arbeitet der Einwanderer nicht hart, ist er ein Schmarotzer; arbeitet er hart, ist er geldgierig. Simenon versteht genau, was rassistischen Unmut auslöst und anschwellen lässt. Ein Stein wird durch ein Fenster geworfen, Kinder beziehen Posten vor einem Haus, eine Säuferin setzt eine falsche Darstellung der Ereignisse durch, eine Türschwelle wird mit Scheiße besudelt, eine tote Katze hängt am Klingelzug, *MÖRDER* und *BRINGT SIE UM*! wird auf den Rollladen des Geschäfts geschmiert. Die Polizei hilft nur halbherzig. Wie ein Kommissar zum anderen sagt: »Hier riecht's nach Saudeutschland!«

Die Krulls kommen – durchaus zutreffend – zu dem Schluss, Hans habe ihr Unglück verursacht oder zumindest verschärft, und versuchen, ihn nach Deutschland zurückzubefördern. Doch Hans weigert sich, die Rolle des Sündenbocks zu übernehmen, und so bewegt sich der Roman auf sein finsteres Ende zu, das psychologisch folgerichtig und doch überraschend ist.

Simon Leys, der weise belgische Sinologe, Kritiker und Romancier, weist in seinem Essay *The Truth of Simenon* zu Recht auf Simenons Fähigkeit hin, »mit gewöhnlichen Mitteln unvergessliche

Ergebnisse zu erzielen. Seine Sprache ist arm und karg (wie die Sprache des Unbewussten) … Es würde schwerfallen, eine Anthologie seiner besten Passagen zusammenzustellen: Er hat keine besten Passagen, er hat nur bessere Romane, in denen alles nahtlos zusammenpasst.«

Was in der Regel zu diesen unvergesslichen Ergebnissen beiträgt, ist eine strenge Einheit von Ort und Zeit: In den meisten Büchern Simenons ist das, was sonst noch in Paris, oder gar im Rest der Welt, geschieht, kaum je von Belang. *Chez Krull* weicht von dieser Norm ab: Hier wirkt die Außenwelt sehr stark auf das Geschehen ein: Es werden Landesgrenzen überschritten (der Roman endet in Italien); wir hören von Hans in Belgien und von Hans in Deutschland. Was gibt er als Grund dafür an, dass er nicht nach Deutschland zurückkehren könne? Ich fuhr zusammen. »… dass man mich in ein Konzentrationslager stecken könnte.« Die Wörter *camp de concentration* kommen im Roman viermal vor (in einer von Hans' vielen Lügengeschichten ist sein längst verstorbener Vater vor Kurzem in ein KZ gesteckt worden). Simenon schloss den Roman am 27. Juli 1938 in La Rochelle ab. Wie war das noch mal mit der Behauptung, die meisten Leute hätten damals nichts von Konzentrationslagern gewusst, erst nach Kriegsende davon erfahren? Es ist alles da – in einem Roman jener Zeit.

Bücher bewegen sich auf sonderbare Weise durch die Zeitläufte, manchmal bleiben sie, wie sie sind, manchmal erhalten sie durch die Umstände, unter denen sie gelesen werden, zusätzliche Bedeutung und zusätzliches Gewicht. Ich habe *Chez Krull* wenige Monate nach der Brexit-Abstimmung und deren unmittelbaren gesellschaftlichen Auswirkungen gelesen: den Schmierereien an den Wänden, der Zunahme rassistischer Beschimpfungen, der »ausländischen« Frau, die mit Scheiße beworfen wurde, der Brandstiftung bei einer Halalmetzgerei, den ungestraften Ausfälligkeiten »englischer Patrioten«, der Ermordung eines Polen in Harlow.

Sogar in meiner Londoner Wohngegend, deren Bevölkerung mehrheitlich in der EU bleiben wollte, habe ich manche Veränderungen bemerkt: Osteuropäische Maurer sprachen plötzlich mit gedämpften Stimmen, statt einander mit slawischen Akzenten fröhlich zuzurufen. Ich bin längst im Rentenalter, aber eher groß und offensichtlich weiß, und ich schämte mich, als mich kleinere, weniger weiße Frauen auf dem Gehsteig nervös beäugten.

Die Welt von *Chez Krull* ist nicht verschwunden. Viele leben auch heute darin.

Aus dem Englischen von Thomas Bodmer

Von Julian Barnes autorisierte stark gekürzte Fassung eines Essays, der am 20. April 2017 unter dem Titel ›Diary: People Will Hate Us Again‹ in der London Review of Books *erschien.*